霜清纸帐
来新梦

百看红楼

百合 著

山西出版传媒集团

北岳文艺出版社 · 大原

图书在版编目（CIP）数据

霜清纸帐来新梦：百看红楼 / 百合著 . 一太原：
北岳文艺出版社，2022.4

ISBN 978-7-5378-6528-9

Ⅰ . ①霜… Ⅱ . ①百… Ⅲ . ①红学—文集 Ⅳ .
① I207.411-53

中国版本图书馆 CIP 数据核字（2022）第 043285 号

霜清纸帐来新梦：百看红楼

百合◎著

//

出品人 郭文礼	出版发行：山西出版传媒集团·北岳文艺出版社 地址：山西省太原市并州南路 57 号　邮编：030012 电话：0351-5628696（发行部）　0351-5628688（总编室）
策划 张丽	传真：0351-5628680 网址：http://www.bywy.com　E-mail：bywycbs@163.com
责任编辑 张丽	经销商：新华书店 印刷装订：山西人民印刷有限责任公司
书籍设计 张永文	开　本：787mm×1092mm　1/32 字　数：258 千字 印　张：13.375
印装监制 郭勇	版　次：2022 年 4 月第 1 版 印　次：2022 年 4 月山西第 1 次印刷 书　号：ISBN 978-7-5378-6528-9 定　价：78.00 元

文字是留给世界的清淡痕迹

春寒犹在，花也没怎么开，不知道它们什么时候会开。

写字的人，像春燕衔泥，一个字一个字地"垒"成了这本新书，这也是"百看红楼"系列的第三本。用时不多不少，和前两本一样，也是三年时间。

三年磨一剑啊！我曾经在上一本的序言里感叹："时间过得真快啊，这样下去，人一眨眼就老了。"这一次，我心内反复默念的却是另一句话："岁月不饶人，我亦没有饶过岁月。"

电影《岁月神偷》里，吴君如演的穷鞋匠老婆，去医院看不久于世的儿子，她专门穿了双新鞋，一边往前走，一边嘴里念念有词："一步难，一步佳。难一步，佳一步。"走着走着，冲丈夫回眸一笑。这一笑很扎人心，既是对当下困境的全盘接纳，也是对时来运转的坚信不疑。渺小无力的普通人，在天威莫测的命运面前，没有力挽狂澜的本事，想要让生活继续，除了抱持一点"信"，还能靠什么呢？

就如同给你们写书的我，和读我书的你们，大家都过得有好有坏，但因为"红楼"这样一部名著牵绊，竟也相依相伴了如许年。

就这个系列而言，第一部侧重于人物性格心理分析，求细求全；第二部开始探询人物关系，求真求透；而这一部，则是在前面两者兼有的基础上，解读了很多一般读者不曾注意过的小人物，同是一条条鲜活的生命，他们的人生故事或精彩或令人唏嘘，应该也值得被发掘。同时进行相关门类知识的延展，《红楼梦》本就是一部百科全书，有人甚至说它的文化意义大于文学意义，而我们对此岂可轻轻放过？那就真成了前辈周汝昌先生所言的"大道上洒香油，小道上捡芝麻"了。这一本，算是求微求远。

写及此处，夜幕四合，楼下的喧闹渐渐停息，空气开始静谧。窗外远远近近的灯一盏盏亮起来，一直铺排到我目所能及的城市边缘铁道旁，因为近视造成的散光和重影，那些灯在我的眼里，成了一簇簇跳动的温暖火焰。天上一轮毛月亮。

我是如此感恩上苍的厚待。

这个春天很不安稳，而我还能有一张书桌可以安放身心。十年光阴，我不曾怠慢写作，写作亦没有亏待我，凡我用心使力，皆有回馈。我真是一个有福气的"手艺人"。

手机上跳出一句话，很应景："我记得这花香，便对得起这时光。"那么，这本书，请有缘人在花香里打开它，在花落时，合上它。

大概是开始做编剧的缘故，我脑子里这两天总会浮现出这样一个画面：某下午，某城市图书馆，阳光燥热，一个偏僻的角落，许久没有人光顾过，落地书架上蒙了一层灰尘。

一个女学生轻情路过，穿着35码系带黑皮鞋，忽然鬼使神差地停住了脚，顺手从身旁书架上抽出了一本书。那是一本封面有些残破的旧书，她随手翻开一页，无可无不可地读了几句，觉得有趣，竟然不知不觉就读进去了。她站在那里一动不动了许久，一本书读了个七七八八，直到图书馆闭馆，她才精神满足地离开。离开前，她将它归还至原位，不仔细看，看不出留在书脊上的轻微指痕。

其实那本书的作者，已经离开了这个世界很多很多年。但有什么关系？这些文字证明她来过。

那是她留在这个世界的清淡痕迹。

共勉。

百合

2022 年 3 月 27 日凌晨

目　录

命 / 运 / 篇

最优秀的人总是先走

职/场/篇

你谈业务的样子真性感

生 / 活 / 篇

仙鹤睡在芭蕉下

修 / 行 / 篇
事若求全何所乐

情 / 爱 / 篇

俗人正是雅人的良配

命／运／篇

最优秀的人总是先走

贾敏：林黛玉的妈妈，那金尊玉贵的大小姐

一

《海街日记》里，小吃店老板娘看着无父无母却被三个姐姐宠溺的铃，眼含热泪地说：真羡慕你的父母，留了你这么一个宝贝在世上。

铃否认：我才不是什么宝贝。

孩子没有了父母的庇佑，不管旁人给到多少爱，她始终会有一种潜在的惴惴不安，一边窃喜、感恩，一边又偷偷告诫自己：人生而孤寒，别太拿自己当回事。

因为她知道，这些爱随时会断供。

天下之爱，唯父母之爱不可替代。

当看到宝钗钻到薛姨妈怀里撒娇时，黛玉当场泪下："他偏在这里这样，分明是气我没娘的人，故意来刺我的眼！"

而薛姨妈的回答也颇实在："怨不得他伤心，可怜没父母，到底没个亲人。"

又说：心里很疼你，但是外头不想带出来的。你们这里人多口杂，说坏话的人又多，我若真表现出来，只说我们看老太太疼你了，我们也"洑上水"去了。

"洑上水"，意即巴结有权势的人。

你看黛玉，作为一个外孙女，即使被贾母宠得可和宝玉、凤姐比肩，把迎探惜三个内孙女都挤出了一线，她心里也总有一个旁人永远填不满的巨大空洞。俯身看下去，那个洞深深不见底，对它呐喊哭泣，亦永远得不到回音，永远提醒着：你是个"没娘的人"。

那么，黛玉的娘，是个怎样的人呢？哪怕只有零碎的只言片语，依旧能拼凑出一个风华绝代的女子。

二

她叫贾敏，荣国府第二代小姐，从文字辈，上面两个哥哥分别是贾赦、贾政。她最小，又是唯一的女儿，自然最得娇宠。

贾母对黛玉说过:"我这些儿女,所疼者独有你母。"

父母宠她到什么份上?书里没有明说,但王夫人一句话就讲出了当日贾敏未出阁时在家的情景。

第74回,因为大白天园子里石头上赫然出现了绣春囊,王夫人高度重视,要求彻查。凤姐献计说不宜声张,暗中查看,发现有端倪者找茬撵出去配了人就完了。"一则保得住没有别的事,二则也可省些用度。太太想我这话如何?"

王夫人却这样回答:"你说的何尝不是,但从公细想,你这几个姊妹也甚可怜了。"什么?贾府几个小姐姐哪个不是锦衣玉食?可怜在哪里?

注意王夫人接下来的话,她提到了一个人,一个死人:"只说如今你林妹妹的母亲,未出阁时,何等的金尊玉贵,那才像个千金小姐的体统。如今这几个姊妹,不过比人家的丫头略强些罢了。"

这句话道出了贾府江河日下的颓势,也道出了贾府全盛时期敏小姐所享受的超高待遇。到底这个小姑子是什么样的气派,才能令王夫人这样出身顶尖的人念念不忘,既艳羡有多少有点意难平,总想复制给下一代的小姐们呢?多少年过去,在她的心里,贾敏的排场依然是一座翻不过去的高墙。

曹公真是牛啊,区区几行字闲闲道来,胜过五千字洋洋洒洒的细节写实。

贾敏的婆家林家是四代列侯，夫婿林如海是兰台寺大夫，官至巡盐御史。更难得的，他竟是个清贵的读书人，乃前科探花，即进士榜全国第三，无论门第还是个人，都算是一等一的人选。

"白富美"贾敏，无论是出身还是归宿，命运都发了一手王炸的好牌。她是多少人搭着梯子都够不到的"月亮"，只能远远地仰望。

至于贾敏本人的风范，曹公也用了曲笔，借女赞母。恃才自傲的贾雨村，落魄时做了贾敏女儿黛玉的家庭教师，下出断言："怪道我这女学生言语举止另是一样，不与近日女子相同，度其母必不凡，方得其女，今知为荣府之外孙，又不足罕矣……"

所以可知凤姐初见黛玉时所说的"这通身的气派，竟不像老祖宗的外孙女儿，竟是个嫡亲的孙女……"这句话，并不全是奉承。贾敏对黛玉的教养，也复制了母亲对自己的养育方式，与当日自己在贾府成长时一脉相承，养出了女儿落落大方、不卑不亢的贵族气质。

想想第三回初进荣国府，黛玉丝毫不怯场，有问有答还滴水不漏，别忘了她不过才是个七八岁的孩子。

舞蹈家陈爱莲曾经提到演黛玉要有"四气"，除了仙气、才气、人气之外，还要有贵气，可谓理解透彻。

她还少说了一样，"病气"。

"众人见黛玉年貌虽小，其举止言谈不俗"，但身体面庞怯弱不胜，知她有不足之症。便问她：有病为什么不治？真不愧是内亲啊，哪怕是初次见面，血缘里天生的那份亲近，让人与人之间一上来就能抛开顾忌，问及隐私还不觉唐突。

黛玉也不尴尬，直接回答：我从吃饭时就开始吃药了，吃了多少身体也不见好转。

贾母问：现在吃什么药？人参养荣丸？那好，大夫正给我配药呢，给你也配一料就是了。

贾母爱黛玉心切，仅此可见一斑矣！但这种方式真的没问题吗？再有钱，药也不是这个吃法，当吃餐后水果呢？

黛玉屋里从此天天药吊子不离火，宝琴送的蜡梅和水仙都不敢收，怕花儿被药味儿熏坏了。

更是三天两头换太医，鲍太医王太医轮番上阵，人参养荣丸、天王补心丹、人参肉桂地补，身体就是不见好，发展到宝玉要给黛玉配一味值三百六十两银子的奇药，药引子是坟墓里死人头上戴的珍珠，让王夫人大骂作孽。

最后，连最不爱管闲事的宝钗都看不下去了，提醒黛玉"食谷者生"，人还是要吃饭不能只吃药，这才有后来的一天一两燕窝，用银铫子熬粥喝，才略好点。

养孩子，不见得给他最好的物质就是对他好。拿身体来说，最紧要的是让他有足够的抵抗力和免疫力，这就要讲到方法问题了。

贾敏的体质就不好，曹公对她的死用了一个词，"一病而终"，暗示她与疾病根本没做些许缠斗就撒手西去。贾母对她的娇生惯养没有给她打下一个好底子，到了她女儿黛玉，她继续沿袭了贾母的养法，千般呵护万般宠爱，养出来的黛玉"态生两靥之愁，娇袭一身之病"。她死后，贾母接过养育外孙女的担子，就连方式也无缝衔接，即继续吃药续命。在养育孩子上，母女两代人形成了闭环。

这真是一个宿命的悲剧。

三

黛玉曾亲口讲述了幼年的一段故事，那是在她三岁时候发生的。家里来了个癞头和尚，要化黛玉出家。林如海贾敏夫妇怎可能答应。和尚说："既舍不得他，只怕他的病一生也不能好的了。若要好时，除非从此以后总不许见哭声；除父母之外，凡有外姓亲友之人，一概不见，方可平安了此一世。"

这段话读来意味深长，站在某个角度理解，是不是可以看成和尚在给贾敏夫妇一些忠告：你们的养法是把这孩子误了。除非你把她当成一个易碎的水晶娃娃，小心翼翼捧到手心里，别受一点磕碰、摔打和刺激。不能见哭声，不能见外人，说的不就是这个意思吗？

经不起风雨折腾、没有生命力的生命，可不就容易夭折吗？贾敏如此，黛玉亦如此。反观始作俑者贾母，小时候却淘气得很，每天去水边玩，有一天失足落水差点淹死，额头碰破，留了个大坑疤，被凤姐调侃为"福窝儿"，她是活脱脱又一个活力健康的老版史湘云。

宝玉也是贾母一手带大的，乖巧聪明招人疼，就是身体和精神的"双料废柴"，一点儿小刺激就犯癔症。她还怪贾政，说是他让宝玉念书把胆子唬破了。

宫里的元春看在眼里急在心上，屡屡带信出来叮咛宝玉的教育："千万好生扶养，不严不能成器，过严恐生不虞，且致祖母之忧。"话里的意思你品，你细品，是说严格教育的阻力来自祖母，弄不好会惹恼她老人家。

被贾母宠爱的孩子，一个个的都叫宠废了，这叫"宠杀"。

是不是每一个生命力强的能干母亲，都会有更强的保护欲？

充男儿养大的凤姐，到了自己的女儿巧姐这儿，也是怕冻着饿着，反弄得巧姐三天两头地病。不得已找了刘姥姥给女儿取名，理由是贫苦人起个名字压得住。

和巧姐差不多大的乡下孩子板儿，平时在外面野，连坟圈子里都逛到。跟着刘姥姥天不亮就起床坐车进城，大冬天冻得脸蛋儿红扑扑、淌着大鼻涕，在外面一住就是好几天，啥毛病都没有。而巧姐，在自家园子里，风地里吃了块糕第二天就病了，查《玉匣记》，说是撞着了花神。

给巧姐看病的王太医，委婉地说：别骂我啊，只是要清清净净地饿两顿就好了。暗指凤姐照看过度，过犹不及。

还是刘姥姥一语中的：姑奶奶少疼她一点儿就好了。孩子不是无菌器皿里培养基上的标本，他们是活生生的人，长大是要经风雨见世面的，没有节制的过于精细的爱，其实隐含杀机重重，潜伏在未来的路上。

"少疼一点儿就好了"，这话，要是早一点说给贾母就好了，如果能换个粗养法，金尊玉贵的大小姐贾敏的人生，乃至贾敏女儿的人生，都将是另外一个结局吧？

巧姐：一生担了一个"巧"字

一

"女本柔弱，为母则刚"，一个柔弱的女子当了妈，为了孩子会变得坚韧刚强，比如在如花青春里守寡的李纨，不自怨自艾，独力挨过一串串暗夜，将儿子贾兰抚养成才。

反过来，一个刚强的女子当了妈，也会变得柔软敏感，比如凤姐。这个贾母眼里的"破落户"，老公眼里的"夜叉婆"，下人们嘴里"有名的烈货"，尤三姐更狠，背地里干脆直呼她为"泼妇"——就是这样的一个女人，当她的目光触及自己的女儿巧姐，会立刻变得温柔如水。

面对这个和自己血肉相连的小人儿，杀伐决断的二奶奶立即会变得患得患失，所有的原则都可以让步。曾经放话说自己"从来不信什么是阴司地狱报应的"，不信鬼神之说的人，为了巧姐开始食言。

巧姐生痘疹时，除了让两个医生全天监护，十二天都不许回家去，凤姐还打扫房屋，供奉痘疹娘娘，日日祭拜。等到病退，又还愿焚香送走娘娘，还庆贺放赏。为了孩子好，她能做的都做全了。

可偏偏这个巧姐，自小体弱多病，令凤姐忧心忡忡。

孩子，从来都是母亲的"阿喀琉斯之踵"。

那时候巧姐还没有名字，人人呼之为"大姐儿"，这其中大概有她母亲的一份狡黠，私心里认为：不起名，阎王爷想勾名字都没法勾。

也许凤姐一直在等：该找个什么样的人、给这娇嫩难养的孩子起个什么名儿，才能保她一生平安呢？

二

直到等来了刘姥姥。

巧姐风地里吃块糕，回来就发烧。刘姥姥说是不是在园子里撞上邪祟了？凤姐拿出占卜大全《玉匣记》一查，书上说遇到的是花神。烧完纸，好了。就这一招，把凤姐镇了：姜还是老的辣呀！

凤姐问见多识广的刘姥姥：为什么我的孩子常生病？

刘姥姥答：你少疼她点就好了。

凤姐不放心，后来又让御医王太医看过。王太医望闻问切后说：只要清清静静饿两顿就好了。和刘姥姥一个意思。

小孩子被照顾得太多，怕饿着冻着摔着，必定会多喂多穿多抱，容易造成积食，不抗冷，运动少，免疫力下降，这样不爱生病才怪。刘姥姥不懂医，她说的是民间经验，但却和王太医的诊断殊途同归，都是在讲物极必反的道理。

凤姐表示虚心接受，又信任地请刘姥姥给女儿起名，一是借人家的寿；二是借庄稼人的贫苦，"你贫苦人起个名字，只怕压的住他。"

一向对凤姐儿卑躬屈膝的刘姥姥，这一回竟然没有客气推脱，而是略略沉吟了一下。在这一刻，她和凤姐的身份有了一个微妙的此消彼长，变得平等起来。

其实几天的交道打下来，两个聪明人都体味到了对方的不一般，开始惺惺相惜。呼风唤雨颐指气使的凤姐，看到了刘姥姥这个阶层的通透皮实，生出了敬服之心，也许她潜意识里明白，女儿身上缺的就是这样的皮实劲儿。

刘姥姥很老到内行，她第一句先问："不知她是几时生的？"

这一下点到了凤姐的痛处："正是生日的日子不好呢，可巧是七月初七日。”

古人为什么会对"七夕"这么忌讳？因为"七"是一个很神秘的数字，《周易》上说："反复之道，七日来复。"它本身就象征变数。又因理论上奇数为阳，"七"正是"火德之数"，和本就属阴的女孩性别明显相冲。

刘姥姥不慌不忙地笑了：这个正好，就叫他是巧哥儿。这叫作"以毒攻毒，以火攻火"的法子。

这个思路真是了不起。换个平常算命先生，可能会从五行出发，命里缺什么名字里补什么，缺啥就叫个带啥的字。这个路数一直延续至今，缺金就叫"鑫"，缺木就叫"森"，缺火就叫"焱"，试图给有缺陷的命运做一点补充和防护。

但乡野能人刘姥姥却反其道而行之，她知道，没有人的命运完美无缺，如果这孩子命中注定要与厄运狭路相逢，不如不防不躲，干脆迎难而上，再顺势而为，用巧劲儿化解。

这是取名字吗？分明是在阐述怎样面对艰难困境的人生智慧。

三

刘姥姥自信地说："姑奶奶定要依我这名字，他必长命百岁。日后大了，个人成家立业，或有一时有不遂心的事，必然是遇难呈祥，逢凶化吉，却从这'巧'字上来。"

就此，巧姐的名字算板上钉钉了。

论审美，这名字连府里许多丫鬟的名字都比不上，袭人、晴雯、秋纹、碧痕，个个都比她的有味道。"巧姐"二字，既没有侯门公府家小姐的雍容端庄，也没有翰墨诗书之族千金的雅致文气，朴素直白，略显土气，就像开在乡村野径旁的打碗花，单薄伶仃，平淡无奇。

看孩子的名字，是看父母的心气。

贾府过年时说书的讲了一出《凤求鸾》，里面的男主人公也叫王熙凤，引得大家一笑，贾母说道："这重了我们凤丫头了。"熙凤本就是个男人名，"熙"字代表光明，"凤"是雄鸟，加之她又是充男儿养大，正是被寄予"巾帼不输须眉"的厚望。

但到了自己女儿这里，为着她的特殊生日和体弱多病，凤姐却将愿望一再降低，用请穷人起一个接地气的名儿这样的方式，诉说着一个慈母的苦心：为娘的不图别的，只盼你一生无病无灾就好。

宛如那一句土耳其的祝福诗："去吧，但愿你一路平安，桥都坚固，隧道都光明。"

而巧姐这一生，果如母亲所愿，担了一个"巧"字。

四

《红楼梦》前八十回里，关于巧姐的文字实在不多，她甚至连一句"台词"都没有，彼时年龄还小，每次出场都是被人抱着。

到了后四十回，她长大了，又让人实在看不下去。

续书文笔先放一边不说，至少应该符合原作者本意吧？在第五回，宝玉梦游太虚幻境时，十二钗正册上，清清楚楚地画出了巧姐的命运结局，是一个纺绩女形象。怎的到了续书者手里，就做了富甲一方的周家少奶奶了？还振振有词地说论门第周家是高攀。

唉，判词已明说："势败休云贵，家亡莫论亲。"世态炎凉，落毛的凤凰不如鸡。贾府抄家获罪，人们躲之犹恐不及，哪有扑上前去捡漏的道理？

"偶因济刘氏，巧得遇恩人。"指向很明白，巧姐在难中时，是被刘姥姥一家"打捞"上岸，给她起了名的刘姥姥，仿佛对她有了一种责任，不会对她坐视不管。

刘姥姥说了：遇难呈祥逢凶化吉，都会打她名字里的"巧"字上来。到最终，我们才看清，所谓的巧，其实是凤姐在世时接济刘姥姥所结下的善缘，回报到了下一代身上。没有当初的善，就没有如今的巧。

"留余庆，留余庆，忽遇恩人；幸娘亲，幸娘亲，积得阴功。劝人生，济困扶穷……"所以啊，劝大家都善良，在许多看似偶然的侥幸里，其实皆有前因。

五

巧姐的正经归宿，据说是嫁了刘姥姥外孙子板儿。

第四十一回，板儿和巧姐初次见面，还是懵懂幼童。巧姐抱着一个大柚子玩，板儿则拿着一个佛手。小孩子总是觉得别人的东西好，巧姐大哭着要板儿手里的佛手，板儿也乐意，因为那个柚子"又香又圆"。于是两个孩子交换玩具，各自欢喜。

有红学家认为佛手的寓意是相助接纳，"又香又圆"的柚子则暗示二人有缘，这个说法倒也不离谱，毕竟巧姐被刘家所救，和板儿成亲也是顺理成章的。

还另有一个比较新奇的说法，说板儿手里的柚子寓意"游子"，板儿后来离家远行，巧姐独守空房，二人正和只有在七夕才能相会的牛郎织女一样分居两地。脑洞开得不小吧？对"红楼"人物结局的探索就是在一次次的假设推翻之后，才能一点点接近作者原意。哪怕跑偏，也有跑偏的意义。

六

巧姐名字里的"巧"，还不止于以上。

七夕这一天，除了牛郎织女相会，还是闺中女子引针乞巧的日子，要祭拜织女，展示女红，求赐一双灵巧的手，可以飞针走线，可以穿梭织布，当然也要搓麻纺绩。

不禁想到巧姐的结局图："一座荒村野店，正好有一美人在那里纺绩。"

后来的巧姐，过上了自食其力的日子。出生在七夕这天的姑娘，想必会天生有一双巧手吧。命运诡变无情，洪流滚滚而来顷刻没顶，她从上层阶级跌入社会底层。"纤纤擢素手，札札弄机杼"，即使落魄，好在有一技傍身，也不至于饿死。

图中那座荒村野店的来源，是当年王夫人送给刘姥姥的那一百两银子吗？她叫她做个小买卖，别再投亲靠友的了。如果，那一百两银子变成了这座乡村野店，成了巧姐的谋生之地，她靠纺绩在这里活下去，也算是天意轮回。

她的长辈们，在冥冥中，早已给她铺好了自救的路。成为乡野织妇固然无法跟从前的锦衣玉食相比，但总算在这举目无亲的天地间有了一处小小的容身之所，乃不幸中之万幸。

七

贾府原型，乃是江宁织造曹家，专管纺织业。不知道作者写贾府家破人亡后，后代靠纺织生存，是有意为之，还是只是巧合呢？

纺车这个物件，本来离贾府主子多么遥远啊。

想当年，贾府正是鲜花着锦赫赫扬扬之时，合家去铁槛寺送秦可卿的灵柩，半路上在一个农庄下车更衣。在那个院子里，宝玉第一次看到纺车，好奇地上前玩耍，一个村庄丫头上前给他表演纺线。离开时，宝玉对那个叫二丫头的姑娘竟然有点依依不舍，"争奈车轻马快，一时展眼无踪"。

车轻马快，展眼无踪。才几年工夫，旧日宝玉尚不识纺车为何物，今朝巧姐要靠纺车讨温饱，好日子比想象中失去得快。

在穷乡僻壤度过余生的巧姐，经年下来，终于变得和农家妇人们一样皮实，眼一睁一闭一天过去，忙忙碌碌地用这一双磨粗了的手编织生活。

七夕民间素有"七月七，看巧云"的习俗。这日的云彩会格外变幻多姿，人们熙熙攘攘地结伴出门看云的时候，巧姐会混在人流当中吗？

人们说：看啊，那些五彩云霞，都是织女织的，再过一会儿，她就要和夫君七夕鹊桥相会了！

劳作了一天的巧姐，会倏地想到"好巧，今天是我的生日"吗？抬头仰望，她大概忆起的是童年时家里的帐幔飘带缤纷溢彩，绝不亚于此刻的漫天流云吧。

尤氏：如丝一样柔软，也如丝一样坚韧

一

少奶奶一辈里，荣府这边，珠大奶奶叫李纨，琏二奶奶叫王熙凤。可是，宁府的珍大奶奶，曹雪芹只管她随随便便叫了个"尤氏"就完了，没人知道她闺名到底叫什么。

她两个妹妹倒是有名字，分别叫"尤二姐""尤三姐"。这有点像"二毛头""三毛头"这样的名字，市井气十足，一看就知道，尤家连个书香门第都算不上。

以此类推一下，尤氏说不定就叫尤大姐。

这也太潦草了。

其实，尤大姐才不是一个没故事的女子。

贾府被抄家后，如果尤氏侥幸存活下来，在有生之年出一本口述回忆录，靠贩卖隐私挣银子糊口，那么她会给这本书起个什么名字呢？是《红粉世家》，还是《金陵烟云》？或者为了市场效应，干脆简单粗暴地叫《我在侯门当填房的那些年》，以此来吊起人们对贵族的意淫与窥探欲。

填房的地位从来都很微妙，也是正室不假，但和原配不可同日而语。填房的"填"，本是填坑的"填"。

不是人人都会让自家女儿来给有钱人做填房的。

名门望族的小姐不肯，她们的结婚对象是适龄未婚公子哥儿。

莫说中产和小康，就是贫寒之家也不见得愿意"高攀"，爱女儿的父母舍不得，要面子的父母则不愿意背一个卖女儿的名声因此，作为补偿，娶填房的聘金一般会格外丰厚，重赏之下必有勇"妇"。

胡适的母亲就是填房。当初媒人去上门提亲开八字时，被胡适的外公一口回绝，理由有三：

我们配不上做官人家；我老婆不同意；晚娘难做。

胡适的外婆更直接："不行。将来让人家把女儿欺负煞，谁家来替我们伸冤？"

是胡适的母亲自己坚持要嫁，气得他外婆当场跳了起来。她这么做纯粹是为了丰厚的聘金，可以帮父亲完成盖座房子的毕生夙愿。

所以，给豪门当填房的小家碧玉，都有自己的心酸不得已：不是缺爱，便是缺钱。

尤氏是两样都缺。她家一是没爱，娘家乃重组家庭，父亲故去，也没见她有兄弟，眼下只剩继母和两个继妹，已然鹊巢鸠占。刻薄点说，她早没娘家人了。

二是没钱，尤老娘自己坦承，多亏有姑爷贾珍接济，日子才过得下去。

嫁给贾珍做填房的这个决定到底是谁做的？当日她父亲还在不在世？媒人是谁？不得而知。不过，继母尤老娘贪财又昏聩，这事她肯定不会反对。

没了娘，自己就是自己的娘。

无依无傍的尤大姑娘，只剩这一个冰清玉洁的女儿之身，索性作注去赌一下明天。一过门就是三品威烈将军夫人，填房就填房吧，甘蔗没有两头甜。

就算前面是个烂泥坑，但烂泥坑也是富贵坑，她纵身跳了进来。

二

平心而论，经年的当家主母做下来，尤氏在贾家混得口碑还过得去，当得起"贤良淑德"四个字。

老太太、太太们面前，她礼数周全。宁府会芳园里的梅花开了，她会把贾母、邢夫人、王夫人等都请来赏花，殷勤招待，好不热闹。

同辈的凤姐、李纨，她与她们相处融洽。和前者能互损打趣说说笑笑，跟后者则有一种心照不宣的默契。

对贾珍的侍妾们，她也大度能容。宁国府中秋赏月，尤氏会破例叫侍妾们入席，叫她们一溜坐下，饮了一回。

对晚辈，她的表现也无可指摘。面对在比自己小不了多少的贾蓉，她稳妥和蔼，是个合格的继母；在体弱多病的儿媳秦可卿面前，她是一个无懈可击的婆婆。

秦可卿病了，她比谁都着急上心，把病因分析得透透的："虽则见了人有说有笑，会行事儿，他可心细，心又重，不拘听见个什么话儿，都要度量个三日五夜才罢。这病就是打这个秉性上头思虑出来的。"

作为同样出身不高的人，她洞悉这个儿媳的身份焦虑，有一种知之甚深的爱怜。

对于奴才们，她更是心存悲悯同情。四十三回，老太太要给凤姐众筹过生日，上上下下都凑份子。

凤姐使坏，还通知了赵、周二位姨娘。尤氏便骂她："拉上两个苦瓠子作什么？"

凤姐的回答是她们："有了钱也是白填送别人，不如拘来咱们乐。"

后来生日由尤氏操办，不但私底下还了一批大丫鬟的钱，还把周赵两位姨娘的钱给还了，她两个畏惧凤姐的淫威不敢收，尤氏很硬气地说："你们可怜见儿的，那里有这些闲钱？凤丫头便知道了，有我应着呢。"那两个人方才千恩万谢地收了。

因为这份共情和悲悯，也有人说尤氏本就是由妾室扶正的，才格外懂得体谅。

这个小家碧玉，没念过多少书，没有硬气的娘家撑腰，也没有受过大家闺秀模式的熏陶调教，更没有机会从小就储备下家族内部管理斗争的经验。她竟也凭着礼数周到、姿态柔软，圆融和善，愣是在关系错综复杂的侯门里也占得了一席之地，依赖的无非就是四个字：多结善缘。

而这，恰是本分小老百姓家里养出来的朴素的民间生存智慧。

三

然而这桩婚姻本身，却是一言难尽。

一方面，她凭借嫁人实现了火箭上升式的跨越。入主东府后麻雀变凤凰，生活有了天翻地覆的变化，出入上下见识大开。

第十六回元春封妃，贾府女眷入朝谢恩，贾母领衔的四乘大轿里，就有尤氏一乘，她的品阶比皇帝的丈母娘王夫人还高三级。

当朝服大妆的尤氏在被抬着过御街、进宫门的那一刻，撩开轿帘向外张望，会不会生出"今夕何夕"的恍惚感慨呢？

进宫面圣，这对从前的尤大姑娘来说，是想都不敢想的事，如今桩桩件件在经历，真是人生如梦啊！

另一方面，她又不得不忍气吞声地接受丈夫贾珍的荒淫无度。大概一开始进得门来，贾珍就先入为主地给她立好了规矩：小媳妇儿，老子的事你管不着。

贾珍在外眠花宿柳，在家侍妾成群就不说了，居然不顾人伦，先是睡了儿媳，后和儿子一起"祸祸"了尤氏的两个妹子，爷儿俩和姐儿俩一起陷于"聚麀之乱"，就没他不敢睡的人。

宁国府臭名远扬，府里的丫头们说："谁不背地里嚼舌说咱们这边乱账。"

府外的柳湘莲说："你们东府里除了那两个石头狮子干净，只怕连猫儿狗儿都不干净。"

小姑子惜春可是宁府里的正经主子，却也因为"每每风闻得有人在背地里议论什么多少不堪的闲话，我若再去，连我也编派上了"，找机会果断搬离了宁国府，与他们划清了界限。尤氏在惜春面前理短嘴软，拿不出做嫂子的款，忍耻匆匆走开。

不止如此，贾珍居丧守孝期间，为了解闷，以练习骑射为名纠集了一众纨绔子弟。

三四个月过去，骑射场变成了赌场，"公然斗叶掷骰，放头开局，夜赌起来"。

花天酒地，豢养娈童，早把骑射扔到了爪哇国。

第七十五回，尤氏夜里回来，发现东府门庭若市，门口那"干净"的石狮子下，居然放着四五辆大车，这都是来聚赌的人们，俨然"红楼"版拉斯维加斯。

她叹道："坐车的是这样，骑马的还不知有几个呢……也不知道他娘老子挣下多少钱与他们，这么开心儿。"

她无力制止，只能趴在窗户根下听一会儿，再偷偷骂两声，悄悄走开。

没有家世根基，又没有为贾珍开枝散叶，诞下过一儿半女，她在他面前腰杆儿根本直不起来，连基本的话语权都没有，叫板更是不可能，只能眼睁睁地看着他一路狂奔，把这个家往沟里带。

她在他面前做小伏低，隐忍着把日子过下去，这是一个卑微填房的悲哀。

四

出身平民的尤氏也不大会在底下人面前摆架子撇脸子，但俗话说"慈不带兵"，这种活法风平浪静时尚可，一遇事似乎就不够用了。

因此她一直被泼辣能干的凤姐诟病为软弱。

焦大因为不肯出夜车撒酒疯大骂宁府上下一干人等时，尤氏说："偏又派他作什么！放着这些小子们，那一个派不得？偏要惹他去。"凤姐看不过："我成日家说你太软弱了，纵的家里人这样还了得了。"

尤氏叹气，说还不是因为焦大昔日救主有功，"有祖宗时都另眼相待，如今谁肯为难他去。"

凤姐却道："我何曾不知这焦大。倒是你们没主意，有这样的，何不打发他远远的庄子上去就完了。"

这个提议很可行，对于那些不听话又不好干掉的刺儿头，最好的办法其实是打发到一个偏僻的岗位上凉凉去，眼不见心不烦。

焦大甚至骂出了那句著名的"爬灰的爬灰，养小叔子的养小叔子"，尤氏却还在一边装聋作哑。

直接后果就是心里有鬼的秦可卿，没几天就一病不起了。尤氏再悉心照料，遍请名医，最终也是香消玉殒。

　　秦可卿的葬礼是凤姐一手操办的，尤氏呢？"犯了胃疼旧疾"直接躺倒。

　　关于秦可卿的死因还有另外一个"淫丧天香楼"的版本，她因和公公贾珍的不伦之事败露后上吊自杀。如果是这样，尤氏的表现便说得通了，一半是羞惭难见人，一半是赌气给贾珍撂挑子。

　　家里乱成了一锅粥，无奈之下，贾珍求凤姐出马主事，才有了后者的闪亮登台一战成名，这个展示自我的机会，其实是尤氏让给她的。

　　观察尤氏和凤姐，是一个有趣的对照。

　　悬殊的条件造就了两套截然不同的处世系统，概括成一句话就是胖大海的说明书：天然生长，膨胀系数各异。

　　也因此，两人互相都有点看不上对方。前者看不惯后者的嚣张，后者则看不上前者的窝囊。

　　尤氏是暗戳戳的，她曾半真半假地提醒过得意扬扬的凤姐："我劝你收着些儿好。太满了就泼出来了。"

　　凤姐则是明晃晃的，话里话外都是对尤氏的鄙视："你又没才干，又没口齿，锯了嘴子的葫芦，就只会一味瞎小心图贤良的名儿。"

尤氏则直认不讳："何曾不是这样。"

但，尤氏真的就像凤姐说的那么软弱吗？不要把她看扁了。

五

如果说尤氏在第十三回错过了主持一个葬礼，那么，在五十回后，作者曹公又特意还给了她一个葬礼。

公公贾敬在道观里误服丹药暴毙，消息传到贾府的时候，贾珍、贾蓉、贾琏都不在家，没个靠得住的男人，凤姐又在病中，尤氏只能靠自己。

那一回回目叫"死金丹独艳理亲丧"，是尤氏的高光时刻，她的霸气表现很衬"独艳"这个美称：反应迅速却忙而不乱，雷厉风行又面面俱到。

公公的死讯传来，她没慌，一面先卸妆以示孝道，一面先下手为强，派人把道士们统统锁起来。他们再巧舌如簧什么贾敬"升仙"了，她也不为所动，飞马报信给贾珍，等他回来审问。

一面带着人出城往道观里来，一面请太医来做最后的确诊，就算人死了也得死个明白。

天气炎热，遗体不能久放，贾珍回来至少还需要半个月，尤氏遂自行主持停放在家庙铁槛寺，择定了入殓日期，三日后便开丧破孝做起了道场。她人在寺内不能回家，便让继母带两个妹妹在家看家照顾。

贾珍父子星夜驰回时，路上迎面遇到本族两个兄弟领着家丁，原来是尤氏担心贾珍父子来了，家里没人，派他们专门来护送老太太的。贾珍对尤氏的周到赞不绝口，对她各项井井有条的安排连称"妥当"。

不止贾珍吧？所有看到这一折的读者都会对尤氏刮目相看，书到第六十三回，才看到她平日深藏不露的另一面。如此的稳当妥帖、凌厉果决、思虑周全，还是我们印象中那个心慈面软的尤氏吗？

贾敬出殡那日，"丧仪焜耀，宾客如云……夹路看的何止数万人"，风光程度一点也不亚于当日秦可卿的葬礼。

婚丧大事的料理是治家能力的考核指标之一，尤氏算是经受住了考验，而且能耐也一点不比凤姐差，她捍卫了东府大奶奶的尊严。

平日里的隐忍退让原是她的保护色。

她不求赫赫扬扬，只求无功无过，外表朴实无华，内心收敛锋芒，这是很多没有背景的低调守成者的生存之道。不作为、慢作为，并不代表真的软塌塌扶不起来。

六

葬礼一完，尤氏似乎又恢复了从前的中庸面目，被人怠慢轻视时，一律佛系应对。

凤姐的老公贾琏勾搭上了尤氏的妹子尤二姐，并不顾尤氏阻拦，偷娶在小花枝巷里。

凤姐借机去宁府大闹了一场，撒泼打滚、哭天抢地、往尤氏脸上吐唾沫、掰着尤氏的脸破口大骂，对尤氏极尽羞辱之能事，尤氏没有反抗。尤二姐不堪折磨地自杀后，也没见尤氏有什么反应。

在老太太屋里吃饭，红稻米饭没了，丫头们随便给她盛一碗下人吃的白粳米饭，她也不挑，给啥吃啥，连大丫鬟鸳鸯都看不过眼去给她换了一碗。

在园子门口被荣国府的婆子轻慢，凤姐将那两个人捆了交由尤氏处理，尤氏说不是什么大事让把人带回去，第二天眼见凤姐因为此事被邢夫人故意挖苦，她居然把自己择了个干净：

"连我并不知道，你原也太多事了。"

也不知道是怕事还是故意晾一道，弄得凤姐里外不是人，回家大哭一场。

仿佛昙花一现，那个在葬礼上胸中有丘壑、腹内有经纬的尤氏不见了，她又缩回了明哲保身的"乌龟壳"里去，闭上眼睛就是天黑。

然而潜意识骗不了人，有些情绪其实是在慢慢积攒着的。

第七十四回，王夫人发动的大观园内部抄检过后，她在李纨处呆呆地坐着，出神无语。

丫鬟们伺候她洗脸，礼数粗疏，素云没有出去拿主子们的脂粉，而是拿出自己的给她用，尤氏不计较；炒豆儿端着铜盆没有按规矩跪下，而是弯腰站在她面前，尤氏也不计较。

李纨等人看不过去，批评下人不懂规矩，她也不尴尬，说了一句："你随他去罢，横竖洗了就完事了。"

随后又轻飘飘笑着冒出一句："我们家上下大小的人只会讲外面假礼假体面，究竟做出来的事都够使的了。"

这才是重点吧？

在这句话的背后，是一段漫长的曲折心路。她是带着对侯门公府的憧憬来到这个家的，那些繁文缛节的礼数也曾让她像刘姥姥一样从心里赞叹"礼出大家"。

可是，随着时间的流逝，她越来越看清楚了这些"体面规矩"的贵族们的真面目。

表面上处处仁义礼智孝，背地里一再"秀"出道德下限，为了私欲各种罔顾人伦国法，搞阴谋诡计，心狠手辣也就罢了，内斗起来更是跟乌眼鸡似的，恨不得你吃了我我吃了你，不用别人抄家，自己人先抄检起来。

一件件，一桩桩，她看瞎了眼，也看寒了心。

从前她仰视他们，如今她蔑视他们。戴安娜生前的保镖曾经发表过这样一段对皇室的评论："你发现了他们的伎俩，这些人的威望，就会彻底消失。"

一样的，在祛魅之后，豪门的那些规矩在尤氏这里已经一钱不值，别人遵守不遵守已经无所谓了，她懒得配合这个虚伪世界的表演。

"你们玩吧，我不跟了。"这才是尤氏想说的话。

成长也许是一瞬间的事，也许很漫长。

人到中年的尤氏，终于开始有了自己独立的思考判断。她浮在嘴边的冷冷嘲笑，是对虚伪世界的不屑一顾，又何尝不是一种人性的觉醒？

可是又能怎么样呢？日子还不是要一天天地过？无力改变又跳脱不了环境，就做一个头脑清醒的妥协者冷眼旁观："眼看他起朱楼……眼看他楼塌了。"

勘破之后，无奈自会化作无感。

读《红楼梦》，很少有人注意填房尤氏这个配角吧？一旦留心，会发现她性格的隐晦复杂性超乎想象。

这个面目平淡的中年女人，出身如蒲草，蒲草韧如<u>丝</u>，她时而如丝一样柔软，时而如丝一样坚韧，更多时候如丝一样细微不起眼，但是认真端详，会看到隐隐闪耀的多棱微光。像极了我们身边那些貌似寡然无味、却总能活到最后一集的"普通人"。

贾珠：最优秀的人总是先走

一

不服气不行，王夫人有个好肚子。

婆婆贾母看不上她，话里话外地嫌人家嘴笨无趣，不如孙媳妇儿王熙凤嘴巧招人疼。确实，王夫人大部分时间沉闷无语，像块潮湿的木头。但是湿木头长得出好蘑菇，人家生的孩子个个不凡，正应了《增广贤文》中的话："十分聪明用七分，留得三分给儿孙。"

生孩子不像别的，可控性很低，因为基因组合完全无法自主。有点像拆盲盒，也许是惊喜，也许是惊吓。

同父同母的两个孩子，更有可能会天差地别。比如薛姨妈，能生出完美的宝钗，也能生出大傻子薛蟠；比如赵姨娘，能生出聪敏的探春，也能生出上不得台盘的贾环。

谁能像王夫人一样，把把都"和"啊？而且人家还那么低调，用小岳岳的话说就是："我骄傲了吗？"放眼望去，别说宁荣二府，就是四大家族乃至整个金陵城，谁能跟王夫人比？

生女儿能生在大年初一这一天，长大后还能"一朝选在君王侧"，先做女官后封妃，光耀门楣。

生儿子别人是孕育，她除了孕育还孕"玉"，胎儿一落草，嘴里衔了一块五彩晶莹的玉，上面还刻着字。搁今天，是要上电视节目《走近科学》的。

还有一个也是人中龙凤，即长子贾珠。"红楼"开篇时，他已经离开了这个世界。

二

贾珠的名字第一次出现，是在爱八卦的冷子兴嘴里："这政老爹的夫人王氏，头胎生的公子，名唤贾珠，十四岁进学，不到二十岁就娶了妻生了子，一病死了。"

"十四岁进学，不到二十岁就娶了妻生了子，一病死了"，简单二十一个字，概括完了贾珠的一生。可若细细探究，那是一段生如夏花的生命旅程。

十四岁进学，这已经是常人难以企及的履历了。明清科举制度非常严苛，童生中只有佼佼者才能通过县、府、院三级考试，成为生员也就是秀才，这叫作"进学"，相当于今天考中985，211。考中秀才，就等于有了仕途入场券。

童生没有年龄限制，有的人考一辈子都没考中，被称作老童生。白头发的孔乙己就被人调侃过"连半个秀才也捞不到"。蒲松龄当年考中秀才时是十九岁已算年轻，贾珠以十四岁的年纪，几乎是年龄最小的秀才了，全国也不会有几个，搁今天算神童，是要进少年班的。称他少年英才，一点都不算奉承。

优秀的秘诀一是天资聪慧，不聪明小小年纪书读不到这个份上，科考可不是九年制义务教育，是选拔性考试，难度大，录取率低；二是好学上进，再聪明的孩子，不用功也不可能考中。要整本整本背那些不加标点的书，林语堂称这种背诵记忆是"艰难而痛苦的事"，看看后来的宝玉就知道了，一听说"老爷要问你的书"就吓到装病。

资质超群的贾珠，前途必定无可限量。一则有国公世家的出身加持，二则他祖上是行伍出身，靠在战场上浴血厮杀挣下功名，算是武官。和平时期到来，多少会被文官们看不起。贾珠凭真才实学考中生员，为贾府弥补了一项空白，争了气长了脸开了个好头。

他是玉字辈中的人尖尖，把同辈的贾珍、贾琏俩活宝秒成渣渣，后来的宝玉和贾环更不在话下；他是这个钟鸣鼎食之族未来的希望，说是内定接班人也不为过。

《红楼梦》第六回，警幻仙姑打算去接黛玉的游魂来逛太虚幻境，路上遇到了贾府老祖宗宁荣二公的魂魄，两位苦苦哀求警幻仙姑，说后世子孙虽多，竟没有个像样的能继承家业。矮子里面拔将军，也就宝玉，人聪明但不上进，求警幻仙姑带带他，让他走走正道，挽救家运。

如果贾珠还在，老祖宗们哪还用阴魂不散地天天守在祠堂里看着这帮孙子，早手拉手愉快地投胎去了，还指望他宝玉干啥？

三

古人热衷于生儿子，无非俩诉求，一是光宗耀祖，二是传宗接代。第一条不用说，第二个任务指标，贾珠也很好地完成了。

他不到二十岁就当了父亲，娶的是国子监祭酒李守中的千金李纨，门当户对又温婉贤淑。婚后两人性格合拍，琴瑟和鸣，否则不会迅速开枝散叶，生下儿子贾兰。

少年贾珠，尚不到弱冠之年，已经是同龄人中的人生赢家。

家世好，学业好，婚姻好，繁衍好，妥妥别人家的孩子，三百六十度全方位无死角。

但谁能料到水满则溢月满则亏，他竟然一病死了，不知道具体得的是什么病，应该是急病。

贾府之光一夜熄灭，短暂而灿烂。贾府上空的天，黑了。

加缪说：最优秀的人总是先走，这就是生活。

分析贾珠的性格，应该是敏而好学的自控型人格，然而终是"慧极必伤"。太优秀了真的会遭天妒吗？无怪乎苏东坡说："我愿我儿愚且鲁，无灾无病到公卿。"聪明孩子活得都累，因他会主动背负起不该他年龄承担的东西。

他就像民间传说中的仙界童子，带着任务来人间历劫，快速体验完一趟人生之旅后，回归本位。只是正值青春华年的妻子，尚在襁褓嗷嗷待哺的儿子，从此成了可怜见儿的孤儿寡母。

他的离去，给长辈们的余生留下了浓稠的阴影。大家也许都在反省，是不是对孩子逼得太紧了？于是，便从一个极端走向了另一个极端。

四

贾母对后来生的宝玉，极尽溺爱纵容，再不许贾政管他读书。

后来宝玉身体一有毛病，贾母就大骂贾政，说是被他逼的读书写字，把胆子唬破了。

不但如此，还拦着不让宝玉早婚，张道士做媒，贾母说"这孩子命中不该早娶"。她未必不认为是贾珠的英年早婚，才导致了英年早逝。

贾政管宝玉，是外紧内松，脾气上来了骂一顿，疏散一下后继家业无人顶上的焦虑。骂完了并不真行动，制定计划手把手地实施教导，给贾代儒一丢就完事了。

王夫人跟袭人提到宝玉的教育："我何曾不知道管儿子，先时你珠大爷在，我是怎么样管他，难道我如今倒不知管儿子了？只是有个原故：如今我想，我已经快五十岁的人，通共剩了他一个，他又长的单弱，况且老太太宝贝似的，若管紧了他，倘或再有个好歹，或是老太太气坏了，那时上下不安，岂不倒坏了。"万一宝玉再有个闪失，这个罪责她担不起，这个家也承受不起了。

她还信了佛，她们王家之前并没有信佛的传统，妹妹薛姨妈没有，侄女凤姐更是不信阴司报应。在无常的命运面前，无能为力的人们需要宗教的抚慰。

失去方知珍贵，此时的长辈们，已经把对孩子的期许降成了健康就行。贾珠的早天，让大家都成了惊弓之鸟。

长辈们对贾珠遗孤贾兰的态度似乎也不合常情，按理说应该对他极尽呵护才是，但是没有，从贾母到王夫人都对他淡淡的。深层次理解他们，恐怕是见了他就难免想到贾珠而触发伤心，反而有意回避着这个孩子，这才是真正的人之常情。

　　关于贾珠，大家都不再提起，好像把他忘了。

　　然而第三十三回，贾政怒打宝玉时，王夫人急痛之下，竟然脱口叫出了贾珠的名字，哭道："若有你活着，便死一百个我也不管了。"李纨听了放声大哭，贾政的"泪珠更似滚瓜一般滚了下来"。

　　安徒生说："有些话，人们不说，不是忘了，而是永远地留在了人们心里。"

　　人的死亡有两次，一次是生理死亡，一次是被彻底遗忘。逝去的人不会轻易死去，太多时候生者只是假装把他们忘了，也许是没有防备的睡梦中，也许是欢乐的人群里，也许是痛苦降临的时刻，他们的样子总会没有征兆地冒出来，这一刻，活着的人都会想：如果你在，那该多好。

贾蓉：含垢忍耻地活着，直到自己成为污垢本身

一

"只听一路靴子脚响，进来了一个十七八岁的少年，面目清秀，身材俊俏，轻裘宝带，美服华冠。"这位通身气派的清俊小鲜肉，让初进荣国府的村野老妇刘姥姥自惭形秽局促不安，坐也不是站也不是——在美面前，若不是起强盗心，便是生自卑心。

凤姐说刘姥姥："你只管坐着，这是我侄儿。"

这是贾蓉的第一次正面出场。《红楼梦》的第六回，作者借刘姥姥一个陌生人的眼来告诉读者：这位宁国府单传继承人，端的生了一副好皮囊。

只可惜一肚子男盗女娼，糟蹋了这皮囊。

一提起他，就很难不让人想到他与贾珍父子俩的"聚麀之乱"，何况乱伦对象还是自己名义上的姨妈。

第六十三回，贾敬殁了，尤氏要在庙里料理后事，因家中无人照管，特意将继母和两个非亲生妹子尤二姐、三姐接来住在上房代为看家。书上写贾蓉"听见两个姨娘来了，便和贾珍一笑"。这父子俩心照不宣地相视一笑，简直不要太恶心。

接下来就是调戏尤二姐："二姨娘，你又来了，我们父亲正想你呢。"尤二姐拿着熨斗打他，他装躲反滚到二姐怀里。

和二姐抢坚果吃，被人家吐了一脸嚼碎了的渣子，他不怒反笑，用舌头都舔着吃了——这用恶心形容都不够了，简直令人反胃呕吐。

丫头们看不下去，让他注意影响，说外面人都说宁府里关系混乱。最经典的莫过于后来柳湘莲那一句："你们东府里除了那两个石头狮子干净，只怕连猫儿狗儿都不干净。"

贾蓉却回答得轻描淡写："各门另户，谁管谁的事。"颇有"任尔东南西北风"的老辣无耻。先是引经据典："人还说脏唐臭汉，何况咱们这宗人家。"仿佛乱搞是贵族阶级的特权；接着是援引身边人的例子做依据，意思是"大家都这么干，凭什么我不行"的理直气壮，什么贾琏和他爹贾赦的小姨娘不干净啦，什么凤姐那么厉害贾瑞还打她的主意啦，"那一件瞒得了我！"

说起贾瑞，又想起一桩：他曾经替凤姐去敲诈过贾瑞，最后让贾瑞身心俱毁，一命呜呼。

他还替贾琏说过媒，出于私心把尤二姐忽悠给了贾琏做二房。

几乎每一件拿不上台面的鸡鸣狗盗之事，他都干得得心应手、熟极而流，完全没有道德负担。

他此次登门，是跟凤姐借玻璃炕屏的。对凤姐各种做小伏低，甜嘴蜜舌，将凤姐溜舔得那叫一个心花怒放。他一会儿半跪在炕沿上"求婶子开恩"，一会儿被半路叫回来站着垂手侍立，站了半天又让他晚饭后再来。他的恭顺，让凤姐在旁观者刘姥姥面前摆足了架子。

但不知为什么，他俩明明是长幼关系，嘴上说的是"求婶子可怜侄儿"，气氛里却掺杂了男女调情眉来眼去的黏腻。

连凤姐儿给贾瑞下套的时候，都拿他说事：贾蓉那样清秀，却不解风情不知人心。以至于有些读者起了疑心，觉得他俩说不定有一腿。不可能的，这二位纯粹是俊男美女互相心知肚明地贫嘴逗乐子，愿打愿挨地满足一下凤姐作为女性"高管"的虚荣心，舒缓一下神经而已。凤姐那么要强，不会拿自己的声誉开玩笑，给贾蓉十个胆子，他也不敢对凤姐有非分之举，只能当奶奶一般供着罢了。

且看后来因贾琏偷娶尤二姐之事败露，酸凤姐大闹宁国府，贾蓉磕头如捣蒜，自扇耳光的样子，这二位哪像是有过半点暧昧的？从始至终，都是凤姐高高在上。

二

贾蓉乃宁国府长孙，正宗嫡传人，算起来比荣国府的宝玉都金贵，宝玉上有贾琏，旁有贾环，下有贾兰，并不是唯一继承人。贾蓉可是十亩地里的一根独苗，宁府传宗接代的重任都在他肩上，理应集全部宠爱于一身才对。

但全然不是那么回事。

他的爷爷贾敬，一门心思要成仙，躲在道观里炼丹，一炼就是十几二十年，炼得六亲不认。俗话说"小儿子，大孙子"，意即这两种孩子最受宠，但贾蓉作为大孙子，从来没有享受到来自祖父辈的疼爱。倒是贾敬过生日，他这个当孙子的，带着十六盒子好吃的送到道观里去行大礼，口称"我父亲在家里率领合家都朝上行礼了。"爷爷一高兴，派他个大任务，印刻一万张《阴骘文》，分发出去。

他自幼丧母，是个没娘的孩儿。尤氏是继母，年龄介于母亲和姐姐之间，又过门晚，与他互相之间是以礼相待，没有多少母子之情。

他有个小姑姑叫惜春，比他还小，性子冰冷孤介，一本书下来，没见他俩说过一句话。很多读者都意识不到他俩的血缘关系这么近。

他也没有兄弟姊妹。

他只有一个父亲贾珍，算是最亲的人。

可是，这个父亲是怎么待他的呢？

父亲加诸给他的是无尽的羞辱和践踏，从里到外，从身到心。

美貌袅娜的秦可卿是他的结发之妻，但是在他眼皮子底下，父亲却不顾廉耻将之或勾搭或霸占了去。这种事，别说人伦纲常了，但凡顾念一点父子之情的人，都不可能做得出来，但贾珍却肆无忌惮地做了，到最后还闹出了一场"秦可卿淫丧天香楼"的桃色死亡事件，在儿子贾蓉面前没有半点羞愧之色。

贾珍对他的直接管教更近乎于羞辱。

第二十九回，清虚观打醮，因为他没有在贾珍面前伺候进了钟楼，贾珍道："我这里也还没敢说热，他倒乘凉去了！"搁一般人顶多骂两句也就算了，但贾珍的方式却闻所未闻，"喝命家人啐他"——往他脸上吐唾沫。一名小厮就冲贾蓉脸上吐了一口，贾珍说"问着他"，小厮就问："爷还不怕热，哥儿怎么就乘凉去了？"这熟练之极的程序化一啐一问，隐含着有太多的信息量，说明这种惩罚方式在父子二人之间已经不是第一回，是家常便饭的事情。这种人格上的侮辱比贾政拿着板子打宝玉，更令人无法直视。

贾蓉现身说法，演绎了什么叫"唾面自干"。

所以就能解释为什么尤二姐啐他，他才那么满不在乎，反而是一种享受，原来是早被啐惯了，啐皮了。

他不像父亲的儿子，更像是父亲的一条狗，召之即来挥之即去，想打就打想骂就骂，高兴了丢给他一根肉骨头，不高兴了一脚踢开。也只有带着他一起干吃喝嫖赌龌龊之事时，他才能感到被接纳。

以这种变态方式养大的孩子，只能成为一个没有自我意识的低自尊者。他们会有"讨好型人格"，消极又自我放逐，没有被爱过，也不会爱自己，更遑论爱别人和爱生活。

三

焦大醉酒，悍然骂出这家主子"爬灰的爬灰"时，小厮们被唬得魂飞魄散，塞了他一嘴马粪。而当事人贾蓉的反应是"装作没听见"。

他的真实感受是什么呢？无从得知。

清醒着就痛苦，不妨让自己麻木。这也许是他能坦然地与父亲共同分享尤二姐的原因，他振振有词地对丫头普及"脏唐臭汉"

论时，焉知不是与自己的耻辱寻求和解？那杨贵妃原来可不就是唐明皇的儿媳妇？说服自己接受现实，合理化眼前的一切肮脏，直到自己也成为这肮脏的一部分。

秦可卿死后，他父亲拄着拐哭得死去活来，以一个"杖期夫"的形象出现，却未见得他怎么难过伤心。不知道在贾珍介入之前，贾蓉与秦可卿的关系到底怎样呢？他与可卿的婚姻状况真是一个谜。

我们看到的贾蓉，长成了一个畸形扭曲的"两面人"：又奴性又混蛋。对内是一个孝顺的孙子，恭驯的儿子，会来事的侄子，膝盖特别软，对着长辈们说跪就跪，特别会讨人欢心；一转身，又变成一个什么缺德事都干得出的混小子，一个声色犬马的纨绔子弟：来啊，快活啊！反正有大把时光。

也许这世上被侮辱和被损害的人们，修复疗愈的渠道都不尽相同，而自我麻痹也是一条常见的路径。

许多貌似没心的人，不是天生没心，而是他们的心已被石化。冰冷虚妄的人世间，他们唯一活下去的乐趣，就是沦为欲望的奴隶，无可选择地去堕落。

甄士隐：是谁在造谣？说好人一定有好报

一

"我这一生未曾做过坏事，为何会这样？"张国荣写下这样一句遗言，从楼顶一跃而下。

他死后，每年的四月一日，娱乐圈的人们都要隆重纪念他一番，他生前的故人们，每一个人，都在不遗余力地回忆他在世时，对他们种种种种的好。

好有个屁用，人还不是死了。越夸他，越让人想到那句令人不寒而栗的话："高尚是高尚者的墓志铭。"

后来的韩寒如此毒舌："你说你一生没做坏事，为何这样，我想我可以尝试着告诉你为何，因为，你一生没做坏事，所以，就是这样。"

　　不不不，不是这样，跟做坏事没有直接关系，他只是，对人类有一些误解，对人性有一些执念。

　　枉他贵为一代巨星。

　　我曾经在《梦里不知身是客：百看红楼》里面写过："古人说'方寸若好，吉地自得'，人在世上混，以为靠高尚的道德就能换取生存空间是天真的一厢情愿。现实冷硬，单靠方寸活，迟早要在伤害面前失了方寸，痛苦地问十万个为什么。"

　　这大概才是问题症结所在。

　　不信你来翻《红楼梦》，号称有一颗绝世悲悯之心的曹雪芹，并没有让好人们都有好下场，相反，他持一种冷静的残忍，把那些好人们的命运一一撕碎了给你看，再把碎片向上扬起，洒你一脸血泪。

　　他头一个撕的，就是将"真事隐去"开启"红楼"大戏的人物甄士隐。

二

　　士隐，这个人名，本身就透着洁净淡泊，"志士不饮盗泉之水"，连他家住的巷子都有个高尚的名儿，叫"仁清巷"。他本人秉性恬淡友善，嫡妻封氏贤淑明理，是一对三观契合的幸福伴侣。

身为姑苏阊门乡宦，他有闲有钱，成天在家观花修竹，酌酒吟诗，没事了上街"遛遛"漂亮的女儿，过的是神仙的日子。物质富足，无忧无虑，只是，按照马斯洛层次理论，多少会有点寂寞吧？如果能再有一半个能谈得来的朋友，人生就圆满了，就像《还珠格格》里那样，能一起"看雪看月亮，谈整整一夜，从诗词歌赋谈到人生哲学……"

暂住在隔壁葫芦庙里卖字作文的穷儒贾雨村，有文采有见识，恰恰填补了甄士隐这一项生活空白。"与君初相识，犹如故人归"，遇到贾雨村的甄士隐，有一种终于找到能一起愉快玩耍的小伙伴的感觉。

曹公介绍贾雨村时这样说："士隐常与他交接。" 可见在这段关系里，甄士隐始终是主动的那一方。

三

贾雨村第一次出场是烈日炎炎的夏天，甄士隐本来是在"遛"女儿，一见他，立即命人把女儿送回去，与他"携手"来至书房中喝茶，待之不可谓不重视不亲密。

这就是传统文人待人的天真之处：只要认可对方的才华，就会自动加载"晕轮效应"，全面拔高对方。甄士隐如是，后来的贾政亦如是，他们待贾雨村的方式如出一辙，但凡他的就是好的，贾政在大观园里命众人题楹联时的那句"若妥当便用；不妥时，然后将雨村请来，令他再拟"，毫不掩饰自己的真爱。

中秋节来临，甄士隐备好美酒佳肴，亲自来请贾雨村，说什么团圆之节，"想尊兄旅居僧房，不无寂寥之感……邀兄到敝斋一饮"。唯恐他"佳节倍思亲"。贾雨村欣然前往，不去白不去。两人对着一轮圆月又吃又喝，聊得很过瘾。贾雨村借着酒劲忘乎所以，口占出了"天上一轮才捧出，人间万姓仰头看"，暴露了他要出人头地的狂放野心和赤裸裸的功名欲望。

甄士隐大声点赞，说"哥们儿，你这是要红呀！"

贾雨村说："可惜我没钱。"

甄士隐说："我有，早就想给你了。"

甄士隐立即送上白银五十两做进京赶考的盘缠；怕贾雨村路上冻着，贴心地送上冬衣两套；还挑好了出门的黄道吉日。第二天一早，又觉得自己做得还不够，给京城官宦人家写了两封荐书，给贾雨村找好了进京的住处——亲爹对儿子，也不过如此了吧？

如此上赶着的细致周到，甄士隐，你也是双鱼座吗？

可惜啊，人家贾雨村拿着钱物，天不亮就一溜烟走了。

贾雨村的为人初露端倪。不管怎么说，人家帮你这么大的忙，好好当面跟人告个别，迟个一半天再走有什么关系呢？留的那一句"总以事理为要，不及面辞了"，其实是"我的利益最重要，礼数就干脆不讲了"。这是典型的利己主义者才能做出来的事情，和甄士隐的"利他"风格截然相反。

对于贾雨村骤然离去，甄士隐是愕然的吧？但也"只得罢了"。

也许在困境中挣扎过人心会变硬，而那些一直被生活善待又内心温软的人，恐怕很难理解前者的那种不顾姿态所为何来。

四

他们的命运就此开始反转。

贾雨村揣着那五十两纹银开启了自己人生的新大门，"十年寒窗无人问"后，他中举了，一举完成了阶层跨越，做起了知府太爷。

仁清巷的甄士隐呢？本以为退回自己的生活，继续过观花修竹、读文颂诗的神仙日子就好，奈何如金圣叹评《水浒》中的林冲："与人无患，与物无争，而不知大祸已在数尺之内。"

元宵之夜，仆人霍启弄丢了甄士隐唯一的女儿英莲，自己畏罪逃之夭夭，老两口寻女不着，为此一病不起。

两个月后的三月十五，葫芦庙油锅着火，连带一条街都陷入火海，隔壁的甄士隐家在劫难逃，被烧成了一片瓦砾场。

没关系还有田庄，可以去田庄安身。偏又值"水旱不收，鼠盗蜂起"，抢田夺地，官兵剿捕，没法安生度日。

把田庄卖了，带着银子去岳丈家投亲；又被岳丈坑，将他的钱半哄半赚，打发了他几块薄田朽屋，他又不大懂庄户营生，一两年过去，几乎沦为社会底层。

还是鲁迅那句话："有谁从小康人家而坠入困顿的吗？我以为在这途路中，大概可以看见世人的真面目。"落魄后，没料到头一个来踩他的人，竟恰是他最信任的亲人。老婆的亲爸爸封肃开始人前人后数落他"好吃懒做"，他才明白自己看错了人。

张爱玲笔下《倾城之恋》的女主角白流苏，不也是这样吗？离婚之后回娘家，自己手里那些体己钱零零碎碎都贴补给了哥哥，七八年后，钱被掏光，就开始被哥哥们各种嫌弃，说既然前夫死了，你不如回去做遗孀，再赖在娘家便是不懂事。

"金满箱银满箱，展眼乞丐人皆谤。"人生的真相就是这么不堪。

当你身陷困境时，有些曾经与你亲密甚至受过你恩惠的人，为了急于撇清，最擅长的就是一边袖手旁观，一边站在道德高地对你的人格进行攻击，仿佛这样就能洗脱自己的不作为和不道义。在对你一次次的攻击中，既混淆视听，也完成对自己的催眠："你的不幸是你造成的，与我无关。"以期获得心理上的平静，逃避良心的谴责。

千万不要指责他们，他们说不定巴不得你如此，正好给他们辩解、推诿的机会，一开撕就会演变成罗生门，孰是孰非该信谁？再说绝大多数围观者是来吃瓜的，他们不会履行陪审团的义务。

真相锥心刺骨，但越早一天明白越好。

"我这一生未曾做过坏事，为何会这样？"曾经吃风拉烟的甄士隐，也是这么追问过苍天的吧？生活的重锤一锤一锤锤下来，他渐渐有了"下世的光景"，人品超逸的散仙成了"倚杖柴门外，临风听暮蝉"的衰病老叟。

参透命运的无常，无非就是那三个字："甚荒唐。"他跟着跛脚道士飘飘而去：老子不玩了。放弃红尘，它好或坏再与自己无关。

幻灭之后，才得超脱。

五

甄士隐走了，贾雨村回来了。他头戴乌纱帽，身着猩红袍，坐着八抬大轿，在大街上招摇而过。一眼认出了买线的甄家丫鬟娇杏，那个他曾经暗恋的姑娘。

他先是给了封肃二两银子，再是送来两封银子四匹锦缎作为当日之恩的答谢，这个数目应该不低于当年甄士隐赠他的那五十两。要了娇杏做二房后，又封百金加上许多物事，一是作为彩礼，二是为了资助封氏的生活。

做到这份儿上，表面看起来，贾雨村也算有情有义了。

但是，别忘了，他还信誓旦旦在封家人面前再三说过要帮忙找到英莲："不妨，我自使番役务必探访回来。"

事实上呢？英莲拐卖案卷真的到了他案前，他却"葫芦僧判葫芦案"胡乱结卷。

饰演过八七版电视剧《红楼梦》香菱一角的陈剑月老师，在一次闲聊中，提到贾雨村，曾经悲愤地说："甄士隐当初是怎么对他的？他明明可以解救恩人的女儿，却为了巴结四大家族，昧着良心装聋作哑，任由薛大傻子将之掳走，在此后经年里，守口如瓶。他是怎么做到的？"

是的，"他是怎么做到的？"天真的好人们都会这么问。

人与人的差别，本来就像物种与物种之间的差别那么大。

没有利益冲突时，看起来个个都是可交的，但只有他的利益与你的发生冲突时，才能彻底看得清各人真面目。

好人们常常会生出一种天下大同的幻像：以为每个和自己交好的人都和自己一样，平日里相依相伴，有难时鼎力相助。

结果呢？你对世人存着始终如一的希冀，到头来才发觉世人各有各的可恶。

罗胖说：一样东西的好坏，不是由东西本身所决定，"最大的决定因素，是具体场景里的具体预期"。所以，一开始，你自己就错了。

预期低一点，受伤随之小一点。

不要希图每个人都像自己一样愿意雪中送炭，得容许有灰色地带，大部分人只愿意锦上添花。有的人可以过命，有的人只适合清谈，有的人适合合作共赢，有的人则适合勾肩搭背，营造假繁荣——那也不是完全无益的，人生需要一点儿热络幻像。

只是你在心里要分清，不要搞岔，误把人情当交情，把交情当真情。"酒肉穿肠过，分寸心中留"。

如果吃过他们的亏掉过他们的坑，又暂时没法把界限划清，不妨学精，开始量入为出，标好感情的刻度，一不越界，二不错付。

想做好人全凭自愿，但是得明白：不是所有的人类，都配得上你的好。但行好事，至于回报？呵呵，随缘。

封氏：她的一生，是女版《活着》的故事

一

读"红楼"，会忍不住想，如果我是封氏，估计会夜夜焚香，指着老天爷破口大骂，顺便向窦娥致敬。

窦娥曾经这样骂："天也，你错勘贤愚枉做天；地也，你不分好歹何为地？"换了封氏，只应该骂得比这更狠、更难听、更口不择言才对。因为若不是瞎了眼蒙了心，老天爷怎会派发给她这样的人生？

她的丈夫是乡绅甄士隐，夫妻恩爱，性情相投，衣食无忧，赏花修竹，膝下有一个玉雪可爱的女儿英莲承欢，过得如神仙眷侣一般，人人羡慕。

甄士隐为人乐施好善，礼让有加，尤其是对读书人。贾雨村就是受他资助了五十两纹银，才有了进京赶考的盘缠，拿到了人生第一笔启动资金，从此走上光明又阴暗的仕途，甄士隐，堪称天使投资人。

封氏的为人呢？曹公用八个字概括："情性贤淑，深明礼义。"这是在给好女人盖章。

都说善有善报恶有恶报，但在他们夫妇身上完全不适用。

人到中年，忽遭厄运连连。英莲被拐，遍寻无果，紧接着被隔壁葫芦庙一场大火殃及，烧得自家宅院只剩满地瓦砾。投亲却被亲生父亲算计，遭娘家人白眼，丈夫心灰意冷看破红尘，丢下她一走了之，生死未卜，剩她一人在世间苦熬……试问还有比这更缺德的命运吗！

老天怎么能这样对待一个好人呢？

好有啥用？在突如其来的厄运面前，人好反而会起反作用。人好，就意味着柔善，柔善者不擅长厮杀和抢夺。

如果环境一直优渥，跟笼中肉鸡一样，他们的生存能力会加速退化。

当然也可能因果是反的，如同电影《寄生虫》里说的："不是有钱却很善良，而是有钱所以善良。""金钱就像熨斗，把一切都烫平了。所有皱褶都被烫得平平的。"

无论哪一种情况，都注定了他们一旦被丢到丛林社会，只能沦为食物链的末端，根本没有绝地反弹的能力。

二

苏州仁清巷里的这一对中产夫妇，变故面前，也只会一再退让。

房子烧没了还有田产，那就去田庄安身，可是田庄近年水旱不收——看到了吗？这叫后续资本运营不力，再来就是资金链断裂了。

温水煮青蛙的日子，其实早就不安全了。

即便不失火，甄家也已经在坐吃山空，这样的活法不改，两三代之后必定阶层下坠，沦为引车卖浆之流。

水旱不收，鼠盗蜂起，抢田夺地，难以安身。此等局面根本应付不来，他们只好把田庄折卖掉。这一步没啥大毛病，落袋为安也好，识时务者为俊杰。

他们下一步选择了投亲。投靠封氏娘家，这么做好像也没毛病，困窘时投亲靠友，很多人都这么干过。但明白人会知道这是权宜之计的过渡期，凡事最终还是要靠自己。而这一对儿呢？没吃过社会的亏，多年的顺境让他们全无一点防人之心，将自己最后的养老身家都托付给了父亲封肃，让他帮忙买房买地。

再有一层，他们习惯了守业吃现成，重新创业完全搞不定，正好假手他人，也正好被人家半哄半骗。

另一种生活开始了，和往日时光完全迥异，甄士隐的短板越发明显。从前仆妇伺候，躺在祖辈家业上无忧无虑，吟风弄月，日子美好得像加了滤镜。现如今生计稼穑，柴米油盐，哪一样都凑到鼻子尖儿前来，生活粗粝的纹理避无可避，因束手无策而束手就擒。

甄士隐，像不像《飘》里面的艾希里？温和，高贵，有诗意，为审美而生不适合打拼。他们的身边，都有一个贤淑的女人，艾希里有媚兰，甄士隐有封氏。

甄家的日子每况愈下。落在封肃嘴里，甄士隐便成了好吃懒做不善过活——换个角度看，似乎说得不错，百无一用是书生。

是封氏的亲生父亲又如何？这世界，终归是慕强的啊。

三

文人有文人的办法。

潦倒窘迫的现实面前，他们总能为自己觅得一处精神栖息之处，暂排苦思。

陶渊明当年辞官归家，种地种得一塌糊涂，还有脸写"种豆南山下，草盛豆苗稀"，活得没人搭理了就写"穷巷隔深辙，颇回故人车"，饿得慌去讨饭就写"饥来驱我去，不知竟何之。行行至斯里，叩门拙言辞"。

苏东坡更不用说了，被贬黄州时一个"拣尽寒枝不肯栖，寂寞沙洲冷"千古流传。

甄士隐也是，当街遇到一个跛足道人，听人家唱了一曲《好了歌》，立即彻悟，对上一首解注词，"乱烘烘你方唱罢我登场，反认他乡是故乡。甚荒唐，到头来都是为他人作嫁衣裳！"说透命运的无常。他跟道人一拍即合，飘然而去，身后红尘琐事一概抛下，潇洒得一如后来的李叔同。

相传李叔同当年执意出家，其妻追至虎跑寺，悲愤泣血质问："你慈悲对世人，为何独独伤我？"前者默然，无言以对。

慈悲给世人，残忍给家人，是他们的共通处。遇上有灵性宿慧的他们，是福也是劫。

李叔同的妻子想找丈夫尚有可寻之处，而封氏没有，甄士隐跟着跛足道人上天入地，无踪可觅，她除了哭得死去活来，毫无办法。上一次这样哭，还是女儿英莲丢失的时候。

一个女人，先失孩子后失丈夫，孤苦如飘萍，让她怎么活？

甄士隐苦，英莲苦，封氏是苦上加苦。甄士隐成仙得道解脱了，英莲干脆忘了家乡父母，别人问起时，笑嘻嘻地说不知道。只有封氏，她不得解脱，也无法忘记，在苦水里泡着，泡着。

女性的韧劲儿令人刮目相看，她竟然没有死，也没有疯，而是顽强地活了下来。还带着两个丫鬟靠做针线活发卖，帮着父亲过活。换个角度看，她比男人强。

这简直是另一个《活着》的故事，封氏堪比女版福贵。

得到故人贾雨村的消息时，她"心中伤感，一宿无话"，未曾失控失态，说明她已经接受现实。

贾雨村最后一次见她，娶走了她的贴身丫鬟娇杏，送给她很多钱物，令其好生养赡。

他还说了：会帮她找回女儿。

并没有。他后来并非不知道她女儿的下落，但人在官场权衡利弊，惹不起四大家族的薛家，反而顺水推舟装乖讨好，昧了良心，任由英莲被恶少强抢而去。

直到最后，封氏也没有等到全家团圆的一天。

命运将她玩弄于股掌之上任意搓弄，她一样样挨过去，走完了余生，痛不欲生之后，归于平静。

复盘封氏的人生故事，就是一个宜家宜室的传统好女人，面对操蛋人生努力活下去的故事。她只是曹公指缝里漏下的一个小人物，占不了几行字，分量很轻，但是她的命运却太过沉重。她像一株被丢出温室的植物，经狂风暴雨几次摧折，几次倒伏在地，却也总能缓过一口气后，重新泛绿。不说别的，单单在深痛巨创之后能够神志清明地活下去，就足够让人肃然起敬。

袭人：被母亲舍弃的女孩怎样长大

一

袭人姐姐是典型的照顾型人格，对身边所有人，能不能照拂的都一律照拂，她是出了名的贤人。但唯有对母亲的态度，让人看不懂。

五十一回，袭人的哥哥花自芳来贾府求情，说自己母亲病重，想见女儿一面，求开恩让袭人回家一趟。

王夫人马上就准了："人家母女一场，岂有不许他去的。"并马上吩咐凤姐去办。

来看看凤姐怎么办的。她把周瑞家的叫了来，"再将跟着出门的媳妇传一个，你两个人，再带两个小丫头子，跟了袭人去。

外头派四个有年纪跟车的。要一辆大车，你们带着坐；要一辆小车，给丫头们坐"。算算，这陪着袭人回家的就是八个人，好大的阵仗。

凤姐儿又给袭人传话，叫她穿几件颜色好的衣裳，大大地包一包袱衣裳拿着，包袱也要好好的，手炉也要拿好的。穿戴好了来她这里，让她过了目才能走。

看到这儿，禁不住要责怪凤姐了："人家老妈躺在炕上硬撑着不咽气，就等着见女儿一面呢，你倒是快点放人家回去呀！"到底是贾府面子重要，还是人家母女之情重要？

过了"半日"，袭人才穿戴好来了。头上戴金钗珠钏，身穿桃红百子刻丝银鼠袄，葱绿盘金彩绣锦裙，外面穿着青缎灰鼠褂，花红柳绿，十足一个阔气少奶奶。这感觉哪里是要回家奔丧，分明是衣锦还乡回娘家。

凤姐儿还嫌袭人的褂子素，又笑道：穿着冷不暖和，该穿一件大毛的。

袭人笑着回：太太就只给了这件灰鼠的，还有一件银鼠的。说赶年下再给大毛的。

凤姐儿笑道：把我的穿上好了，等过年太太做的时候给我也做一件，就当你还我了。

众人都笑道："奶奶惯会说这话。成年家大手大脚的，替太太不知背地里赔垫了多少东西，真真的赔的是说不出来，那里又和太太算去。偏这会子又说这小气话取笑儿。"凤姐儿笑道："太太那里想的到这些……"停！你们在这儿你笑她笑大家笑，真是不知人间疾苦啊。

其他人也就罢了，袭人呢，也跟着众人一起说笑，好像病危的是别人的妈。她怎么这么心大呢？

说笑间，凤姐儿又让平儿给了袭人一件石青刻丝八团天马皮褂子，又看包袱，见是一个"弹墨花绫水红绸里的夹包袱"，不行，再给一个"玉色绸里的哆罗呢的包袱"，又命这个包袱里要包上一件雪褂子。

于是平儿去找，拿回来两件，一件大红猩猩毡的，一件大红羽纱的——又是半天过去了。平、袭两人还有挑有拣有商有量，最后决定拿猩猩毡的，羽纱的送给邢岫烟。

读者禁不住要大喝一声：袭人你倒是快点啊，这是摆阔的时候吗？你妈的进度条快撑不住了！

对比贾敬暴毙后，贾珍父子星夜赶回，到了灵堂放声大哭跪爬着进去。尤氏身为没有血缘关系的儿媳，还记得要先卸妆以示孝道。袭人的表现真不像一个亲妈快咽气的孝女。

换个人心急如焚归心似箭，哭都哭死，但见她穿金戴银不慌不忙，慢悠悠地换行头，慢悠悠地聊天说笑，慢悠悠地带着一行人坐车回去，不像是去和母亲生死诀别，倒像是去赴一个不得不敷衍一下过场的宴会。

这是袭人最不像袭人的一次，也是最像袭人的一次。不像是因为这和她平日重情重义热心大姐的形象判若两人，最像是因为她不经意间暴露了自己与原生家庭的关系。

二

我们印象中的袭人，永远嘴角朝上眼里含笑，在不经意间悄悄叹一口气，操心使然。她是友善的，周到的，也是勤勉的，紧绷的，"一时我不到，就有事故儿"，带着一股非我莫属的责任感，这是她在职场中的人设。

工作场合之外的她，宝玉有幸见到过一次。那是第十九回，袭人过年回家，宝玉在家穷极无聊追了过去。在城外寻常陌巷的小院里，与平日在怡红院忙忙叨叨张罗的样子不大一样，她正乐陶陶坐在炕上与几个堂表姐妹吃果茶，叙亲情，说说笑笑。

尽管蓬门茅舍，那一桌子果品简陋到没有宝玉可入口之物，然而她可以什么都不想什么都不做，只做花家的女儿和妹妹，尽情放松。

家里人喊她时喊的应该不是宝玉给起的"袭人"，也不是贾母给起的"珍珠"，是她在家时的乳名。

看上去很美，很温馨，很天伦之乐。

但，没有哪一种爱不千疮百孔，亲情尤最。

晚间她回来，宝玉问起她那个穿红衣服的姨妹子，顺嘴说也弄进园子来一起玩儿就好了。没想到袭人冷笑道：我一个人做奴才就算了，难道我家亲戚也是做奴才的命不成？将宝玉噎了个干瞪眼。

她后来解释道虽然表妹没有当小姐的命，"倒也是娇生惯养的呢，我姨爹姨娘的宝贝"。你品，你细品，这句话里包含了多少心酸与羡慕！

紧接着，她一边感叹妹妹嫁妆都备好快嫁人了，一边叹"如今我要回去了，他们又都去了"。吓得宝玉一激灵，她趁势说出自己妈妈和哥哥商议给她赎身的事儿，潜台词不过是"我也有人疼"。

但事实上呢？一半儿真一半儿假。母兄赎她是真，她回去却是假。

她对母兄说："当日原是你们没饭吃，就剩我还值几两银子，若不叫你们卖，没有个看着老子娘饿死的理。"家中窘迫揭不开锅，父母环顾四周，就剩年幼的她还有点市场价值，于是咬咬牙将她卖与侯门为奴，换点口粮。

当时的袭人也就是七八岁吧，是懂事的孩子，擦干眼泪不哭不闹，乖乖地跟着人牙子走了。

走的时候她有一步三回头吗？初到贾府有受气受委屈吗？夜深人静她有咬着被角小小声哭吗？一定有，早熟的孩子都是这么长大的。

曹公一开始如此介绍她："这袭人亦有些痴处：服侍贾母时，心中眼中只有一个贾母；如今服侍宝玉，心中眼中又只有一个宝玉。"

废话，那是因为她被切断了退路。

她父母给她签的卖身契是死契，即永不赎回，转卖、婚配都由买家决定。

三

当做奴才成为毕生的功课，她只能死心塌地地做一个忠仆，无论哪个岗位，伺候的对象是谁，她都心气不散、不颓不混，尽己所能交出一份让东家满意的答卷。

恪尽职守加一点顺势而为的心机，与宝玉有了肌肤之亲，又凭借一席谏言拿下王夫人，成为板上钉钉的内定姨娘，实现了阶层跨越。

这已经是她能力范围内能挣来的最好收梢。

日子既然是一条既定跑道，那就调匀气息、耐心地匀速跑下去，跑到终点。所以，袭人的个性根本不是"贤惠"那么单一，她还有她的强韧与控制力。

老道的薛姨妈一眼看穿她："他的那一种行事大方，说话见人和气里头带着刚硬要强，这个实在难得。"那是因为人家奴才的身子里，明明长着一颗当家主母的灵魂啊。

守得云开见月明，她刚为自己长长舒了一口气。不长眼的家里人跳出来要替她赎身。

什么？早不赎晚不赎，偏在她好不容易给自己打拼下一片天的时候，他们良心发现了。要求贾府开恩把死契变活契，把她赎回来，这岂不是要她前功尽弃？

袭人立马炸毛："……如今幸而卖到这个地方，吃穿和主子一样，又不朝打暮骂。况且如今爹虽没了，你们却又整理的家成业就，复了元气。若果然还艰难，把我赎出来，再多掏澄几个钱，也还罢了，其实又不难了。这会子又赎我做什么？"

按理说赎身是好事，从奴才再变回自由身，但是她第一个念头竟然是家人想把她"二次回收"后再卖个好价钱，找个婆家再挣一笔彩礼。年幼时被母亲舍弃的阴影，让她下意识地把自己当成一个永远的受害者。

原来她对他们的怨恨一直都在，对被卖这件事始终耿耿于怀。双鱼座女生的特质就是一边宽谅，一边记仇。

"当日既送我到那不得见人的去处……"这是《红楼梦》里另一个女儿元春，成为皇妃后荣耀省亲，见到母亲王夫人时说的第一句话。她被送去的地方可不是勾栏瓦肆烟花巷，而是别人做梦都不敢想的皇宫，照样委屈得不行。

也许每一个被父母过早舍弃的孩子，即使后来过得再好，对被舍这件事也不能释怀。这种伤害不可能完全消失，只能随着时间减轻，那可能是汲汲半生也难以愈合的伤口，看似结痂，一碰仍然会痛、会出血。

特别是女孩。

所以那些没有父母庇护、背景加持，凭一己之力让自己不堕落、不盲从、不被吞没，还能脱颖而出的女孩子是多么不容易，哪怕那点收获在别人眼里并没有多么了不起。

面对要被赎回的想法，袭人很是哭闹一阵，话说得冷而扎人："权当我死了，再不必起赎我的念头！"

被迫切断了同家庭的脐带后，她们凡事靠自己，被迫长大、也被迫冷硬；被迫独立，也被迫凉薄。

母亲临终时，袭人的溜溜达达，一方面原因是贾府规矩大，一方面原因也是没有那么所谓了。倒是母亲，非要挺着一口气，见她最后一面——她对她有愧。

办完母亲的丧事，袭人又回到了怡红院。她和同样丧母的鸳鸯，两人歪在炕上聊这件事，语气清淡，像是在说别人的事。

鸳鸯叹：没想到，你还能给母亲送个终。

袭人说：这我也没想到。

又说：太太赏了我四十两银子，这倒也算养我一场，我也不敢妄想了。

这句话要划重点，"倒也算养我一场"，语气里充满了感恩与亲昵，在她心里，这里才是自己的家。从小家女成大家奴，在被母亲舍弃的那一刻，她就与她切割清楚、两不相欠了。

世上没有无缘无故的爱与恨，也不会有无缘无故的冷漠。

喜鸾：那个只有一句"台词"的穷人小姑娘

一

《源氏物语》里说："世间还有这样的事：默默无闻、凄凉寂寞、蔓草荒烟的蓬门茅舍之中，有时埋没着秀慧可喜的女儿，使人觉得非常珍奇。这样的人物怎么会生在这样的地方，真个出人意外，教人永远不能忘记。"

不是非得锦衣玉食琴棋书画，布衣素颜粗茶淡饭，照样养得出陋室明娟。

这样的女儿《红楼梦》里当然也有。

在第十五回里，她叫二丫头；在第四十九回里，她叫邢岫烟；

在第七十一回里，她又叫贾喜鸾，这名儿起得市井又郑重，是贾府玉字辈族男贾瑞的妹妹。

要说她家"凄凉寂寞、蔓草荒烟"倒是不至于，但是跟本家贾府比起来，的确算得上是蓬门茅舍了。

她跟着母亲去给贾府太君拜寿，竟幸运地中了大奖，奖品是"大观园深度二日游"。

那年喜鸾大约正值豆蔻，正是对人生诸事将懂未懂的年纪，但贾母仍然在自己的生日宴席上，一眼将她从人堆里离析出来。

二十多个滴滴答答的孙女儿呢，单单看中两个，一个叫四姐儿，另一个就是她。

她留下她们，在园子里住几天——这就是贾母：喜欢谁，就留谁住下，因为她们"生得又好，说话行事与众不同"。

贾母看人，向来就看这两样。至于贫富门第，她反而不在乎。就连给孙子择偶都是这态度，贵族联姻居然不管门当户对，只以人为本："可如今打听着，不管他根基富贵，只要模样配的上就好，来告诉我。便是那家子穷，不过给他几两银子罢了。只是模样性格儿难得好的。"

老名媛的确够洒脱前卫。

"模样好"即颜值高，至于"性格儿"，看"说话行事"呗。

语言是思维的外壳，灵透孩子一张嘴就知道她脑仁有几两，外加行事爽朗大方不扭捏，多半就错不了。

贾母看人，何时走眼过？喜鸾的出挑不言而喻。

更兼她身上还有一种未经雕琢的天真。平民人家虽物质粗陋，但人际关系简单，孩子反易得到更充沛的关爱，小门小户的娇养，养出了喜鸾的一派明亮娇憨。

她就像刚出山的泉水，潺潺淙淙，未经污染，让看了一辈子体面尊贵之下各种尔虞我诈的贾母，正好借她的清澈明净洗洗眼。

二

贾母有多宠喜鸾们?

她让她们吃她的剩饭。

凤姐这边伺候完贾母吃饭，才和尤氏两个少奶奶坐下，那边贾母便特意叫人把喜鸾和四姐儿叫来，跟她们一起吃。

这在贾府是至高的荣誉。老祖宗高兴了，把自己吃剩的菜送谁一碗，是给谁莫大的脸。第七十五回，贾母把自己的剩饭送给了四个人："将这粥送给凤哥儿吃去……这一碗笋和这一盘风腌果子狸给了颦儿宝玉两个吃去，那一碗肉给兰小子吃去。"

剩饭也不是谁都有资格吃的，那得是自己心尖儿上的人。

她让她们替她拣佛豆儿。

拣佛豆是老北京的一种佛事活动，老人过生日时为了延寿，会专门找一袋子罗汉豆，往簸箩内拣一个念一声佛，等拣完得念成千上万声。然后将豆煮熟，放在十字街口用小勺子发放，名曰"结寿缘"。拣佛豆儿有讲究，谁拣谁有福。

且看贾母怎么对凤姐说："你两个在这里帮着两个师傅替我拣佛豆儿，你们也积积寿，前儿你姊妹们和宝玉都拣了，如今也叫你们拣拣，别说我偏心。"

喜鸾们也得到了这份荣幸，跟凤姐们一块吃完饭，洗手上香，一块儿拣。

贾母亲自给她们撑腰。

"到园里各处女人跟前嘱咐嘱咐，留下的喜姐儿和四姐儿，虽然穷，也和家里的姑娘们是一样，大家照看经心些。我知道咱们家的男男女女都是'一个富贵心，两只体面眼'，未必把他两个放在眼里。有人小看了他们，我听见可不依。"

这是贾母的原话。

先是说给一个老婆子听，但怕力度不够，由"第一秘书"鸳鸳亲自传话给李纨，李纨又把各处的头儿召集起来开了个"中层紧急会议"，让她们原汁原味传给基层每一个员工，若不遵从后果自负。

"一个富贵心，两只体面眼"，贾母活脱脱画出了豪门家奴们的嘴脸，她太了解这些人的尿性了。不提前震慑一下，恐小姑娘受了委屈没处说，从此留下心理阴影。

贾母不但要让她们住，还要让她们住得高兴。为富未必不仁，对一个穷亲戚的重视到了前所未有的程度，不禁让人怀疑，今日贾母对这对小姑娘的盛宠，莫非是曹公埋下的草蛇灰线，要到后来的后来才会呼应？

三

关于喜鸾在大观园内对豪门贵族生活的自我体验，作者没有多写。毕竟刘姥姥的感受珠玉在前，已经浓墨重彩过，一个高明的写作者不会再次浪费笔墨。

刘姥姥逛大观园，曾有三个想不到：

第一个"想不到"是他们庄户人过年时贴的年画上的景色，这世上竟还真有；

第二个"想不到"是贾府吃个茄子会用十几只鸡来配，一顿饭就抵得上她全家几个月的花销；

第三个"想不到"，是发现进餐时王熙凤、李纨两位尊贵的少奶奶不能落座，她们得和下人们一道侍立一旁伺候，等到大家离了席她们才可以坐下来吃别人的剩饭。刘姥姥看在眼里，不由赞叹"礼出大家。"

如果让喜鸾回来口述一篇游记。她会怎么说呢？

喜鸾也有自己的三个"想不到"：

一是想不到人人畏惧的琏二奶奶，到了一个丫鬟嘴里成了一个"可怜见儿的"人，"罢哟，还提凤丫头虎丫头呢"，为之感叹"为人是难做的"。

原来这威震四方的厉害人，虽然这几年得到了贾府最高领导贾母和王夫人的认可，但治一经损一经，背地里不知得罪了多少人，招了多少怨恨，积攒了多少仇敌。

正应了杨绛所说的"在这物欲横流的人世间，人生一世实在是够苦"。与世无争不行，招人欺侮，能干了也不行，招人忌妒。

二是想不到看起来尊贵能干的三小姐探春，只因老太太多疼她一点儿，会被下人诟病不愤。

三小姐无奈地说："糊涂人多，那里较量得许多。我说倒不如小人家人少，虽然寒素些，倒是欢天喜地，大家快乐。我们这样人家人多，外头看着不知千金万金小姐，何等快乐，殊不知我们这里说不出来的烦难，更利害。"

这话简直是说给喜鸾听的。生活永远在别处，喜鸾的贫寒生活，可不正是探春向往的武陵桃花源？

三是想不到养尊处优的富贵公子宝玉，人生态度那么丧。

张嘴闭嘴"死了就完了"，"今日明日死了，今年明年死了，也算是遂心一辈子"，消极悲观，完全没有一个少年人应有的勃勃英气。

饭来张口的生活，让这位投胎小能手有精力做哲学思辨，思考活着的终极意义，结果是参透了人生的虚无，干脆得过且过。像酒精缸里泡着的孩尸，任由自己与世界一同下坠。

喜鸾对宝玉的消沉产生了深深的同情，开始安慰他：

"二哥哥，你别这样说，等这里姐姐们果然都出了阁，横竖老太太、太太也寂寞，我来和你作伴儿。"

这句话换来了已婚妇女们的揶揄，李纨、尤氏道：

"难道你是不出阁的？这话哄谁。"

可爱的小姑娘只得就此打住。在众人的哄笑声中，她窘迫地低下了头。

可是作为读者，没有人怀疑那一刻她的真诚。她不是邀宠卖乖，是发自肺腑的有言在先："不是现在，等人走光了，你们身边没人陪了我再来。"善良里有自律，卑微中也有骨气。

不禁浮想联翩：那句在别人听来是脱口而出的傻话，在贾府败落宝玉潦倒以后，喜鸾真的会回来兑现吗？

也许会。

这是这个穷人家小姑娘唯一的一句台词。

跟刘姥姥一样，在这里所受到的款待不会平白忘记，按照曹公伏笔千里的玩法，这当看作她日后报恩的一个承诺。

也许不会。

她的出现，是借用旁观者角度，集中讲述了贾府最得宠的三个孩子不为外人所知的一面，同是对穷亲戚，贾府中人给刘姥姥炫的，是面子；给喜鸾亮的，则是里子。

在一个本家小姑娘面前，他们没必要设防顾忌，喟叹便代替了优越感。

所以刘姥姥看到的是富人物质生活的精致奢靡，喜鸾看到的是富人灵魂深处的苍凉无奈。

这些原是她仰望中的神仙一样的人物啊，在他们那一袭袭华美的人生袍子上，一样爬满了啮人的蚤子。更别提"眼看他高楼起，眼看他楼塌了"，在家族命运面前势必产生的殚精竭虑和战战兢兢。

如果喜鸾有悟性，便会少一分艳羡，多一分庆幸。

古希腊哲学家伊壁鸠鲁说："无论拥有多么巨大的财产，赢得多么广的名声，或是多么无限制的欲望，都无法解决灵魂的紊乱，也无法产生真正意义上的快乐。"

不管贫穷富有，烦恼是人人都无法回避的事情。人人有困境，倒是这世间最大的公平。就像只要在天空下行走，雨迟早会落在每个人身上，无一例外。

真实的人生都经不起检视。

刘姥姥：我们还要感谢贫穷吗？

一

《红楼梦》主打富人生活，写穷人不多，但写一个是一个，每一个都让人印象深刻。

头一个就是刘姥姥。这个泥土里打滚的穷苦老太太，凭着跟王家硬蹭来的亲戚关系，误打误撞进了侯门公府，见识到了上流社会的华贵奢靡。因为善于逢迎逗乐，获得了贾府主子欢心，从指缝里漏了点财物给她，竟令她在晚年时得到了人生第一桶金，带领全家脱贫奔小康。

第二个是邢岫烟。邢夫人的内侄女儿，因家贫跟着父母来荣府投亲，虽荆钗布裙却端雅稳重，机缘巧合被薛姨妈看中，与薛家公子薛蝌结了姻缘。

第三个是贾芸。这个被边缘化的贾氏宗族子弟，靠着聪明机智，从当权者凤姐手里谋得一份美差，让自己家的孤儿寡母过上了衣食无忧的生活。

如果说刘姥姥参加了一期老年版综艺节目《变形记》，那邢岫烟就是"红楼"版的灰姑娘，至于贾芸，难道不是职场投机成功的好案例吗？

这三个穷人，不管是主动或被动，无不是靠自己的魅力或能力，凭借贾府这个平台完成逆袭，有了新的人生起点。

家世显赫的贵公子纳兰容若曾满不在乎地说："身世悠悠何足问？冷笑置之而已。"这种腔调，也只能属于那些一出生，起点就是别人可望不可即的天花板级的人。有多少穷人，穷尽一生都逃不出怪圈，可以改变命运的机会，一生中寥若晨星。

刘姥姥、邢岫烟和贾芸，都是没有错过机遇的人。一来因为和贾府沾亲带故；二来自己也争气，没有被穷困吓倒，而是被激发出了潜能：岫烟靠隐忍的韧劲儿，贾芸靠审时度势的变通，刘姥姥靠所谓"谋事在人成事在天，谋到了，有些机会也未可知"的乐观和勇气。

不是天时地利人和三样叠加，他们可能一辈子都徘徊在社会边缘和底层。

二

如果一定让他们说出感谢的话，他们会感谢谁？

刘姥姥是这样说的："我这一回去后没别的报答，惟有请些高香天天给你们念佛，保佑你们长命百岁的。"她感谢的是贾府主子团队。

贾芸要谢也只会谢凤姐儿给了他就业机会，倪二借给他十五两银子的启动资金。

岫烟不爱言辞，她要谢的人太多，平儿的关照，宝钗的接济，薛姨妈的慧眼，凤姐儿和贾母的保媒，还有尤氏婆媳的张罗，再往远，妙玉对她的文化熏陶。

如果往根上说，她还得感谢有邢夫人这个姑妈，不是她，她根本进不了贾府的门儿，自然没有后面的种种际遇。

如果挨个儿谢过，她首先要谢自己的优秀，才得到了男方家长的青睐——你只有足够好，才配得上好生活。

他们谁都可能谢，但唯独不会谢贫穷本身。

拿刘姥姥来说，一个老寡妇，膝下无子，跟着女儿女婿过活。秋尽冬至，天气渐冷，家中却"冬事未办"。冬事，就是添冬衣、买炭火、储菜粮，外带准备过年诸多事宜，需要一笔开销。庄户人家冬天本就难过，家里就只有出没有进，又遇上女婿王狗儿不会筹谋省俭，眼睁睁看着要受饥寒。

刘姥姥心疼女婿是个大男人，女儿是个年轻媳妇，只好自己腆着脸上贾府，名为求亲实则乞讨。

七十五岁的老婆婆，手里拉着一个五六岁的小孩子，怯怯地走向那高门大院，单这一老一小俩背影，就足以令人鼻酸。

对着门房赔笑施礼，被势利眼们冷落耍弄。

进得门去，套近乎拍马屁，编故事扮小丑，自称"食量大如牛，吃个老母猪不抬头"，被人当笑话插上一头花，还要揣着明白装糊涂，只为讨有钱人欢心。这明明是本该颐养天年的年纪呀！更别提贾芸在世态炎凉里上下求索，亲舅舅袖手旁观说着风凉话，为了生计，要管比自己还小的宝玉叫爹，对着凤姐百般讨好；岫烟大雪天里把棉衣当了，给挤对她的下人们打酒喝，站在一片大红羽纱中冻得拱肩缩背好不寒酸。

所有以上这些，都是"穷"闹的。贫穷令人饥，令人寒，令人气短，令人形容猥琐，令人拮据窘迫，不体面。

正因为穷，才"穷则思变"，更没有一个脱贫的人愿意返贫。

三

刘姥姥们是幸运的，他们攥住了命运向深渊中的自己投下的绳索，助自己脱离困境。还有更多的穷人，身陷困顿，没有这样的运气和能力，无不焦虑、抑郁、憔悴，像干旱中的植物期盼第一滴雨露一样，企盼命运的一缕优待，最终不得不在无望中放弃。

在刘姥姥背后，还有无数垂垂老矣的乡村老妪在贫困中挣扎；

在邢岫烟背后，还有无数资质超群但被原生家庭拖累的姑娘，无法实现自身价值；

在贾芸背后，还有无数心存理想却被现实压垮了脊背的年轻人，不甘不愿，却必须低下自己高傲的头，为生存辗转。

所以，如果有人说感谢贫穷，那多半是命运出现转机以后的忆苦思甜，是胜利者送给往日坎坷的宽容大度，是对旧日苦痛的诗样美化。

但是作为旁观者，我们要明白，但凡说出这些话，就意味着他们已经或正在摆脱困境。

听听就算了，千万别当真。在给予祝福的同时，不要被这样的"幸存者偏见"带偏，而去粉饰最不该粉饰的东西。

职／场／篇

你谈业务的样子真性感

凤姐姐：你谈业务的样子真性感

一

"恨凤姐，骂凤姐，一日不见想凤姐"，王昆仑先生的这句话，高度概括出了读者对凤姐爱恨交织的复杂情感。

凤姐的魅力，在于她身上的闪光点与阴暗面交替闪现，朝晖夕阴，难以捉摸，形成一种奇异的吸引力，像风情万种的海妖。贾瑞就是被她这种魔力迷惑，明知有毒，也情愿饮鸩止渴。

她只要不使坏，人就没法不喜欢她。

凤姐什么时候最有魅力？

私以为不是被贾琏挑逗羞红了脸，啐他一口的时候；不是她承欢贾母膝下说单口相声的时候；而是她忘我工作的时候，最是闪闪发光。那种奉献、周全、殚精竭力，让多少人自叹不如。

认真做事的人身上有魔力。

在管理家族业务的领域里，她是当之无愧的女王。特别是第三十六回算账的样子，那简直太性感了。

"红楼"处处是戏，初读者读凤姐算账这一节，很容易忽略过去。或者看得云里雾里，不知道凤姐这账到底是咋算的；甚至看完了，还没搞清楚凤姐为何突然发飙，她骂的是谁？为什么骂？

我们来捋一捋。

话说一帮人正在王夫人屋里说笑间，王夫人忽然向凤姐发问："正要问你，如今赵姨娘周姨娘的月例多少？"

这句问话是铺垫，暗藏机锋。

凤姐答："那是定例，每人二两。赵姨娘有环兄弟的二两，共是四两，另外四吊钱。"

王夫人话锋一转："可都按数给他们？"

凤姐"见问的奇怪"，忙道："怎么不按数给！"她立即意识到这其中必有妖异。

王夫人说："前儿我恍惚听见有人抱怨，说短了一吊钱，是什么原故？"来了，这才是重点：为什么克扣工资？所谓的"恍惚听见"只是修辞手法，这四个字宝钗也喜欢用，是大家闺秀的话术。

换个人，必定会追问："谁说的？"

但王夫人面前站的可是凤姐儿啊，一个水晶心肝儿玻璃人，她马上给出了针对性的回答："姨娘们的丫头，月例原是人各一吊。"通透到不用再多一句废话，她用鼻子一闻，就知道是赵姨娘在背地里嘀嘀咕咕给她下了蛆。

她不打磕巴地解释："从旧年外头商议的。"

外头即贾府管理总部，她是管里头的分部经理，得听人家的。姨娘们的丫头工资减半，从原来的一吊钱即一千钱变成五百钱。赵姨娘屋里俩丫头，一人五百，加起来可不就少王夫人所言的"一吊钱"吗？

她反过来给了一咕噜话："这也抱怨不着我，我倒乐得给他们呢，他们外头又扣着，难道我添上不成。这个事不过是我接手儿，怎么来，怎么去，由不得我作主。我倒说了两三回，仍旧添上这两分的。他们说只有这个项数，叫我也难再说了。如今我手里每月连日子都不错给他们呢。先时在外头关，那个月不打饥荒，何曾顺顺溜溜的得过一遭儿。"

这一通辩白，叫王夫人无话可说，也只能罢了。

二

不料，王夫人又来了第二轮，换个方向开始质询："老太太屋里几个一两的？"

凤姐瞬间明白了，月钱的事儿还是没过去，还是赵姨奶奶诟病宝玉房里的丫头月例超标，是一两银子，居然和老太太屋里的一个级别。

她说："八个。如今只有七个，那一个是袭人。"一下子点到关键处：袭人占的是老太太房里的编制，她是借调在宝玉处的。王夫人随即恍然大悟："这就是了。你宝兄弟也并没有一两的丫头，袭人还算是老太太房里的人。"一个"也就是了"，坐实了凤姐的判断。

凤姐心里骂娘，面上笑嘻嘻，接着解释。

"袭人原是老太太的人，不过给了宝兄弟使。他这一两银子还在老太太的丫头分例上领。如今说因为袭人是宝玉的人，裁了这一两银子，断然使不得。""断然使不得"颇有分量，提醒王夫人这不是钱的问题，而牵扯到王夫人和贾母的婆媳关系，因为一两银子，落个克扣老太太的名声实在不值。

"若说再添一个人给老太太，这个还可以裁他的。若不裁他的，须得环兄弟屋里也添上一个才公道均匀了。"她也承认，目前贾环屋里确实在下人工资支出上比宝玉少了，再添上一个人就基本上持平。

不过她又进一步解释道，宝玉房里的丫头是老太太特批的，工资原就比别处的高：晴雯麝月等七个大丫头，每月工资是一吊；

就是佳蕙等八个小丫头，月钱都是五百钱，和姨娘房里的丫头一样多呢！顺道再踩赵姨娘一下："还是老太太的话，别人如何恼得气得呢。"

这段话里信息量很大。

首先，我们第一次确切地知道宝玉有多少人伺候，大小丫头各八个，这就是十六个人了，外加婆子小厮们，怎么着也得有二三十人。照这个标准，贾环也不差啊！在此之前，我们还以为庶出的孩子没人照顾没人疼，这位公子哥儿有多受委屈呢！我的乖乖，贫穷限制了我们的想象力。

第二，在当时，一两银子到底是多少钱？

惯常印象中都是一两银子等于一千钱，一千钱即一吊。一吊钱不就等于一两银子了吗？显然不是，如果是的话，就没人说袭人待遇超标了。

凤姐说，要给贾环屋里再添一个丫头才公道，即这个丫头的工资应该是一两银子和一吊钱之间的差价。比照宝玉房里小丫头的标准，月钱按五百钱算，可以推算出一两银子差不多一千五百钱。

以上都是冷知识。现在，凤姐已经把球儿踢给了王夫人：要不要给贾环屋里添人，您看着办。

这下轮到王夫人头大了，她一过问给自己找出麻烦了，插手吧得罪老太太，不插手就落个偏袒自己儿子的名声。

她"想了半日"，才出了这么个操作：明儿找个好丫头送去老太太使，补袭人，把袭人的一分裁了。

至于袭人的工资嘛，王夫人正好想抬举她做姨娘，每个月从自己的月钱里往出匀二两银子一吊钱给她。

谁能想到，赵姨娘告凤姐的小黑状，最后凤姐毫发无损，花袭人竟成了最大的受益者，王夫人平白无故每月亏二两银子一吊钱。

三

无端被黑，凤姐儿心里憋了一大通火，出来后把袖子挽了几挽，用脚趿着门槛儿，在廊檐下吹过堂风换气。

众人问为啥这么长时间，她答：太太把两百年前的事儿都想起来问我。

每天忙得脚打后脑勺，忽然凭空里横生枝节，那种累死累活还不被人信任的感觉太糟糕了。她恨死了打小报告的赵姨娘。

盛怒之下她当众泼妇骂街般的放了狠话："我从今以后倒要干几样魁毒事了。抱怨给太太听，我也不怕。糊涂油蒙了心，烂了舌头，不得好死的下作东西，别作娘的春梦！明儿一裹脑子扣的日子还有呢。如今裁了丫头的钱，就抱怨了咱们。也不想一想是奴几，也配使两三个丫头！"

先前那场姑侄对话，实则是上下级约谈，表面上和和气气，实则暗潮涌动。下级一个不小心，就会失去高层的信任，哪怕是自己的亲姑姑，也一样。幸亏是凤姐，稳住了盘问。她业务精熟到无论是人力资源还是财务问题，都能对答如流。怨不得一旁的薛姨妈点头称赞：账也清楚，理也公道。

职场暗礁处处，防不胜防，不由得想起平儿对婆子们的那句话："二奶奶若是略差一点儿的，早被你们治倒了……"

不愧是你，凤姐姐，最服你算账谈业务。

甭管什么局面一眼就能看到本质，抓住核心问题；脑子里存着数据库，随时调出数据，给出决策依据；上级误解能平心静气、高效沟通，用数据说话，摆脱被动处境；被暗算后能迅速作出反应，精确打击报复——这似乎不该提倡，但很真实，否则就不是凤姐了，她从不做圣母。

这是一种智性的力量。那种无与伦比的自信与掌控，具备了一种跨过肉身、超越时空、打破性别界限的性感。在娇弱的美与醒目的力之间，人类最终的选择多是慕强而去，甚至凭空多出征服欲。

给这样的凤姐姐打九十九分，少一分是因为她不识字——不过也幸亏不识字，要是再识字，那她不得上天啊？

赖嬷嬷：实力演绎"一个女人怎么旺三代"

一

读"红楼"，有两位老太太是怎么都绕不过去的，一个是贾母，另一个是刘姥姥。这二位虽然地位悬殊如云泥，一个雍容华贵，一个低贱卑微，但论起世事洞明人情练达，却不相上下，贾母乃世家出身内功深湛，刘姥姥则是民间高手自成一派。她们在书里都是重量级的人物，少了这俩老人家，"红楼"这出大戏就唱不圆。

其实，书里还存在着一个老太太，在人情世故上也修炼得炉火纯青，情商堪与贾母、刘姥姥相抗衡。她虽然出场极少，但一举一动都是戏，是人精中的老牌战斗机。

可惜由于篇幅不多，她极易为人所忽略。

她就是赖嬷嬷，贾府管家赖大的母亲。

书里没明说她照顾过哪位主子，但只看在贾母面前，尤氏凤姐儿站着她坐着，就知道她地位不一般。因为按贾府的规矩，"年高服侍过父母的家人，比年轻的主子还有体面"，她是资深的实力奴才。

第四十三回，贾母要给凤姐过生日，竟然突发奇想玩起了众筹，兴致勃勃地把主子和有脸的奴才都召集了来。赖嬷嬷就是在这一回出场的，她一进来，贾母"便忙命拿个小机子来"，给年高又体面的她坐。

而赖嬷嬷的回应是，坐之前，先告个罪。

赖嬷嬷要说话，是先"忙站起来"才开口。

后来到了凤姐儿房里也是，平儿给她倒了杯茶，赖嬷嬷忙站起来接，口中说着姑娘"折受我"。

在贾府，不管对面的主子年老年轻，她都恭谨殷勤，处处塑造着"忠心老奴"的形象。

就算给凤姐过生日出银子，她也时刻记着自己的身份，绝不敢越过主子去："少奶奶们出十二两，我们自然也该矮一等了。"

看，这就是职场规矩，不是钱的事。捐款、凑份子这些虽然掏的是自己腰包，但也是讲位次的，不能僭越，否则就是不懂事，是要被侧目甚至挨修理的。

中国是礼仪之邦，讲究礼尚往来，几千年下来，出礼已经形成了出礼文化。明面上是钱，实则是身份阶层的体现。想多出？你得看自己够不够格。

赖嬷嬷此举，是自知之明。她很清楚，再体面，自己也是奴才，不能和主子比肩。

贾母自然明白这其中的关窍："这使不得……你们和他们一例才使得。"马上给赖嬷嬷们抬面子。

贾母还有一句话，信息量很大："你们虽该矮一等，我知道你们这几个都是财主，果位（佛教用语，这里指分位）虽低，钱却比他们多。"

没错，在贾府之内，赖嬷嬷虽然刻意做小伏低，但实际上早已背靠着贾府这棵大树做大了。

凤姐也曾打趣她："……谁好意思的委屈了你。家去一般也是楼房厦厅，谁不敬你，自然也是老封君似的了。"

你要是注意到赖家花园啥样，就知道实在是太小看了赖嬷嬷。原著里这样写："那花园虽不及大观园"，这是自然。"却也十分齐整宽阔，泉石林木，楼阁亭轩，也有好几处惊人骇目的。"如何个"惊人骇目"法，不得而知，以今人的见识也想象不出，但以曹公的笔法，这词实在不是可以拿出来随便用的。

我们能知道的是，这个花园里是有戏台子的，请了柳湘莲来客串，是后来薛蟠挨打的导火索。分明已经是一个府邸的规模。

再回头看看赖嬷嬷在贾府的诸多做派，就有"扮猪吃老虎"之感。这个老太太呀，实在是不简单。

二

赖嬷嬷的不简单，首先是话术高超。

比方说凑份子时，凤姐儿为了讨贾母欢心，故意道：贾母出二十两，替宝玉黛玉出了；薛姨妈也出二十两，含宝钗的份子，这也公道。只是邢王二位夫人，每位出十六两，出的少，还不替别人出，这有些不公道。老太太吃亏了！

话音未了，这赖嬷嬷站起身来了。头一句就是"这可反了"，引起众人注意，再是"我替二位太太生气"。让人面色一肃。

只听赖嬷嬷接着道：凤姐儿是邢夫人的儿媳妇，是王夫人的内侄女儿，倒不向着婆婆、姑娘（即姑姑），倒向着别人。"这儿媳妇成了陌路人，内侄女儿竟成了外侄女儿了。"

这是批评吗？这分明是人人都夸到了：一夸凤姐儿孝顺贾母，凤姐儿开心，贾母也高兴，就算凤姐一开始有点"能"过头了，经她这一注解全都兜回来了；二强调凤姐儿其实是邢王二位夫人的内亲，两位夫人怎好真恼？这话说得周全，边边角角都照顾到了，明着是说公道话，实际是拍了个迂回起伏的马屁，峰回路转处，好听话说得柳暗花明，人人满意。

不怪她话音一落，众人都大笑，屋子里充满了快活的空气。

试问这等口舌，整部书看过去，几人能做到？口舌不只是口舌，鼓动唇舌的是头脑。贾母、王熙凤、邢夫人、王夫人四个人之间，彼此关系复杂又敏感，谁敢轻易下场溜达？分寸感差上一丝一毫，便会顾此失彼出力不讨好，倒不如别吱声为妙。但赖嬷嬷敢，这说明什么？说明她艺高人胆大，才四面不跑烟。

还有一次，是替周瑞家的儿子求情。周家小子在凤姐生日宴会上屡屡造次，主子没喝高他先醉了，大好的日子把馒头撒了一地不说，还把管教他的人骂一顿。凤姐一怒之下要撵他出去，不许两府里收留他。周瑞家的跪下求情都不行。

赖嬷嬷问明原委，对凤姐说了如下一番话：奶奶听我说，他犯了错，打他骂他都行，就是不能撵。他不是咱们家的家生奴才，是王夫人的陪房，你撵出去，伤的是太太的脸。你留着他，不是看他娘周瑞家的，是看太太。

一番话点明利害，说得凤姐回心转意，周瑞家的当场给赖嬷嬷磕头，这赖老太太又轻巧赚了一份人情。

巧舌如簧会说话，凑趣恭维样样不落下。"好马在腿，好人在嘴"，就凭这三寸不烂之舌，她行走于各方各家，谁见了她都不烦。

晴雯原本是她买的小丫鬟，带着进贾府，见贾母喜欢就送给了贾母；孙子有了前程，先去请贾府主子们家去喝酒看戏；说昨儿得了凤姐的赏，她让孙子在门上朝上磕了头了……种种见风使舵会来事儿，哄得主子们团团转，自然愿意提携她。

三

赖嬷嬷第二个不简单，是持家有道。

赖嬷嬷的大儿子赖大在荣府当管家，儿媳是管事婆子；二儿子赖二（待考）则是宁府管家。这些身份都是拿年薪的高管。依靠着贾府这棵大树，在外面做点买卖都捎带挣钱。否则，他们家那带花园假山游泳池的别墅哪儿来的？

创业难守业更难。拿贾府为例，生齿日繁人浮于事是痼疾难治，要顾及虚荣又不肯省俭。但是赖府不同，他们家的管理较之贾府先进得多。

我们都知道探春管家时兴利除宿弊，实行了承包责任制，单这一项一年给府里省出几百两银子。其实，她是从赖家偷师学来的。

在赖家花园做客时，探春和赖家女儿闲聊方知，赖家的园子除了自家带的花、吃的笋菜鱼虾之外，把园子外包，年终还足足有二百两银子的结余——原来还能这样玩儿？她大开眼界，惊喜地说："从那日我才知道，一个破荷叶，一根枯草根子，都是值钱的。"新钱给旧钱上了一堂经管课：你家的园子是烧钱的，我家的园子是赚钱的。

曾国藩说过"治家八字"，其中有两个字便是"蔬""鱼"，意即家里伙食要自给自足，所以，赖嬷嬷家的日子蒸蒸日上是有道理的。

四

赖嬷嬷第三个不简单，是教子有方。

两个孩子能在贾府重要岗位上立足，说明个人职业素质过硬，这与赖嬷嬷平日里的严格教导分不开的。赖大胡子一大把，儿子都成年了，还常常要被他妈叫去骂一顿。骂的原因是，发现孙子有不学好的苗头。

赖嬷嬷教育孩子有一套，看不上贾珍管儿子，说他"管的到三不着两的，他自己也不管一管自己"。她也当面教训过宝玉：不怕你嫌我，你就欠你爹多收拾。

这老太太最厉害的是，她没让孙子再进贾府当接班奴才，而是从小供他读书识字，愣是靠着贾府的关系，花钱捐了个州县官儿当，开始和贾宝玉一桌喝酒称兄道弟，算是彻底摆脱了奴才的身份。

不要以为她只会做小伏低逢迎拍马，她高瞻远瞩着呢。

然而她教训孙子，听来却句句血泪，字字扎心："你那里知道那'奴才'两字是怎么写的！只知道享福，也不知道你爷爷和你老子受的那苦恼，熬了两三辈子，好容易挣出你这么个东西来。"

哪有人真会喜欢当奴才呢？都是生存所迫、咽泪装欢。

但总有人能将"垃圾吃下去，变成糖"。苦心经营，终于在三代之后实现了阶层跨越。

她叫孙子好好争气，做对社会有用的人："州县官儿虽小，事情却大，为那一州的州官，就是那一方的父母。你不安分守己，尽忠报国，孝敬主子，只怕天也不容你。"先不论真假，能说出这一番话的，格局就不是一般老太太。

五

赖嬷嬷第四个不简单，是她时刻表示不忘本。

105

她把主子恩典时刻挂在嘴边。

孙子能念书，她说：一落娘胞胎，主子恩典，放你出来……也是公子哥儿似的读书认字。

孙子捐了前程，她说："到二十岁上，又蒙主子的恩典，许你捐个前程在身上。你看那正根正苗的忍饥挨饿的要多少？"这话不假，看看贾芸就知道。

到后来孙子真的当了官，她说：若不是主子恩典，喜从何来？

她说孙子"你一个奴才秧子，仔细折了福"，她把这些话说给凤姐，当凤姐说她多虑时，她如此说道：小孩子要管严点。知道的说他淘气，不知道的说他仗势欺人，连带着主子名声也不好。

话说到这份上，哪个主子能不动容不开心不欣慰？

奴才做到这份上，也是没谁了。有些话，不是人人都能说得出口的。

赖嬷嬷用实际行动告诉我们，感恩的话要大声地、不厌其烦地、变着花样地说，多多益善！

看她如此不忘本，自然她家发展得越好，主子脸上就越有光。

满足了虚荣心和成就感，怎会不乐见其成？但她也正是借着这个"本"，利滚利利生利，换取了利益最大化。让自己越过越好，完成了家族的原始积累、自我迭代和华丽转身。

女性是一个家的定盘星，一个好女人旺三代，这话绝非虚言。有赖嬷嬷这样的老太太在，赖家怎么可能不兴旺？

赖嬷嬷给我们演示了什么叫"家有一老，如有一宝"，人不见得越老越不值钱，也可以越老越老到，靠自己的阅历和睿智继续发光发热实现价值。

《红楼梦》里贾母、刘姥姥、赖嬷嬷这三个人精老太太，论人生智慧可谓是三足鼎立，各有一套。这三人中，贾母天生富贵，刘姥姥安贫认命，只有赖嬷嬷最不容易，她以一己之力，面上恪守奴才本分，实则善用资源借力，对外长袖善舞，对内严于律己、忍辱负重、自强不息，带领合家既能闷声发大财，也能抓住机遇完成突破性的逆袭。

《红楼梦》的女能人中，不能只看到凤姐，只看到探春，只看到平儿，也要看到赖嬷嬷这样不简单的老太太。约翰·欧文说过，看一个老妇人，"要努力去看她的整个人生，你总能找到非常动人的东西"。

晴雯：白白出挑了一场

一

如果一个普通女性，整体素质高于周边人群平均值，换句话说，拥有了和自身地位不相称的美貌和才华，她的处境会怎样？无非是鹤立鸡群，再然后可能是怀璧其罪。她的出现会让身边人不安，上下左右总有人隐隐看她不顺眼，因为忌妒，她的缺点会被人放大，甚至将她妖魔化。这是她们当中很多人共同的困境。

这样的人在《红楼梦》里，就叫晴雯。

晴雯，"红楼"丫鬟队伍里的第一美女。

她美到什么程度?

美到凤姐如此评价:"若论这些丫头们,共总比起来,都没晴雯生得好。"

美到得了重感冒头疼,往两边太阳穴上分别贴了块膏药,都要被麝月心服口服地赞叹:"病的蓬头鬼一样,如今贴了这个,倒俏皮了。二奶奶(凤姐)贴惯了,倒不大显。"

美到午觉起来睡眼惺忪,刻意不打扮,都有"春睡捧心之遗风",落到王夫人眼里就成了"好个病西施"。

女生横竖怎么都好看,才是真正的好看。

王夫人巡视大观园,惊鸿一瞥就记住了她的长相:"水蛇腰,削肩膀,眉眼又有些像你林妹妹的。"

女人看女人吧,眼睛就是这么毒,先看身材后看脸,把重点一网打尽。也侧面说明了晴雯的颜值的确很能打。

唯一有争议的可能是她的削肩膀。别看我们如今崇尚的是平肩,穿风衣气场两米八这种,但去浏览一下明清时的仕女图,从唐寅到闵贞,再到改琦,他们笔下的美人,无一不是溜肩细颈,衬得鬓发如云却也我见犹怜。

这种审美一直延续到民国。张爱玲长篇小说《怨女》里,就管削肩膀叫"美人肩"。

换句话说,晴雯用当时的眼光来审视,从头到脚无一不美。

林语堂曾经毫不掩饰地说："美这种权利总是赋予富贵之身的。"用这种标准看，身份低微的她真的有过度美貌之嫌。

二

不止美，她还是"红楼"第一巧。

心灵手巧，针线上天赋异禀，在贾府少有人比肩。

那一晚，宝玉把老太太新赏的雀金裘不小心烧了个洞，面对这件金碧辉煌的"孔雀羽绒衣"，专门的织补匠人、能干的裁缝绣匠都不敢接。

这些专业人员都拿不下来的单子，是晴雯用孔雀金线"界线"给他补上了，补得以假乱真。

这种界线的手艺属高难度技术，不是缝，也不是补，而是要先刉两条线，分出经纬，再界出底子，依本衣之纹来回织补。简单说，就是用细金线再纯手工织一小块布，与原来的衣服无缝衔接，其细密精湛可想而知。

女红是古代评判女子的一个重要标准，单这一条，晴雯算是业内翘楚。

她名字里的"雯"与"纹绣"的"纹"谐音，焉知不是曹公的深意?

坠儿偷了东西后,晴雯恨铁不成钢,抓住她的手用又长又尖的一丈青簪子戳:"要这爪子作什么?拈不得针,拿不动线,只会偷嘴吃。"

在她的认知里,手最大的用处是做针线,这是她足以傲视群芳的资本。

晴雯还是梳头高手。芳官和干娘吵架,因为洗头的事弄得披头散发。哭闹完了,是晴雯上前给她洗了头,用毛巾拧干,按照宝玉"别弄紧衬了"的要求,挽了个松松的慵妆髻,让芳官俏丽的小脸锦上添花。

三

她更是"红楼"第一"勇"。做事勇于承担,从不偷懒,不怕苦怕累怕危险。

第八回,宝玉早上起来煞有介事地"秀"书法,结果就写了仨字:"绛芸轩"。撂下笔跑他姨妈家去了,又是喝酒又是吃糟鹅掌,一直玩到下雪天黑才回来。他进门时,那三个字已经高高地贴在门斗上了,是晴雯贴的。

她女孩子家家的冒着雪花亲自爬上梯子，宁肯自己高空作业，也不肯假手小厮，只因怕他们贴歪了。

每日夜间，她睡在宝玉外床，"宝玉夜晚一应茶水起坐呼唤之任皆悉委他一人"，一会儿要喝茶一会儿要尿尿、一会儿喊冷了一会儿喊怕了。晴雯睡觉轻，喊一声"晴雯"马上就能到跟前伺候。

这可是个苦差事，一天两天还行，天天上夜班有几个能受得了？但晴雯数年如一日从不抱怨。后来，直到她死了很久，宝玉夜间喊"晴雯"的这个习惯还改不过来。

宝玉的雀金裘被烧坏时，晴雯已经病了很多天，看到他为难的样子，病榻上的她很仗义地来了一句："说不得，我挣命罢了。"就揽了过来。

她强撑着坐起来，头重身轻，满眼金星乱迸，头晕眼黑，气喘神虚，补不了三五针就需要伏在枕上歇一会儿——就这样补了整整一夜。

完工后直接躺倒，力尽神危。这就是著名的"病补雀金裘"，她真的是用生命在工作。

四

从外貌形象到业务能力再到工作态度，晴雯样样把身边人秒成了渣渣，真正的百里挑一人尖尖。

说起她的身世着实堪怜，不记得父母家乡，被卖到赖家，跟赖嬷嬷常进贾府，贾母很喜欢她。为了讨主子欢心，赖嬷嬷把她像小宠物一样献给了贾母。

阅人无数的贾母，眼光像一把筛子，将晴雯早早就筛选出来重点培养：

晴雯那丫头我看她甚好……我的意思，这些丫头的模样爽利言谈针线多不及他，将来只他可以给宝玉使唤得。

听听，多高的全面评价，基本上是内定的姨娘人选。

而那时，袭人还是"没嘴的葫芦"，至于宝玉房里其他丫头，贾母眼皮子都不夹一下，秋纹自己就承认"有些不入他老人家的眼的"。

然而后来，那个前途最光明的姑娘却最早被干掉，罪名是"勾引宝玉"。

这才是最讽刺的地方。

早在第六回，袭人就与宝玉有了男女之实，却一直"潜伏"到最后都安然无恙，还被王夫人青眼有加：我把他交给你了。保全了他，就是保全了我，我不会亏待你。

而晴雯呢？自始至终与宝玉泾渭分明，宝玉邀她共浴时，她断然拒绝：少来，不跟你玩这套。还顺便嘲讽了一下他和碧痕的

"鸳鸯浴"：罢，罢，我不敢惹爷。还记得碧痕打发你洗澡，足有两三个时辰，也不知道作什么呢。我们也不好进去的。后来洗完了，进去瞧瞧，地下的水淹着床腿，连席子上都汪着水……"

宝玉和晴雯，两人零距离相处五年八个月，未越雷池半步。然而抄检大观园，一个个有事的反而没事，最自律的晴雯却成了"狐狸精"。

连以开放著称的多姑娘都替他们鸣不平："谁知你两个竟还是各不相扰。可知天下委屈事也不少。如今我反后悔错怪了你们。"

五

怡红院里一块赶出去的还有四儿和芳官，但撵他们都师出有名，有证可查。

王夫人质问四儿："他背地里说的，同日生日就是夫妻。这可是你说的？"

再问芳官："你还强嘴。我且问你，前年我们往皇陵上去，是谁调唆宝玉要柳家的丫头五儿了？"

这些都是铁证，可以拿到桌面上讲的，她们没法抵赖。但唯独到晴雯这里，这些类似的证据一概没有，在此之前王夫人甚至都不知道有晴雯这个人，只凭借下人三言两语挑唆，上来就是一记"荡妇羞辱"。

晴雯之冤，匪夷所思却百口莫辩。

宝玉想不通，痛哭流涕，说不知晴雯犯了何等滔天大罪，想来想去只有一种解释："想是她过于生的好了。"潜台词是"大家容不下她的好"。

当然也不全然如此，她自己个性上的硬伤也难辞其咎。锋芒太露，横冲直撞，打骂小丫鬟，顶撞宝玉，挖苦袭人，和碧痕拌嘴……明里暗里树敌，招人侧目。

但耐人寻味的是，人们不能就事论事，总下意识地把她的美貌当作原罪。

王善保家的说："那丫头仗着他生的模样儿比别人标致些，又生了一张巧嘴，天天打扮的像个西施的样子，在人跟前能说惯道，掐尖要强。"

下蛆都如此理直气壮：好看的人脾气爆就是恃美行凶，合着丑人脾气爆，那就叫真性情了？

王夫人说："有了本事的人，未免就有些调歪……他色色比人强，只是不大沉重。"语气笃定得仿佛对晴雯了如指掌。

袭人说："在太太是深知这样的美人似的人必不安静，所以恨嫌她，像我们这样粗粗笨笨的倒好。"自谦里有掩不住的侥幸。

对于这种强盗逻辑，最想不通的是晴雯本人，临死都耿耿于怀："只是一件，我死也不甘心的：我虽生的比人略好些，并没有私情密意勾引你怎样，如何一口死咬定了我是狐狸精！我太不服。"

她还是太天真，不懂人性的复杂幽暗。

六

美貌从来是稀缺资源，尤其是在没有医美整容的古代。

大户人家讲究"贤妻美妾"，晴雯拥有的先天优势，让她提前获得了进阶的更大可能性；而她风流伶俐又硬核高调的个性，并不太有群众缘。

哪怕高高在上如王夫人，一见她就闻到了危险的气味，忌惮她来争夺自己的儿子，让他失控。

被撵时，已经多日水米不沾牙，路都走不动了，然而王夫人没有动半点恻隐之心，让人架着把她丢出去了。除了贴身内衣，其他衣物钗环一律不许带走，好衣服要留给"好丫头"穿。

几天以后，她香消玉殒。怡红院里再不闻她利落的口齿，不见她轻倩的身影，只有"千金难买一笑"时撕扇子的哧啦哧啦声，还回荡在读者的耳畔。

死后也没有入土为安，尸骸被王夫人下令一把火烧了："女儿痨死，断不可留。"真正灰飞烟灭无迹可寻。

周国平说："如果上天给了一个漂亮的脸蛋，你要留心，这是对你的一个考验。"

其实需要留心的何止脸蛋？能力才华亦然。

她死后，除了宝玉，居然没有看到谁为她掉过眼泪，包括那些曾经朝夕相处的同事。

麝月看着宝玉穿的裤子，笑叹道："这是晴雯的针线……真真是物在人亡了！"一向敦厚如麝月，此刻居然笑得出来，而秋纹的反应更有意思，她直接将麝月拉了一把来制止，不要让宝玉想起她。

宝玉拿凋谢的海棠花比晴雯，袭人生气道："那晴雯是个什么东西……他纵好，也灭不过我的次序去。"半真半假流露出了潜意识对晴雯的不愤。

原来，晴雯早已是大家喉咙里的一根刺，现在这根刺拔了，很多人连呼吸都顺畅了。

从内控型人格角度出发，这固然是晴雯做人的失败，但也必须面对的真相是：

当一个人太过优秀，会不自觉沦为周边人的假想敌，极易被群体孤立或陷害，正所谓"风流灵巧招人怨，寿夭多因毁谤生"。

褒贬那些人没有用的，这是人类出于生存危机感而生发的人性之恶，不能奢望人人自省成圣。

七

弥留之际，晴雯哭着说："今日既已担了个虚名，而且临死，不是我说一句后悔的话，早知如此，我当日也另有个道理。不料痴心傻意，只说大家横竖是在一处。不想平空里生出这一节话来，有冤无处诉。"

啊，多么痛的领悟。言外之意是早知如此，不如也早日谋划，主动追求（勾引）宝玉，混个姨娘当当。

女性无法独立的古代，精明又无奈的女孩们会把归宿当作事业一样来经营。

袭人找王夫人表忠心出主意拉近了关系，挤掉晴雯晋升为未来的花姨娘；

秋纹靠送桂花得了赏，贾母给了几百钱，王夫人给了旧衣服，乐得屁颠屁颠：钱和衣服事小，难得的是这个体面和彩头。

只有晴雯不以为然，说那是赏完袭人剩下的："一样这屋里的人，难道谁又比谁高贵些？把好的给他，剩下的才给我，我宁可不要。"表示自己不屑于邀宠争宠。

"心比天高，身为下贱"，从始至终，她不肯低下高贵的头，一路梗着脖子往前闯，姿态也从来不柔软。

空有美貌、耿直、能干，但在"女人多，是非窝"的大观园，她还没来得及用这些优点换取半点实际好处，就被海量的同性同类们合力剿杀，落得个"孰料鸠鸩恶其高，鹰鸷翻遭罦罬；薋葹妒其臭，茝兰竟被芟鉏。"

宝玉与她见最后一面时，她在病榻上，从枕边摸出剪刀，把二寸长的红指甲齐根剪下来给宝玉留作纪念，并脱下贴身的红绫袄，和宝玉互换了内衣穿。

她嘱咐他：如果有人问起不必隐瞒。"既担了虚名，越性如此，也不过这样了。"对这个世界最后的报复，充满了孩子式的赌气。

曾经唯恐被人误解，如今索性叫人误解，作为对自己担了虚名的一点补偿——原来她也是爱他的。只是当初太没心没肺，错把他乡当故乡，误以为来日方长。

八

曹公给晴雯的评价是"使力不使心"。这五字真是一针见血。

红楼一梦，小姐公子们无忧无虑的生活才可以称得上是梦。至于这个梦里的其他人，对不起，大家过的都是最现实的生活，越是贫瘠越是如此，和今日的残酷职场本质上没有区别。

出色的人应该早早明白这个道理：

你想与世无争，又自认无欲则刚，但对不起，实力摆在那里，哪怕与世无争，别人也怕你争；再自认无欲则刚，别人不信你无欲，只会非议你的刚。

了解自己的价值，努力摆脱原生阶层，进入和自己匹配的群体里去是一种思路。

往高处走，远离低段位的内耗与倾轧，反而安全。

你看晴雯给过黛玉闭门羹，但黛玉何曾记仇过？

换了王善保家的你试试，不找机会搞死你不罢休。一样的事情在不一样的圈层，结局截然不同。

不愿意上进，信奉平凡可贵平淡最真，也是另一种活法，但基于对人性的了解，需要修炼出更高更圆融的生存智慧。

晴雯的结局，是孤独地死在一方冰凉的土炕上，咽气前直着脖子喊了一夜的"娘"。

见识过人心凉薄和险恶，奄奄一息间，如同顺水漂流被卷入漩涡的树叶，会在安静的水洼重新漂浮上来一样，最原始的诉求浮现了出来。

她渴望再次回到恍惚的亲情记忆中去，被收留，被悦纳，被安妥地包容疼爱。

可惜，短暂的生命如烟花绽放的一瞬，命运苛到没有一点富余时间给这个漂亮姑娘，让她查漏补缺、反省成长，成为一个更成熟完善的自己后再次出发重建幸福，就粗暴地戛然而止。

　　多么令人心碎，她只活到十六岁。

玉钏儿：既然生活要继续

一

年纪小一点的时候，真挺看不上玉钏儿的，觉得她是典型的"三没女"，没骨气没原则没记性。姐姐尸骨未寒，就开始和害死姐姐的元凶同喝一碗汤了。

玉钏儿的姐姐是著名的烈女金钏，因为和宝玉调笑失了分寸，被王夫人赶了出去，一时想不开投井了。

类似的情况还有鲍二家的，和贾琏偷情被凤姐发现，回去含羞上吊了。

但出事以后，两家死者亲属的反应却大相径庭。

鲍二家的吊死，鲍二自己尚还没说什么，娘家亲戚们倒先闹起来，扬言要到官府去告，贾琏不得已给了二百两银子息事宁人。

金钏儿呢？尚未出阁，花朵一样的姑娘，说没就没了，固然是自己想不开不假，但就宝玉母子而言，"我未杀伯仁，伯仁因我而死"，在道义上他们也脱不了干系。

出于愧疚，王夫人把金钏儿母亲喊来，赏了五十两银子并几件簪环，请僧人念经超度，又把外甥女宝钗的衣服送去装裹。金钏儿母亲一句多话没有，只会磕头谢恩，再静悄悄地退出。

面对主子，这家人表现出了非同一般的隐忍克制。他们背地里如何宣泄自己的悲伤，哭天抢地？日夜流泪？曹公只字不提，倒是和金钏儿一起长大的袭人闻言落了几滴泪。

金钏儿母亲的名字叫"老白家媳妇"，这个称呼泄露了重要信息：既是"老白家的"，就还有个"老白"——原来他们合家都是贾府的奴才，金钏玉钏姐妹都是如假包换的奴才秧子。

为什么鲍二家的亲戚们敢大闹特闹，因为光脚的不怕穿鞋的，闹不成也不损失什么，索性撕破脸叫板，银子能闹几两算几两。

而老白家拿什么跟人家撕呢？一家子吃喝生计都靠着贾府，根本撕不起。

既做了奴才，就做不得刁民。

二

说回玉钏儿，作为金钏儿的亲妹妹，她对宝玉的怨恨显而易见。

宝玉挨打之后，闹着要喝荷叶汤。王夫人遣玉钏儿给宝玉送去。宝玉见了玉钏儿，自然想到她死去的姐姐，又是伤心又是惭愧，上赶着同玉钏儿说话。

"你母亲身子好？""谁叫你给我送来的？"各种没话找话，巴结讨好。

见她不理她，他只好想尽办法把周围人都支出去，然后又赔笑问长问短。

"伸手不打笑脸人"，她有点绷不住了。

宝玉请求她给他把汤端过来，她不肯，宝玉自己挣扎，疼得动不了。玉钏儿忍不住道："躺下罢！"把汤端了过来。

宝玉腆着脸道："好姐姐，你要生气只管在这里生罢，见了老太太、太太可放和气些，若还这样，你就又捱骂了。"玉钏儿说吃吧吃吧，不用跟我甜言蜜语的。

宝玉说：这汤不好喝，一点味儿都没有，不信你尝尝。

玉钏儿半是赌气半是不信，真的就尝了主子的汤。那一回的回目就叫"白玉钏初尝莲叶羹"，这一尝，可算点了题。

宝玉笑道："这可好吃了。"我的天哪，他也太会撩了吧？

傅秋芳家的婆子来拜见，宝玉一边跟婆子说话一边要汤，玉钏儿也注意力不集中，不小心把碗打翻，汤泼在了宝玉手上。

宝玉忙问玉钏儿："烫了那里了？疼不疼？"

大家全笑了，包括玉钏儿："你自己烫了，只管问我。"

傅家婆子们背地里笑他傻："自己烫了手，倒问人疼不疼，这可不是个呆子？"

翩翩佳公子，在自己面前如此地做小伏低，玉钏儿心里的寒冰一点点融化了。气是没全消，也不可能全消，但是放心吧，迟早会消。

三

还有后续。

金钏儿空出来的编制王夫人也没有再找其他人补缺，而是把一两银子的月钱发给了玉钏儿，让她一人双岗，拿两份工资。

理由是："他姐姐服侍了我一场，没个好结果，剩下他妹妹跟着我，吃个双分子也不为过逾了。"

凤姐喊着"大喜，大喜"，来给玉钏儿报喜。

收入翻倍，的确可喜。可这喜是姐姐的命换来的，又有何喜可言？换个道德家可能会问："玉钏儿，蘸了人血的馒头好吃吗？"——还是不要想这么多吧，这都是局外人的看法。

玉钏儿不是晴雯，没有"不穿太太旧衣服"的骨气。

她跟她娘一样，乖乖给王夫人磕了头，表示谢恩。

大家都心知肚明：这恩，是歉意，也是补偿。

可是做奴才的，不能说"这是你欠我们家的"。真要开撕，人家一怒之下收回："我欠你什么了？你姐姐犯了错，我撵她是应该的，又没让她去死。她自己跳了井，又不是我们推她下去的。"宝钗不是说了吗："纵然有这样大气，也不过是个糊涂人。"真要算起来，这笔糊涂账哪是能算清楚的。

委曲求全委曲求全，求的是一个"全"，她一家子端的饭碗都是贾府给的，说有恩与他们一家也不为过。老白家一家在贾府，有点像几辈人都进了同一个老企业。他们大概从没有想过离开贾府怎么生存，遑论玉钏儿一个签了卖身契的弱女子？"两害相权取其轻"，没办法，只得眼眶里含着泪，生生咽下这口窝囊气。这眶泪里，也未必没有宽慰：幸而主子有良心，姐姐也不算白死。想记仇吗？你没资格。

膝盖既已弯下去，就只好一弯再弯。在生存面前，骨气放一边，这是大多数普通人的选择。

好听点叫"识时务"，难听点则叫"奴性"。

长期委身于体制内的人都会奴性附身，多多少少，或晚或早。这所谓的奴性里，既有着对既定现实的接受，也有着审时度势的务实：失去的既已失去，如果生活还要继续，就让往事都随风都随风。

太年轻的时候，总以为这世界非黑即白，发誓会有仇必报，如果做不到，至少跟一切伤害过自己的人画地决裂，老死不相往来。到最后才知道日子过得泥沙俱下，人与人之间的关系之复杂超乎想象，恩与怨，利与害会纠缠在一起，根本没法泾渭分明，有时候还得咽泪装欢，强颜欢笑。

所以，玉钏儿没得选，她只得端起那碗荷叶羹，轻轻放在宝玉的床边。

面前的这个"罪魁祸首"，让亲爱的姐姐与她天人永隔，再也不会回来，而自己却还不得不近身伺候他。这是怎样一份锥心刺骨的残酷与疼痛？

你要是问我，从玉钏儿身上看到了什么？我看到了草根族群无奈的卑微，还有柔软的坚韧。她不是没骨气没原则没记性，不过是生活所迫，"人在屋檐下，不得不低头"。

《红楼梦》这本书，不是写想当然的阶级仇恨，它一直都在写真正的生活。

荷叶羹清香扑鼻，玉钏儿"咕咚"一口，咽了下去。

这个动作，当时读并不觉得怎样，但人事历练过一番再来读，不禁会汪着一泡眼泪微笑：不平不甘、疙疙瘩瘩地与现实和解，最后让时间淡化痛苦，甚至消解仇恨，若无其事地活到老死的，何止是玉钏儿呢？你我他她，这一生中，说不定都面临过，或即将要面临这样的时刻。

雪雁：快乐的职场小"油条"

一

很喜欢小戏骨版的《红楼梦》，小朋友们演技精湛，细节到位，哪怕是个边角料小角色，该有戏的地方一点也不含糊，颇有种"只有小演员，没有小角色"的觉悟。

比如林黛玉从苏州带来的小丫鬟雪雁，在其他版本里，根本看不出这丫头的个性。

然而在这一版里，一样是跟着自家姑娘进贾府，一样是一句台词都没有，一样是镜头里只有几步路，但雪雁的小脑袋瓜儿转来转去，上看下看，小脸上是绷不住的新鲜兴奋，眼神里尽是好奇惊叹。

这波操作传神也就罢了，还非常之合理。

因为原著上就是这样写的啊，贾府排场可比林府大多了，雪雁的反应很对。

况且正是因为她这"一团孩气"，贾母很不放心把外孙女交给她伺候，才另拨了紫鹃过去的。如果她精明能干如鸳鸯，事事妥帖周到，还有后者什么事儿？

本是贴身丫鬟的她，就这样被"空降兵"紫鹃后来居上，截断了晋升之路。

后来的雪雁，就一直一直是个小丫鬟。

这有区别吗？当然！大丫鬟的月钱是一吊钱，小丫鬟的月钱是五百钱，岗位工资差一半儿呢！

经济上的差距还是明面儿上的，更深层次的损失是她在潇湘馆权力格局上的被边缘化。本来主仆二人客居金陵相依为命，理应她是心腹才对。

谁能想到小姐居然和半路上杀出来的紫鹃配一脸？两人成了贴心贴肺的闺蜜，关系完全超越了主仆，天天秀恩爱，直接把她撇到一边。

"我并不是林家的人，我也和袭人鸳鸯是一伙的，偏把我给了林姑娘使。偏生他又和我极好，比他苏州来的还好十倍，一时一刻我们两个离不开。"

130

这是紫鹃的原话。雪雁在她的嘴里，直接成了"苏州来的"，竟然连个名字都不配有了。

听她的口气，将来还打算做黛玉的陪嫁丫鬟，因为"他倘或要去了，我必要跟了他去的"。那，到时候万一编制有限，雪雁咋办呢？

要不说，人心的地界里不讲先来后到，只讲性情相投呢！

二

在紫鹃和黛玉水泼不进针插不进的情谊之间，雪雁生生沦为一个跑腿的。

第八回，林黛玉在薛姨妈家喝酒，吃鹅掌鸭信，雪雁来送手炉。

黛玉直接问："谁叫你送来的？难为他费心，那里就冷死了我！"仿佛天然知道雪雁不会这么贴心，上心的一定另有其人。

雪雁老实答："紫鹃姐姐怕姑娘冷，使我送来的。"她倒也不贪功隐瞒，有一说一。

看出端倪了吧？黛玉与紫鹃之间是至亲至疏的关系，知之甚深，又到此为止。

这还不算，她竟然顺便成了潇湘馆的"卷帘大将"。

"雪雁，快掀帘子，姑娘来了。"连廊下养的鹦鹉都学会了，一见林黛玉回来就粗声嘎气地吆喝她。不用说，这肯定是跟紫鹃学的，春纤比雪雁资历还浅，鹦鹉都不敢这么使唤她。

换个心高点的，早气死了。

小红不是就在宝玉面前抱怨过：端茶送水的活儿轮不上，只能干点外围的工作。在潇湘馆这边，从来都是紫鹃喊姑娘吃药，没见过雪雁什么事儿。

可怜的雪雁，跟着主子风尘仆仆北上，无亲无故有家难回，却不被重用，也太惨了点。

可是，从来没见过雪雁发牢骚，哀怨自己的受冷落、不得志，也没看到她拼命上进，抓住一切机会表现自己，以期重得姑娘的信任，她更不可能跟谁争宠邀功，争风吃醋。

雪雁每天乐乐呵呵进进出出，似乎正好乐得清闲自在，就差说"反正紫鹃姐姐本就是这里的人，她受姑娘看重，原是应该的"了。

这就叫恬淡不争了吧？似乎是值得嘉许的。

人的性情若要平和，内在能量进出需要保持平衡，所以跟"轻仇者寡恩"一样，不太计较的人，一般也不会热衷于付出。

类似于黛玉初入贾府的"不肯多行一步路"，雪雁平时的灵魂背景音乐，应该是"绝不多干一点活"，让擦桌子不扫地，让掀帘子不抹灰的那种。

且看第五十七回，紫鹃派她到王夫人处去给黛玉取人参，这半中间宝玉来到潇湘馆，被紫鹃抢白了一顿。他一个人失魂落魄走出来，坐在桃花树下山石上发呆时，雪雁回来路过，上前问候了几句，被宝玉不知好歹地给呛回来了。

注意，宝玉发呆可不是一时半会儿，是"直呆了五六顿饭工夫"，少说也有俩小时。

也就是说，雪雁去隔壁部门领个东西，两三个小时才回来。

所以才有后文把人参交给紫鹃时，紫鹃问她的那一句："太太做什么呢？"这话问得突兀，毕竟地位悬殊太远，紫鹃管不着人家王夫人干啥。

紫鹃，是在婉转表达不满，潜台词是："太太不在吗？怎么这会儿才回来？"或者另一种担忧："这么长时间才取到人参，是太太不好好给吗？"

响鼓不用重锤敲，雪雁马上意识到自己办差时间过长了，忙说王夫人在午睡，"所以等了这半日。"

换个勤快点的，一看太太午睡就先回来了："太太正睡午觉呢，一半个时辰醒不来，我午后再去吧。"但是她没有，正好借机和玉钏儿聊会儿闲天，顺理成章摸个鱼。

她不是勤快人，但听她的回话，也绝对不傻，一个"所以"就表明她听出了弦外之音。

再往后看，才发现何止不傻，她精得跟猴儿似的，可惜，聪明才智全用在这些鸡毛蒜皮的小事情上面了。

三

她给紫鹃讲了个"笑话儿"。

"我因等太太的工夫，和玉钏儿姐姐坐在下房里说话儿，谁知赵姨奶奶招手儿叫我……"

赵姨娘找她，是因为自己兄弟没了，要回去送殡，同带着的小丫头小吉祥儿没有孝服，就来借雪雁的月白缎子袄。林黛玉的父亲林如海去世才不久，赵姨娘知道雪雁必定有，故此张口。

但是雪雁有老主意，不借。理由是白袄儿赵姨娘她们自己一定有，只是怕去脏地方儿弄脏了，才来借别人的。

她不像老好人袭人，面对别人求助，不帮就会心有不安。既然认定假设成立，所以拒绝起来没有道德负担，是赵姨娘不仁在先，自己不借便不算不义。

她也不像爆炭性子晴雯，会直接怼回去："恐怕是你们自己的怕弄脏了不舍得穿，才来借我的吧？想得美！"

她是这样软软地回过去的："我的衣裳簪环都是姑娘叫紫鹃姐姐收着呢。如今先得去告诉她，还得回姑娘呢。姑娘身上又病

134

着，更费了大事，误了你老出门，不如再转借罢。"告诉对方自己的东西自己做不了主，上面有两层领导，大领导由于身体原因又不方便审批，这申领的程序太复杂，别耽误了您的大事儿。

她也知道自己这锅甩得不厚道，因此忙忙地给紫鹃报备，以防谎言万一被戳穿，自己里外不是人。明明是个人行为，她却上升到了集体立场："借我的弄脏了也是小事，只是我想，他素日有些什么好处到咱们跟前。"

话说，一件衣服借不借是你的自由，不用扯上别人，你说"我"就行，别"咱们"行吗？好像多大事儿需要同仇敌忾，这真犯不上表忠心。

幸而紫鹃豁达，看穿了她的小九九，也能一笑了之："你这个小东西子倒也巧。你不借给他，你往我和姑娘身上推，叫人怨不着你。"赵姨娘本来就对黛玉有芥蒂，这必定又在记恨簿上添一笔，而这一切黛玉还蒙在鼓里。

这样的雪雁，应变不能说不灵活，思维不能说不缜密，口齿不能说不伶俐，但总透着一副精明过头的样子。

所以她不得黛玉重用，是有自身原因的。

人与人相处，要有几分憨气和义气。

紫鹃既会替黛玉日夜操心："替你愁了这几年了，无父母无兄弟，谁是知疼着热的人？"

也会设身处地焦虑："有老太太一日还好一日，若没了老太太，也只是凭人去欺负了。"

在怀疑贾母属意宝琴后，竟敢豁出去铤而走险，舍一身剐招一顿打骂，去试一试宝玉的真心："早则明年春天，迟则秋天，这里纵不送去，林家亦必有人来接的。"只为了给黛玉搏一个幸福的未来。

两相对比，如果换作你，更愿意亲近谁？

聪慧如黛玉，自然知道雪雁此人不是能力不行，是压根儿养不熟。早年年幼尚可担待，如今大了千伶百俐，却凡事先替自己打算，虽不是什么大奸大恶，但到底不能与之深交相托。

否则事到临头，没有担当，把头一缩，闪你个屁股墩儿没商量，干脆就当个普通的家政服务人员用用就好。

当然话说回来，也许是雪雁意识到黛玉对她的不看重，索性自己不那么出力了。人与人之间的复杂微妙，本就说不清。

四

高鹗续书，有千般不好，但有一处很稳。

第九十七回，他写宝玉大婚，王熙凤使掉包计，将宝钗换了黛玉。为了做戏要做足全套，特特选了雪雁来做陪嫁丫鬟，负责披着红扶新娘子下轿。

作者这么安排太对了，这种事儿紫鹃绝对干不出来。而雪雁就可以，她没有那么坚定的立场。

所以，该怎么评价雪雁这个人呢？

如果把潇湘馆看作一个家庭，雪雁像个纵然有点滑头滑脑，但哥姐们也不与之计较的老幺；如果看作是职场呢？那她就是一个天生的小油条。

本职工作上不好不坏，过得去但也说不上优秀，该做的做一做，能拖的就拖一拖；对于额外的事情，秉承"不在其位不谋其政"的宗旨，能推就推；至于人际关系上，不树敌也不站队，不得罪谁，但也不会对谁很忠心。

这种人不是攀登者，是天生的游弋者，擅长混日子，做快乐的普通人。"饱食遨游，泛若不系之舟"，东游游西逛逛，这一辈子就松松快快地过来了。

有人喜欢当争夸荣耀的袭人，有人喜欢当掐尖要强的晴雯，有人喜欢当掏心掏肺的紫鹃，也有人就喜欢当随遇而安的雪雁，人各有志，不能用单纯的好或坏来定义。

但切莫以为做雪雁就比其他人容易，职场油条也需要足量的"聪明才智"。

首先，你得满足现状，没有上进心，更不能有忌妒心。冷板凳一坐好多年，眼看着别人升职加薪，自己要能不失落，始终风轻云淡。单这一份超脱的心态，就筛下去许多人。

其次，不争强好胜，不承担责任，怎么自在怎么来，但尺度把握在他人可容忍范围之内。俗话说"不打勤不打懒，就打那个不长眼"，雪雁这种人是最有眼力见儿的，否则早被拍扁了。

最后说为人，有点小算盘小聪明，滑不溜秋难以抓牢，说话不授人以柄，做事不落人口实，绝不让自己陷入尴尬，和谁都笑哈哈，关键时刻还会甩锅，明亏暗亏都不吃。

左手中庸右手鸡贼，你以为这样平平淡淡活着，比做少数派精英容易啊？也需要心力和天分的。

所以，当你遇到一个职场油条，与他们共过几次事，交过几次手之后，就会觉得这样的聪明人沦为芸芸众生真是可惜，被品性给耽误了。但你看人家溜溜达达的样子，也会觉得这样也挺好，反正人生苦短，自己开心比什么都强。

再说未必人人都要做精英，大家都去做响当当的精英，谁来做芸芸众生？而且吧，你还会发现一个令人哭笑不得的真相：

有的精英是因为做不好芸芸众生，在挤挤挨挨的人群里，不具备让自己一直舒舒服服待着的能耐，才被逼无奈去做了精英的。

所以三观不正地借用一下罗素的话吧：须知参差多态，才是幸福本源。

贾瑞：猥琐直男怎么作死

一

作为一个女性读者，读"红楼"每次读到关于贾瑞的部分，整个人都感觉不好了。

那种令人反胃和愕然的猥琐，已经到达第七层境界，贾琏、贾珍、贾蓉们已经够不讲究了，但跟他一比都自叹不如，贾蓉后来还特特提过："凤姑娘那样刚强，瑞叔还想他的账。"差不多是说：瑞叔特别有理想，连凤姐的主意都敢打，不扶墙就服他。

虽然他的戏份统共没几页纸，几下就嗝屁着凉了，但是这个人物带给人的心理恶心感，却久久不能散去。

首先贾瑞亮相的方式，就让人很不舒服。

当时，凤姐刚从病重的秦可卿屋里出来，走在园子里想透口气，恰好眼前黄花满地，白柳横坡，小桥流水，红叶翩翩，她沉醉其中，步步行来步步称赏，秋日的美景暂时冲淡了她心头的沉重。大多数时候她活得太过紧绷，美景当前她从来无暇欣赏，更多的是眼观六路耳听八方，陪伴张罗活跃气氛，只有这一刻，是属于自己的独处时刻。

如果给这个画面配乐，该是一段舒缓流丽的小提琴独奏。而走到假山前时，音乐将戛然而止，诡异的敲击声会骤然响起。贾瑞现身了。

用词向来讲究得不能再讲究的老曹，短短几句话里，一个词重复用了两次："猛然"。

"猛然从假山石后走过一个人来"，"凤姐儿猛然见了，将身子望后一退"。

注意，他显然不是远远地看见再走上前来打招呼，而是躲在假山石头后面埋伏已久，像一个等候猎物的蹩脚猎手。

动作也很坏，不是伪装一场不期的偶遇，也不是用西门庆式的胸有成竹，悠哉悠哉晃出来，而是"噌"地一下窜出来，向前逼一步："请嫂子安。"换个心脏不好的会被吓死。

凤姐什么场面没见过，此刻反应竟然是倒退一步，除了被惊到，只说明一个问题：贾瑞凑得太近了。

每个人都有自己的安全"领空"，心理学上有个词叫"安全距离"，这个距离通常是一米五左右。当人被不熟悉的人靠得太近，会感到紧张不适而后退。大概是因为远古人类祖先为了生存要时刻保持警觉，便把这样的预警密码留在了人类基因之中。

换而言之，贾瑞这个动作有很强的侵犯性，下意识地是来者不善。

二

接下来，贾瑞的侵犯意图越来越明显。

凤姐问：这不是瑞大爷吗？

贾瑞如此回答："嫂子连我也不认得了？不是我是谁？"

按正常逻辑，换成贾芸，会说：婶子好记性，正是侄儿。但贾瑞用的却是反问语气，仿佛凤姐不应该不记得他，有一种强行套近乎的无礼。

凤姐的话术很高超，假意敷衍说总听到"你哥哥时常提你，说你很好"。提贾琏是在潜意识里提醒对方注意分寸，还昧着良心反话正说："听你说这几句话儿，就知道你是个聪明和气的人了。"接着又说自己今天有事，没时间说话，等闲了再聊，滴水不漏地要结束与他的对话。

贾瑞不过是个没落的宗族子弟，跟着他在府里当私塾先生的爷爷才得以混进贾府，凤姐这么委婉，已经很给面儿了。

但贾瑞全不听对方的弦外之音，追着说："我要到嫂子家里去请安，又恐怕嫂子年轻，不肯轻易见人。"强调凤姐在他心里是一个年轻女人。

更别提他的各种表情：一开始是拿眼睛不住地打量；后来神情益发不堪难看；再后来离去时的不住回头……全都是赤裸裸不掩饰的色欲攻心。

再接着，他就开始了第二阶段的进攻。一趟趟往凤姐屋里跑，打听凤姐在不在家，连平儿都忍不住好奇：这瑞大爷是因为什么事情老往咱们家跑呢？

读到这里，就发现了，这人不但色胆包天，还有一腔愚蠢的迷之自信。

他的自信来自哪里？来自他对男女之情自以为是的了解。

说贾琏，"二哥哥怎么还不回来？""别是路上有人绊住脚了，舍不得回来也未可知？"相当于今天一个男的对一个已婚女性说："你老公天天在外面出差，是不是在外面搞小三呢？"这种玩笑最让人反感，简直是找抽的节奏。

又说凤姐，"嫂子天天也闷的很。"凤姐天天忙得脚不沾地，连觉都睡不够，怎么会闷？

下一句更有趣："我倒天天闲着，天天过来替嫂子解解闲闷可好不好？"他每天游手好闲无事可做，便以为人人都和他一样无聊到只对男欢女爱有兴趣，贾琏一定是寻花问柳冷落了凤姐；凤姐一定是闺房寂寞，正缺他这样的人来填补饥渴。

贾瑞的每一次试探性进攻的背后，是一种悍然的直男思维：是个女人都乐于被男人侵犯。

三

几百年过去，这样的思维到今天也没灭绝。

某戏剧界编剧大咖的成名作里有这样一个情节：男人落难，将救他的女子强行占为己有，后者不但不悲不怒，还求他以后不要抛弃她。自此死心塌地跟着他，还给他生了个孩子，两人幸福地生活在一起。

这是只有贾瑞们才能臆想出来的情节。

现实中有些男的明明刚认识没多久，根本就不熟，就贸然给女生发黄段子撩拨，被人打脸后还振振有词："至于吗？连个玩笑都开不起？我撩你说明看得起你，你应该愉快接受。咋还翻脸了呢？"她凭什么不接受？这也是贾瑞们的心头疑惑。

他们全用下半身思考，大脑基本弃用，不懂何为尊重，没有共情能力，不会换位思考，心思龌龊手段却拙劣，被这等人撩拨，对一个心高气傲的聪明女子来说，简直是奇耻大辱。

这种人就像苍蝇，不拍死他，他就绕着你没完没了，赶都赶不走。

在被一而再再而三地冒犯，忍无可忍之后，凤姐决定出手收拾他：你好，约吗？

第一次，约在荣府穿堂，将他关在里面整整一夜，冻了个半死。回去被爷爷打了三四十大板，饿着肚子罚跪背文章，吃尽苦头。

他不知悔改，居然没意识到凤姐是在给他教训，还敢作死地跑了来，蠢萌蠢萌的。

凤姐第二次直接来了个瓮中捉鳖，派贾蔷贾蓉拿住他敲了一笔竹杠，一人拿走了五十两的欠条，还浇了他一身"金汁"（大粪）。从此惹上了麻烦，白天功课紧，还要被索债，晚上又将凤姐视为幻想对象……小身板扛不住，终于倒下了。空空道人给了他一面镜子，叫"风月宝鉴"，乃警幻仙子所制，专治邪思妄动，嘱咐他只看反面，别看正面。贾瑞好奇，一看正面，发现里面是凤姐儿招手叫他……

结果大家都知道了，贾瑞精尽人亡，也算死得其所。

他败尽读者最后一点同情心的原因在于，在整个过程中，他没有对凤姐流露过一丝柔情，一点爱惜呵护，只有淫欲，没有真情，全部指向简单粗暴的生理欲望。被凤姐二次设局时有一个细节：黑灯瞎火的，影影绰绰见个人走过来，连认也不认，就饿虎扑食似的扑了上去，做出各种不堪丑态。较之阿Q扑通跪下，对着女人说"我要和你困觉"时那种令人哭笑不得的憨蛮，他精虫上脑的失心疯行为，令人生出一种目瞪口呆的无语和厌恶。

贾瑞死了，凤姐和宝鉴固然脱不了干系，但是他自己的不自知、不节制、不自律才是真正的罪魁祸首。

猜曹公写他的本意，恐怕是想以贾瑞们为反面教材写一部劝诫警示之书，教人们学会管理约束欲望，否则书的原名不会叫《风月宝鉴》。

但曹公写着写着，竟写成了今天的《红楼梦》，一部充满了高级美的灵魂现实主义巨著。也许他终于发现，生命中那些绕不开的美好记忆，和记忆里那些美好的人和事，才值得花心思一笔笔地去记录、去歌颂、去缅怀，而贾瑞只能充当边角料的小丑角色，永远无法成为主流，他的故事只能当作一个猥琐男作死样本案例，告诉人们，一个愚蠢的人起了执念，就是自己的一场灾难。

贾宝玉：我怎么觉得我怀才不遇

一

没事看直播，发现卖口红目前谁也干不过网红但若从《红楼梦》里拉一个人，分分钟就"秒"了他。

大家想想，网红卖口红靠什么？靠亲自上阵，把口红抹在自己嘴唇上试色。但这一位更厉害，人家直接试吃——没错，就是从小在脂粉堆里打混的宝玉宝二爷。

在《红楼梦》里，口红被叫"胭脂"，宝二爷最喜欢吃的就是这胭脂。

有一种病叫"异食癖"，是因为体内缺锌造成的。得这种病的一般是穷人，爱吃的东西五花八门：盐巴、煤球、土块……但宝玉显然不是，贾府的伙食那么好，不可能让他缺营养，唯一解释是爱红成痴。

小姐姐袭人为此操碎了心，她还以赎身回家相要挟过，其中一条就是："再不可毁僧谤道，调脂弄粉。还有更要紧的一件，再不许吃人嘴上擦的胭脂了，与那爱红的毛病儿。"宝二爷满口答应："都改，都改。"

可是，曹公写第二天他去找林黛玉时，"黛玉因看见宝玉左边腮上有钮扣大小的一块血渍"，黛玉体贴地轻抚"伤口"问："这又是谁的指甲刮破了？"宝玉边躲边笑道："不是刮的，只怕是才刚替他们淘漉胭脂膏子，揾（沾）上了一点儿。"咦？你昨晚是怎么答应人家袭人的？阳奉阴违。

他是多么喜欢做胭脂呀！没事就鼓捣。

林黛玉平日用的胭脂就是他包了，上学前前去向林妹妹辞别，特别交代的一件事就是胭脂膏子等他放学回来再制。她对他这个爱好表示深深担忧：你又干这些事了，还不注意隐藏痕迹，万一传到舅舅耳朵里，"又该大家不干净惹气"。

宝玉本人对此的应对是：态度端正，坚决不改。这事发生在第十九回，那一回的回目叫"情切切良宵花解语，意绵绵静日玉生香"，"花"即花袭人，"玉"即林黛玉。就这一件事，两个他最离不开的女子，前后脚劝他都劝不住。

第二十一回，早起湘云给他梳头，他坐在梳妆台前，"不觉又顺手拈了胭脂，意欲要往口边送"，被湘云"啪"地打落在地："这不长进的毛病儿，多早晚才改过！"

二十三回，王夫人房里的丫头金钏儿还在故意撩逗宝玉："我这嘴上是才擦的香浸胭脂，你这会子可吃不吃了？"

到了二十四回，他直接猴上鸳鸯身去涎皮笑道："好姐姐，把你嘴上的胭脂赏我吃了罢。"袭人都快气得原地爆炸了。

这份热爱是从娘胎里带来的，不需要培养。

犹记得一岁抓周，他胖乎乎的小手掠过文房四宝、掠过金银元宝、掠过将军盔、掠过官星印，直奔那些芳香美丽的脂粉钗环而去。老爹贾政为此怒不可遏："将来酒色之徒耳（尔）！"

二

若是在今天，宝玉可以根据自己的爱好选择专业，他去做护肤品研发，一准儿成为行业顶尖专家；

或者当个自媒体人，专门针对成分党们开个公号分析成分，推荐靠谱好用的护肤品，少说也能有十万粉。有了天赋加兴趣，怎么可能不成功？

如果他愿意跟紧时代风向，心血来潮上直播卖口红，更没网红美妆博主们什么事了。论颜值，宝二爷不输他们；论女人缘，宝玉是出了名的中国好闺蜜；再说专业度，试问网红美妆博主们除了能靠试抹展示颜色，他说得出来每支口红的成分和制作方法吗？但宝二爷就能，他对整个制作过程了如指掌，说得头头是道，自然更有信服度。

　　第四十四回贾琏偷腥鲍二家的，凤姐"泼醋"，连累平儿挨了打，哭得妆都花了。

　　宝玉便抓紧推荐自己手作的私家限量版"口红"。

　　先是引导消费者需求："姐姐还该擦上些脂粉，不然倒像是和凤姐姐赌了气似的。况且又是他的好日子，而且老太太又打发了人来安慰你。"平儿听了觉得有理，乖乖坐在了梳妆台前。

　　再是设计简约精致。"看见胭脂也不是成张的，却是一个小小的白玉盒子，里面盛着一盒，如玫瑰膏子一样。"

　　三是制作精良，过程透明。宝玉笑道："那市卖的胭脂都不干净，颜色也薄。这是上好的胭脂拧出汁子来，淘澄净了渣滓，配了花露蒸叠成的。"

　　四是经济耐用，特别省。"只用细簪子挑一点儿抹在手心里，用一点水化开抹在唇上；手心里就够打颊腮了。"平儿依言妆饰，果见鲜艳异常，且又甜香满颊。

宝玉为什么喜欢吃胭脂？自己做的，吃起来放心。

这种纯植物又好吃的产品可跟美妆博主们卖的日化口红绝不是一个概念，事实胜过吵闹，根本不用大喊"买糕的，太棒了，买它买它"，只须对着镜头笑眯眯地说"姐姐们都是水做的骨肉，比不得我这须眉浊物，自然要配用一等一的东西才好"就够了。

在推荐胭脂、口红之前，宝玉还给平儿推荐了自制的紫茉莉花散粉。

"宝玉忙走至妆台前，将一个宣窑瓷盒揭开，里面盛着一排十根玉簪花棒，拈了一根递与平儿。又笑向他道：'这不是铅粉，这是紫茉莉花种，研碎了兑上香料制的。'平儿倒在掌上看时，果见轻白红香，四样俱美，摊在面上也容易匀净，且能润泽肌肤，不似别的粉青重涩滞。"

想象一下，如果直播卖货时，宝玉能请来平姑娘做嘉宾现场试妆，并与其他产品做出试用对比，紫茉莉花粉一定也会成为国货之光，分分钟断货。

说来说去，不管你是谁，要对自己推的产品质量有了解，推的时候才会有自信，自然会有好口碑。

三

除了化妆领域，宝玉还可以推荐其他产品。毕竟出身高贵的钟鸣鼎食公侯之家，是见过、用过好东西的人，知道什么是真高级。

不妨来脑补一下吧：

宝玉："今天给大家推一个良心产品，这一款蔷薇硝，银硝里特意加进了蔷薇露，蔷薇清热、利湿、活血、解毒，专治每年春天女孩子脸上长的杏斑癣。我们园子里的姐姐妹妹们脸上长了春癣，都搽它，比外头的银硝强。我家云妹妹脸上长了癣，就是跟宝姐姐讨来的，一搽就好。宝姐姐房里的蕊官，专门送给我房里的芳官一包呢！"

这时，他的"助理"茗烟忽然探过头来："宝二爷真不诓你们，为了这个，环三爷想给他屋里的彩云讨，芳官不舍得，给了上一款推过的茉莉粉哄他，因为这事，赵姨奶奶还找上门来和小戏子们打了一架呢！"

宝玉："你闭嘴。"

麝月忽然拿了一件衣服走过来给宝玉披上："二爷，不早了睡吧，玩儿也得有个章法，不能这么白天黑夜的，那美妆博主可不就是为了多挣银子，把眼睛都累眍瞜了？你和他不一样，回头别让老太太知道了……"

宝玉："茗烟，微博上发个帖子给他，让他注意身子，再把咱们府里上好的燕窝给他一包，好生将养。上次看他直播直吸溜鼻子，咱们房里上次晴雯用的西洋鼻烟还有没有新的，一块打发人快递过去。"

茗烟嘴里答应，心里想：好吧，快递我寄"到付"。

茜香罗大红汗巾子，他可以这样说："这款限量版汗巾子是茜香国女国王所供之物，夏天系着，肌肤生香，不生汗渍。是北静王爷推荐给琪官的，琪官你们都听说过吧？就是那位名驰天下的唱昆曲的小旦，他又推荐给了我，我系着觉得好，又推荐给了我屋里的袭人。一共也没几条，卖完就不上货了。"

鹡鸰香念珠。他可以这样说："大家看看这个手串，也是北静王同款，佛头雕有鹡鸰图案，寓意兄弟相亲相爱。北静王手上那一串，本是当今圣上赐予他的，他又转赠了我，我林妹妹上次从苏州回来，我忙拿去向她献宝，不料她……咳咳……嗯……今天我手上戴的就是这一串，展示给大家看看。这一批香珠都完全是照着我这一款做的，材质相同，香味纯正。做工相似度达九成九，你戴了就知道。"

玫瑰露。他可以这样说："看看这个小瓶子，虽然只有三寸大小，但它的内容却很优秀。先看包装，瓶身是玻璃的，盖子是螺丝银盖的。迎着光亮看，里面是胭脂一般的汁子，有点像西洋葡萄酒，但并不是葡萄酒，而是比葡萄酒还金贵的玫瑰露。玫瑰可以温养肝血，理气解郁，女孩子每个月都应该有几天喝一喝，但毕竟性热不宜多吃。若是得了热病的人冲冷水喝，倒是眼明心亮、通体清凉。我们府里人都拿这个当宝贝，最后几瓶，需要的可以去抢单了。"

如果高兴，他还可以推一推黛玉同款葬花锄和锦囊、宝钗同款金锁、妙玉同款绿玉斗茶杯、湘云同款绛纹石戒指、自己同款的蓑衣斗笠……只要他想。

只可惜，以上这些都是我们这些读者一厢情愿的想象罢了。一个懂得享受生活又有鉴别能力的男生，在那个年代空有一身本事无处施展，怀才不遇，被人目为异类或废柴。

都说金陵十二钗们命薄，那么多美好优秀的女儿们，因为时代所限没法走出家门干一番事业，其实换个角度细想，宝玉宝二爷，那才叫真正的生不逢时哪！

无名小丫头："红楼"里那个最伶俐的女孩

一

　　曾经认为《红楼梦》里最会编故事的人是刘姥姥。

　　她二进贾府时，为了讨贾母高兴，有的没的编了一长串。头一个故事就是过世的茗玉小姐的泥像成了精，大雪天的穿着大红袄白绫裙抽柴火。哄得宝玉真的派人去按图索骥找那个庙，进去发现供的竟是个青脸红发的瘟神爷。

　　后来觉得是紫鹃。

　　紫鹃嘴上功夫堪称出神入化，可以把刘姥姥直接拍在沙滩上。你看第五十七回，没有任何征兆，和宝玉谈笑间忽然翻脸，告诫他以后要与她们保持距离，别惹人闲话，说着扭头走了，把宝玉惹哭了。

她去哄他，感谢宝玉帮林黛玉在老太太面前争取到了燕窝。宝玉说吃上三二年就好了，紫鹃却马上说："明年家去，那里有闲钱吃这个。"

这等于是一边伸着前爪求和，一边用后爪又刨了个坑。

一句话把宝玉吓坏了，问：谁？往那个家去？

紫鹃说："你妹妹回苏州家去。"宝玉笑了：你哄我，他们家早没人了。引出紫鹃下面一大段话。

紫鹃冷笑道："你太看小了人。你们贾家独是大族人口多的，除了你家，别人只得一父一母，房族中真个再无人了不成？我们姑娘来时，原是老太太心疼他年小，虽有叔伯，不如亲父母，故此接来住几年。大了该出阁时，自然要送还林家的。终不成林家的女儿在你贾家一世不成？"

还编出了具体时限："早则明年春天，迟则秋天。这里纵不送去，林家亦必有人来接的。"

再来最后一击："前日夜里姑娘和我说了，叫我告诉你：将从前小时顽的东西，有他送你的，叫你都打点出来还他。他也将你送他的打叠了在那里呢。"

说瞎话不打腹稿，直接把宝玉冰冻，眼睛发直，口角流涎，不言不语，任人摆布，变成了僵尸一枚。

刘姥姥不过是叫人跑了冤枉路，顶多是忽悠瘸了，她能把人忽悠疯了。紫鹃才是当之无愧的故事大王。

但没想到，大王上面居然还有大魔王。

二

书到第七十八回，发现还有个人，编故事的技能比紫鹃更炸裂。

那感觉，好像乔峰遭遇了扫地僧，周芷若碰瓷了黄衫女，《红楼梦》里这一位，老曹直接叫她"旁边那一个小丫头"——真正的隐世高手，都没有正经名字。

晴雯被撵后一命呜呼。宝玉牵心不已，便特意找了两个了解情况的小丫头询问。他最关心的是晴雯断气前叫的是谁，小丫头说叫的是娘。宝玉问：还叫谁？小丫头实话实说：没了。

宝玉不甘心，暗示道："你糊涂，想必没有听真。"

这时候，"旁边那一个小丫头"披挂上阵了。

上来就说："真个他糊涂。"又转向宝玉说："不但我听得真切，我还亲自偷着看去的。"直接给出了现场感。

宝玉将信将疑，问："你怎么又亲自看去？"这是要她交代动作机。

小丫头这么说："我因想晴雯姐姐素日与别人不同，待我们

156

极好。如今他虽受了委屈出去，我们不能别的法子救他，只亲去瞧瞧，也不枉素日疼我们一场。就是人知道了回了太太，打我们一顿，也是愿受的。所以我拼着挨一顿打，偷着下去瞧了瞧……"

这些话里夹带着两层含义，第一是说晴雯冤枉，投宝玉所好；第二标榜自己有良心讲义气。

下面一句最有信息量："他因想着那起俗人不可说话，所以只闭眼养神，见我去了便睁开眼……"我的乖乖，这是王婆卖瓜，标榜自己不是俗人哪！见过给自己脸上贴金的，没见过贴得这么顺手的。

看她接着往下编。

她说晴雯问了："宝玉那去了？"这一下，正中宝玉下怀。

又说"不能见了"。还是她劝晴雯等一等宝玉回来，但晴雯说：不能等了，自己要去天上当花神，玉皇敕命的。未正二刻上任，但宝玉未正三刻才能回家，不能见面。缘由嘛，人死了做鬼，可以烧点钱贿赂一下索命的鬼，他们忙着抢钱，人可以多迟延一下。但现在是神仙召唤，岂可拖延。

小丫头说到这儿，换了个角度："我听了这话，竟不大信。"这是替听故事的人说出疑问。

然后再兜回来：我到房里留神看时辰表，果然未正二刻咽气，你正三刻进门。

这波操作太聪明：她把自己择出来，成了客观叙述，很巧妙地把细节补充齐全。

三

到了这份上，宝玉完全被故事带着走了，不由自主帮她解释："你不识字看书，所以不知道。这原是有的……"

入戏太深的宝玉问她：晴雯是总花神，还是单管一种花的花神？

这问题明显超纲了，小丫头懵逼了诌不上来，但她反应奇快，看到池上芙蓉开，马上急中生智说晴雯主司芙蓉花。

如果她直接说出答案还罢了，谁能想到，她在亮出答案之前竟又加了一场戏："我也曾问他是管什么花的神，告诉我们日后也好供养的……"说完晴雯怎么回答后，大概是怕泄露出去，有人找她麻烦，还顺带用转述晴雯的"原话"吓唬宝玉"我只告诉你，你只可告诉宝玉一人，除他之外若泄了天机，五雷就来轰顶的。"

本就有"痴气"的宝玉就这样彻底被洗了脑。

每看这一段，禁不住被惊得目瞪口呆：天衣无缝、无懈可击，这个小丫头，不做编剧真是可惜了。

就刚刚编的那些个人物情节里：有动作，动作有动机；有台词，台词有逻辑。细节全部靠得住，可以多角度切换视角。居然让观众也参与进来，帮着她自圆其说，这是每个编剧梦寐以求的最高境界。

最最最重要的是，她特别擅长迎合心理需求，知道观众想看什么想听什么：让冤死的晴雯做了花仙子，这创意堪比梁祝化蝶双双飞。

紫鹃能把喜剧变悲剧，前一分钟笑嘻嘻的宝玉，后一分钟成了行尸走肉；而这小丫头却能点石成金，翻手为云覆手为雨，给故事安一个光明的尾巴，悲剧秒变成喜剧，让哭哭啼啼的宝玉如释重负，又有了新的希望：我就料定晴雯那样的人必有一番事业做的。

她是诌瞎话编故事吗？不，她等于是给他造了一个梦。这个梦消解了他的负罪感，让他可以心安理得地继续生活下去。所以，他宁肯信其有。

四

接近原著尾声，突然冒出来这样一个无名小丫头，她真的，只是来编个善意的谎言安慰宝玉吗？

不，"红楼"小人物，每一个都不是无缘无故随便出现的，都有自己所要承载的任务。

门子引出了护官符，交代了四大家族的盘根错节；

傻大姐引出了绣春囊，掀起了大观园抄检的腥风血雨；

张道士引出了金麒麟，伏了白首双星，把宝黛爱情置于死地而后生；

王一贴引出了疗妒汤，提前预告了香菱之死。

这个指着芙蓉花瞎诌的小骗子，曹公不过是要借她来做个引渡，引出另一个人下半生的命运预告。

当晚，宝玉芙蓉花下祭晴雯，大家大喊"晴雯真来显魂了"，定睛一看是黛玉从花深处款款走了出来。别忘了，当初黛玉掣的花签正是芙蓉花，就算有芙蓉花神，也该是黛玉。

两人改祭文，一句话反反复复改来改去，最后竟成了："茜纱窗下，我本无缘；黄土垄中，卿何薄命。"茜纱窗，正是黛玉潇湘馆的窗。

这分明是谶语啊，两个傻孩子！

晴为黛影，说的是晴雯，其实指的是黛玉。

曹公给了那个无名小丫头三个字的评语：最伶俐。

是的，她必须最伶俐，最能随机应变，最能巧舌如簧，最像一个高明的导览，靠编故事把男女主角一步步地引到命运的窗口，来提前感知一下自己的收梢。

所以，才有宝玉将那四句话亲口念出后，黛玉的"怵然变色"，又强颜欢笑，黯然归去。如同秉烛赏花，忽起一阵阴风，灯灭花残，只看到一地破碎月光。毛骨悚然之后，是无尽的肃杀悲凉。

周姨娘：就做一朵隐忍沉默的花

一

读"红楼"的人们，有谁注意过周姨娘这个人？长相不详，年龄不详，出身不详。甚至，网上还有过关于她到底是谁的小妾的争论，搞不清她到底归属贾政还是贾赦？

姑且以为是贾政的吧！毕竟，在赵姨娘和小戏子群殴过后，女儿探春嫌她不自重，拿周姨娘做对比："……你瞧周姨娘，怎不见人欺他，他也不寻人去。"从语境上讲，只有两人同阶同境、同工同酬，才有可比性。

第一百一十三回，赵姨娘在贾母葬礼上忽然中邪，认罪呼号一夜之后，一命呜呼，死后也无人打理，反而是周姨娘哭得最悲切。平时需在公共场合露面时，周赵二位姨娘也都像连体婴儿一样站在一起。宝玉烫伤后，两人结伴而来探望，凤姐眼皮子都不夹她们一下，她俩又识趣地结伴而去。

凤姐过生日时，大家在贾母的号召下凑份子。有头有脸的都出了，凤姐却使坏笑道："上下都全了。还有二位姨奶奶，他出不出，也问一声儿。尽到他们是理，不然，他们只当小看了他们了。"二位姨奶奶，即赵周二姨娘。

于是遣丫头去问，原著写"半日回来说道：'每位也出二两。'""半日"这二字用得极有张力，什么都没说，什么都说了。别人出钱都是痛痛快快，只有她俩需要磨磨蹭蹭好长时间才能敲定数额。

一是穷，二两银子对别人来说不是个事儿，却是姨娘整整一个月的工资，人穷志短，没法出手爽利；

二是谨慎，得问清楚别人出多少，作为自己的级别应该出多少的依据。出礼是一门大学问，既不能低于丫鬟跌了份儿叫人笑话，又不能高过正经主子被疑僭越不懂规矩，只能在可以活动的区间里拿捏。

商量来商量去，狠狠心，算了，就这样吧，出上二两银子！谁让咱们得罪不起那个母老虎呢？就当一年只有十一个月吧——这半日就是这么过去的。

162

后来尤氏做主私底下还了她们，她们都不敢收，尤氏说："便知道了，有我应着呢。"叫她们别怕，这才千恩万谢地收了。尤氏还批评过凤姐，说干啥拉上这两个"苦瓠子"？

苦瓠子，一种瓜类蔬菜生长过程被踩烂或其他原因，结出的果实发苦，用它来形容姨娘的命运可真形象，无本无木无法立世，只能像藤蔓一样依附于他人，默默咽下心中的苦。她们是豪门大族的边角料。

二

然而苦与苦也终究是不同的，周姨娘明显要更苦一些。

纳妾的目的就是为了多繁衍子嗣。赵姨娘膝下有儿女一双，算是完成了生育任务。女儿探春精明能干，王夫人屋里丢了东西，大家明知是赵姨娘怂恿自己屋里的彩霞偷的，但平儿三个指头一伸，不肯为打老鼠伤了玉瓶儿，要给探春留点面子，也就轻轻放过了。儿子贾环虽然年纪还小，也算是有盼头了。马道婆不是劝慰赵姨娘吗？"熬的环哥儿大了，得个一官半职"，日子就好过了。连贾赦也要拍着贾环的脑袋说"世袭的前程定跑不了你袭呢"。赵姨娘是可以盼到苦尽甘来的人。

她敢闹，还不是因为有底气。至于她的蠢是另一回事，"唯上智与下愚不移"也，没救了。

而周姨娘膝下无所出。这就相当于关键绩效指标未完成，业绩不合格，好在贾府是厚道人家，也没人十分难为她，但是她的腰杆指定是硬不起来。

另外，贾政明显更宠赵姨娘，晚上总是歇在赵姨娘屋里，她常常独守空房。那么她的不生育与不得宠到底是不是互为因果关系，哪个是因，哪个是果？这就跟到底是先有蛋还是先有鸡一样，是个说不清的谜题。

有人说："跟赵姨娘的各种上蹿下跳不消停相比，周姨娘实在太没存在感了。"一个出身低微的小妾，不得宠，又无所出。她心虚理亏，谁都得罪不起，哪里还敢刷存在感找事儿呢？

探春夸她不争不抢，你就说吧，让她拿什么争？凭什么抢？任性是需要资本的，她有吗？

宝玉挨打后，贾母来看望宝玉，花花簇簇陪着的一群人里面有周姨娘，因为宝玉挨打与贾环有关，因此赵姨娘推病，周姨娘只好一个人前往。只见她与众婆娘丫头们忙着打帘子，立靠背，铺褥子，伺候贾母，将自己摆得很低。

不多嘴，不惹事，不讨人厌，不招人烦，识时务有眼色，手脚还勤快。这样可怜巴巴的人，谁会寻她的麻烦呢？没孩子，又少了许多利益上的牵绊纠葛，管好自己就够了。当初被选为姨娘，大概上头正是看中了她的温驯乖巧。

三

所以事实看起来就很荒诞，明明是赵姨娘比周姨娘混得好，但反而是周姨娘看起来比赵姨娘过得安稳。周姨娘很像卢梭所言的那样："顺从让我获得了安宁，一种在艰难又无意义的反抗挣扎中不可能有的安宁。也正是这种安宁，让我的伤痛都得到了补偿。"

前八十回里周姨娘没张嘴说过一句话，还是八十回后的作者高鹗，给了周姨娘一段内心独白："做偏室侧房的下场头不过如此！况他还有儿子的，我将来死起来还不知怎样呢！"她的哭，更多的是兔死狐悲。这一补白，倒让周姨娘这个人物立体了起来，不再是一个锯了嘴的葫芦人儿。

让人不禁浮想联翩：如果能生出来一男半女，她还会是这副谨小慎微的样子吗？她会不会也长袖善舞精明老道呢？会不会也不动声色地为子女寻求利益最大化呢？真是说不定啊！

周姨娘像极了一个工厂的车间女工，机缘巧合走进了人人羡慕的大机关，成了一个底层文员。然而自此碌碌一生，再无半点进步，眼前的纷纷扰扰浮华变迁，都与她无关。她没有背景，但明白事理，不作妖不树敌，小心翼翼地混到了退休，再从自己的岗位上悄无声息地离开。

人们提起她时，会说："她是个好人。"

至于她的哀乐挣扎，谁在乎？谁知道？就像最朴素的花朵，隐忍沉默，忘记了自己还有芬芳。这种活法，你不能说好，也说不出什么不好，如果有办法，谁愿意选择憋屈呢？都是为了生存。反正怎么活，最后都是一辈子……

成年人，你敢说自己没有当过刘姥姥？

一

《红楼梦》到第六回，之前一直在写贾府富贵气象的曹公，忽然蓦地宕开一笔，把镜头伸向了微如芥豆的刘姥姥家。

这是为什么？

曹公自己说了："按荣府中一宅人合算起来，人口虽不多，从上至下也有三四百丁；虽事不多，一天也有一二十件，竟如乱麻一般，并无个头绪作为纲领。"刘姥姥所在的王狗儿家，"因与荣府略有些瓜葛，这日正往荣府中来，因此便就此一家说来，倒还是头绪。"懂了吗？从技术层面讲，这就是所谓的切入角度。

于是乎，刘姥姥就这么出场了，这个相当于戏曲舞台上女丑式的人设，有其自带的功能性。作者写她的用意，就是要跳脱出来，以草根阶层的目光，来打量石狮子把守的高墙朱门和朱门内的人们。换句话说，刘姥姥，其实是在带我们这些读者进富贵场见世面。

例如"几个挺胸叠肚指手画脚的人，坐在大板凳上，说东谈西"，就是外人眼中的贾府豪奴形象，他们这副嘚瑟劲儿，宝玉黛玉等人是不知道的。主子面前，奴才永远卑躬屈膝唯唯诺诺，根本看不到他们的第二张面孔。所以，出身太好会错失掉很多世间的真相和体验，也不能不算是一种遗憾。

刘姥姥周遭的世界，何尝不是我们普通人生活的世界：粗粝、平淡、现实，偶有片刻的细致与温暖。

她的人生，何尝不是我们普通人的人生：泥沙俱下，和光同尘，磕磕绊绊是常态，受人冷眼也难免，但因为内心还有那么一丢丢希望在，仍然要硬着头皮往前闯闯看。

一个膝下无子的老寡妇，孤身一人在家靠两亩薄田度日。忽然有一天女婿王狗儿来接她家去，在乡邻们眼里，刘姥姥晚年算是有了着落，有人养活是好事儿啊。但她去了并不是完全颐养天年，女婿做小买卖，女儿要干家务，青儿板儿一对小儿女无人照管，正好交给刘姥姥带。看到这儿不禁莞尔，儿女忙生计，孩子交给老人带，三百年过去，社会形态说起来变了，但我们中国人的家庭模式也没啥进化嘛!

刘姥姥在女儿家的表现,也跟今天忍痛放弃广场舞,给儿女拼命发挥余热的老人们没啥区别:"一心一计,帮趁着女儿女婿过活起来。"嗯,小老百姓过日子,必须得一家人都朝着同一方向眺望,才能顺时吃饱穿暖,难时共克时艰。

二

穷人怕过冬。

冬天一到,会凭空多出很多大项开支:首先万物萧瑟,地里不产粮食瓜果,家里得有余粮,蔬菜靠存靠买;购置炭火、毛毡等取暖物资设备;置办成本较高的御寒衣物等等。寄居在贾府里的穷亲戚邢岫烟,不就是因为把棉衣当了,天降大雪却身着单衣,和穿大红羽纱的众人们站在一起,冻得拱肩缩背好不可怜吗?

《甄嬛传》里,因为冬天天黑得早,为了省烛火钱,沈眉庄提出了用明竹窗纸代替棉窗纸的法子,令皇上大加赞赏。皇家尚且如此,因此"天气冷将上来,家中冬事未办"的王狗儿,在家借酒浇愁,找茬儿跟老婆吵架就不难理解了。

丈母娘刘姥姥看不过,说了他几句,她知道根源在于小时候家庭境况优越,花钱大手大脚惯了,不懂节约计划,才落到今天这

169

地步。原话是这么说的："有了钱就顾头不顾尾，没了钱就瞎生气，成个什么男子汉大丈夫呢！"说得王狗儿恼羞成怒："你老只会炕头儿上混说，难道叫我打劫偷去不成？"

"炕头儿上混说"，细忖这五个字，其实挺伤人的，相当于说："你个坐着吃闲饭的，有什么资格教训我？"

刘姥姥度量大，没和他计较，她不急不恼地说："我倒替你们想出一个机会来。"她说：记得吗？当年你们家是和赫赫有名的金陵王家连过宗的。

"连宗"，就是本来没有亲缘关系的同姓人家认了亲，从此成为名义上的一族人，实为收编和攀附。例如，贾雨村就是和贾府连宗之后才官运亨通又坏事做绝的，平儿曾私下骂他："认了不到十年，生了多少事出来！"——扯远了。总而言之，因为有曾经的这层特殊关系，刘姥姥才建议王狗儿去找当年的王家二小姐，也就是如今贾府里的王夫人打抽丰。

没想到王狗儿反将一军："姥姥既如此说……何不你老人家明日就走一趟，先试试风头再说。"他还建议把自己小儿子也带上。

刘姥姥略一思忖竟然就答应了。她不是充女英雄，是在替晚辈考虑：女婿是个爱面子又不中用的，女儿是个年轻媳妇，"倒还是舍着我这付老脸去碰一碰。"天下很多父母眼里，子女再老也是孩子，只要有一息尚存，就要为他们保驾护航，当开路先锋。

她做好了碰钉子的准备，豁达地说成便成，不成就当见世面了，大家临睡前还"笑了一回"——看到这儿，就明白为什么王狗儿两口子日子过不明白了。但凡有志气又清醒一点的人，都知道一个七十多的老人家带一个五六岁的小孩子此去意味着什么，那就是一个老叫花子带着小叫花子上门讨饭去了，哪里还笑得出来？

三

想见到财神奶奶的刘姥姥，第二天一早就到了贾府门口，打起了通关游戏。

刚到前门才第一关，就被几个豪奴捉弄了一番，还是其中一个老年人制止了："不要误他的事，何苦耍他。"世事洞明的曹公，把这句台词分配给老人，无非是老人多出来的那几十年经历，会洞晓生而多艰，从而对弱者心存悲悯。

第二关，在后门口，一个天真的孩子领路，把她带到了周瑞家，因为之前欠着一个人情，周瑞家的打算帮她这个忙。

第三关，周瑞家的带她找到了凤姐的陪房丫头平儿，平儿接待了她。

要说刘姥姥真是算运气不错的。

但等真见到光芒万丈的凤姐后，她开始退缩起来。周瑞家的

171

递眼色给她，她的脸"未语先飞红"，"忍耻"说道："论理今儿初次见姑奶奶，却不该说，只是大远的奔了你老这里来，也少不的说了。"太扎心了，一个脸红一个"忍耻"，就表明她昨晚在家里说的那些来豪门见世面的话，不过是故作轻松。

刘姥姥从来不是一个没心没肺的厚脸皮老婆子，而是一个为了子孙衣食放下自尊的辛苦老人。

幸而凤姐动了善念，那一次，她得到了二十两银子的接济，让一家人有了一个吃饱穿暖的冬天。

第二年秋天，刘姥姥又来了。她的本意并不是来乞讨，而是来还礼的。她把自家田里种的新鲜瓜果野菜送来一口袋，让贾府主子们尝尝鲜，这是庄户人家能拿得出手的心意。她打算放下礼物就走，趁着天黑之前赶回去，没想到这一次是惊喜连连，因投了贾母的缘，在园子里多住了两天，临走又得到了更丰厚的馈赠。

按各人所赠钱物，清单如下：

贾母：新衣服两套；青色软烟罗两匹；面果子一盒；名贵成药一包（内有梅花点舌丹、紫金锭、活络丹、催生保命丹）；荷包两个，内装笔锭如意金（银）锞子两个。

王夫人：五十两银两包，共计一百两（用来置田或做小买卖的本钱）。

凤姐：青纱一匹，实地子月白纱一匹（做衣服里子），茧绸两个（做袄儿裙子），绸子两匹（做过年新衣），内造点心一盒，御田粳米两斗，各色果子干果一斗。另有银八两。

宝玉：成窑钟子一个；

平儿：袄两件，裙子两条，包头四块，绒线一包。

鸳鸯：衣服三件。

这可比上次的二十两银子多多了。平儿给她雇了辆车，让小厮把东西装上，她风风光光满载而归。

四

可以想见，当她拉着那一大车钱物回到家门前的时候，女儿女婿该有多么喜出望外，邻居们该有多么羡慕嫉妒恨，她拿出来的东西大家见所未见闻所未闻，象征着一个他们想象力达不到的世界。

逛过大观园的刘姥姥一下子成了全村的风云人物，作为一个见过大世面的人，她会坐在村头大槐树下，乡邻们围坐一圈，听她讲自己在大观园里如梦如幻的三天：富人住的园子，和咱们过年时年画上贴的一模一样；家里还有尼姑庵，方便上香，还有大庙牌坊，分不清该不该磕头；园子太大逛完一圈得走一天，有的地方还需要划船，船娘是专门从苏州买来的；家里的姑娘们个个长得貌若天仙，会读书作诗画画；上好的细纱不是做衣服，是用来糊窗子；吃一顿螃蟹的钱抵咱们庄户人家一年的开支，吃个茄子得十来只鸡配，一个鹌鹑蛋一两银子，泡茶用的是天上的雨水……

还有还有：他们家的老太太、太太、奶奶们待人都是极好的，怜贫惜弱不拿大，这不，他们给了我这好些东西。我在家天天念佛，保佑他们平安无事。

她不会说她在那儿见了谁都是满脸陪笑，随时准备着弯下膝盖；

她不会说她自己甘当女篾片，吃饭前故意自黑"老刘老刘，食量大如牛，吃个老母猪，不抬头"，逗得全场失控大笑；

她不会说凤姐拿她寻开心，横三竖四插了她一头鲜花，故意把她打扮成老妖精；

她不会说餐桌上人家故意给她拿一副觭沉的象牙镶金的筷子，专等着看她出洋相；

她不会说人家故意拿黄杨大杯子灌她酒，让她醉得睡死过去。

他们只看到她凭一己之力让家人过上了好日子，就以为她真成了豪门的座上宾。

有些事自己不说，别人就永远不知道。

五

所以，我们有什么资格同情刘姥姥？

那个为了度过实习期屁颠屁颠给上司泡茶打水的你，

那个在歌厅里用跑调的嗓音来博取客户一笑的你，

那个忍受着他人挤对仍然装聋作哑一脸憨笑的你，

那个明知对方是傻缺，为了利益而不得不违心附和的你，

那个为了签单在餐桌上使劲讲段子、拼命喝酒直到把自己喝吐的你，

那个头发花白还为了孩子的工作，在权贵面前讨好献媚的你……

为了更好地生存，在人世间装傻耍宝，低下身段的人们啊，什么能屈能伸，什么生存智慧，在那一刻，不管男女老少，大家统统都是在贾府里做客的刘姥姥。

当你总算靠着"忍耻"做成事，成为别人眼里有本事有能耐的人，享受着艳羡与赞美的时候，你还是刘姥姥，不过变成了坐在村口槐树下讲故事的刘姥姥。

说到底，谁活得容易呢？一家不知一家难，一人不知一人难罢了。"这世间，本就是各自下雪，各人有各人的隐晦和皎洁。"

黛玉骂刘姥姥："他是那一门子的姥姥，直叫他是个'母蝗虫'就是了。"

妙玉把刘姥姥用过的杯子丢到外面，宝玉提议不如给她。妙玉同意了，又说如果是自己用过的，砸碎了也不能给她。

她们看不起刘姥姥，也不怪她们，是阶层壁垒太厚，未经风霜的官家小姐没受过钱的苦，不知道穷人的身不由己。

好在，我们不是她们。苦哉，我们也做不成她们——那也别学她们。鄙视刘姥姥们，意味着我们忘了自己是谁，或者，急于划清界限地否认自己曾经是谁。

照蔡康永的标准，林黛玉才是情商最高的人

一

如果随便拉住一个读过"红楼"的人，问一个相同的问题："你认为在金陵十二钗正册里，谁是情商最高的人？"

不出意外的话，十有八九大家的答案都出奇一致：薛宝钗嘛！

宝钗为人圆融妥帖，说话滴水不漏，做事周全稳当，对周围的人能帮就帮，像中央空调一样二十四小时全天候均匀散热，但凡和她打交道的没有人不夸她。这还不叫高情商吗？

真的是这样吗？

蔡康永最近新出了本《情商课》很火，颠覆了我们关于情商的传统概念。

他说："传统认为情商就是一个八面玲珑很会做人，没什么情绪，不会发脾气，面带微笑的一种人。如果这个叫作高情商的话，我认为没有人会想要，因为代价是委屈自己，阉割情绪。这种状态有什么好羡慕的？"

他说他心中的高情商，第一要义是"做自己"，再恰当地找到"做自己"和"与他人共处"之间的平衡。

按照康永哥的标准，《红楼梦》里最有情商的人，其实是林黛玉才对。

二

第六十三回"寿怡红群芳开夜宴"觥筹交错间，几处狂飞盏，划拳逗乐掣花签，醉眼朦胧正玩得嗨，有人来接黛玉回去，她抬眼看看表：哟，十一点多了。马上站起来伸了个懒腰，打了个哈欠："我可撑不住了，回去还要吃药呢。"起身潇潇然走了，没有半点因为提前退场"对不起，我扫大家兴了"的歉意。

剩下的人你看看我，我看看你："也都该散了。"

第三十六回还有一个细节，宝钗和黛玉本来和长辈们一块吃西瓜，吃完后，"宝钗因约黛玉往藕香榭，黛玉回说立刻要洗澡，便各自散了。"这轻轻带过的一笔闲文，读者若不留心，根本注意不到。

可是，如果设身处地代入一下，就能感到黛玉在人情世故上的"铁面无私"了。

两个能在一起吃瓜的人，关系自然差不了。当一个约另一个同行，如果没有特殊情况，后者多半会欣然前往，哪怕不太想去，一般来讲也抹不开面儿不会拒绝。

这本是人之常情，想要贪图人间的温暖，总要先舍得一点自身热量。

更何况她们不是要上班打卡的职场女性，也不是洗衣服做饭的普通民女，更不是要回家陪娃写作业的中年老母，没人拘着她们，不需要赶时间。她们是十指不沾阳春水的千金大小姐，每天无所事事，有大把必须要打发掉的芳华。

要知道这个年龄段的女生，可是连上个洗手间都喜欢结伴而行的呢！

但是黛玉却干巴儿脆地拒绝了宝钗，理由都不是"身体不爽"这样的滥熟托词，而是直白地说："我要洗澡！"

唉，林妹妹，宝姐姐是出了名的体丰怯热，人家都不急着洗，你急什么？谁不知道你那个潇湘馆是大观园避暑胜地，竹叶森森，阴凉蔽日，地上都捂出点点青苔了，哪里就热成那个样子？早一时晚一时的妨什么？

她逦迤而去，剩下宝钗一人顶着烈日独自前往。

熟悉"红楼"就会注意到，黛玉的作息表从不轻易为谁更改，通常情况下比部队执行得都严格。如有特殊情况，她也会遵循自己的身体感觉再调回来。

夜里走了困，第二天她会主动给自己补一会儿觉，哪怕被笑话为"懒丫头"，也没为了和大家合群而强撑早起。

人生没那么多关键时刻来考验你的定力，也不需要喊口号，全看点滴末节。只要能够不受外界干扰，按自己的节奏让生活运转，这就叫践行了"做自己"。

三

反观宝钗，"夜复渐长，遂至母亲房中商议打点些针线来。日间到贾母处王夫人处省候两次，不免又承色陪坐闲话半时，园中姊妹处也要度时闲话一回，故日间不大得闲，每夜灯下女工必至三更方寝"。看的人都替她累得慌。

香菱一进大观园，本来急着要学诗，宝钗却嘱咐她：先出园子东角门，从老太太开始，各家各处都去问候一声，回来进了园子，再到各姑娘房里拜访一轮儿。

何必呢？连贾母都说过横竖礼体不错就行了，"没的倒叫他

180

从神儿似的作什么。"虽说礼多人不怪，但有一些繁文缛节的虚礼，的确是虚耗精力又可有可无，倒不如省去。

人情世故上放松些，秉承一个最低限原则：只要别碍着别人影响别人，就不算失礼。成天一味忙于迎合周全，别人累，自己也累，这就叫过犹不及。

也难怪怡红院的晴雯抱怨她："有事没事跑了来坐着，叫我们三更半夜的不得睡觉！"人与人之间过多的交往，又何尝不是一种打扰？"情不可过密，过密则不继，则生隙。"

所以用现代人的标准来衡量，在"做自己"这件事上，宝姐姐的确需要向林妹妹靠拢一丢丢。

四

做自己还有一个好处，可以降低他人的预期，为自己预留出更多的个性舒展空间。

曹公很"坏"，在讲完宝钗每日晨昏定省的礼数周全之后，马上接的就是黛玉的"接待不周，礼数粗忽"，分明是有意给这二人做对比。

黛玉每年换季会生病咳嗽，一直出不了门。闷的时候吧，她盼人来，等到姊妹们真的来看她，"说不得三五句又厌烦了"。

可是众人对她的反应却一致大度，"都体谅他病中，且素日形体娇弱，禁不得一些委屈"，对她的不识好歹，竟"也都不苛责"。

值得玩味的是，中秋之夜，和黛玉一起联诗的湘云抱怨回自己家的宝钗：可恨宝姐姐，天天说亲道热，早都说好了一起过中秋，可今日却弃了咱们，自己赏月去了。

这其中的区别，就在于宝钗平日里待人满分无懈可击，凭空拔高了人们对她的期望值，更别提还一度被黛玉怀疑她"心里藏奸"。

这方面的极端反面教材是秦可卿。

她死后，阖府上下无不痛哭，人人都想她素日的好处，怜贫惜弱，孝敬长辈，与任何人都能做到和睦亲密。

按照传统观念，这样的人应该是货真价实的"高情商"了吧？但事实上，她并没有从这样的"高情商"中获得真正的快乐，而被其反噬。

她婆婆尤氏说她虽则见了人有说有笑，会行事儿，但太爱琢磨，不拘什么话儿，都要想个三五天。身体再不适，也要挣扎着出席场合，只怕给人留话柄。

病到灯枯油尽时，"脸上身上的肉全瘦干了"，还跟前来探望的人说老太太赏的枣泥山药糕好消化。直到生命的最后一刻，她还在克己悦人，全然没有意识到"迎合和内耗带来的伤害巨大而深远"。

终其一生，没有一天做过真正的自己，这样的"高情商"不要也罢。

五

"做自己"还涉及时间管理问题。

有多少人为了保持与周围人同步，一再迁就拖延，让做事效率走低，浪费宝贵时间，"耕了别人的地，荒了自己的田"。

还有多少人因为怕独处怕孤单，干脆放纵不自律，"种地的和放羊的玩"，结果别人啥都没耽误，而自己却虚度时光一无所得。

时间一共就那么多，分给别人的多，留给自己的就少了。

《甄嬛传》有句台词："人情世故的事，既然无法周全所有人，还是先周全自己吧！"

相比取悦他人、努力与群众打成一片，林黛玉更愿意把时间用来做自己想做的事。

她愿意特意给屋里的大燕子留着门，等它飞回来再放下帘子，倚上石狮子；

愿意坐在竹叶披拂的圆月窗洞内，隔着纱窗教廊下的鹦哥念诗；

愿意在芒种节姐妹们都呼朋引伴游玩时，自己手把花锄向隅而行，去葬一葬飘落委顿的落红；

愿意花几天时间耐心地教香菱学作诗，不急不躁循循善诱，理由是"他又来问我，我岂有不说之理"。

更愿意花半年的时间，给宝玉精工细做出一个荷包，让他舒舒服服漂漂亮亮地贴身带着。

不是所有的人都需要合群。我们的黛玉一个人走路，一个人读书，一个人写字，一个人吟诗。她坦坦荡荡活自己，不在人际关系上患得患失，即便偶有顾此失彼，那也是她自己的主动取舍。

一样的寂寞，在别人是需要排遣的忍受，在她却是自得其乐的享受。当一个人的精神世界足够丰富，独来独往就很从容，所以对聚散亦不会有太多执念："与其散了伤心，倒不如不聚的好。"

六

读"红楼"时我们常常杞人忧天，替人家黛玉瞎操心：这样自我的人怎么在人堆里混呢？

事实上，人家黛玉并没有因此而活成孤家寡人，找她玩的人排着队呢，宝钗是她的金兰契，湘云是她的好玩伴，宝琴是她的小跟班，探春、妙玉也都十分重视她，更别提宝玉鞍前马后地照顾着。

就连香菱，一进大观园找的不是别人，也是她。

在人群里，她嬉笑怒骂，娇嗔刻薄，皆由着性子来，好的不好的全摆在明面上，反而因为真，得到了更多的宠爱："颦儿这张嘴叫人爱也不是，恨也不是。"

林黛玉才是那个在"做自己"和"与他人共处"之间找到了平衡的高情商之人。

黛玉的高情商，还体现从不和自认为不值得的人事计较，不耗费自己的能量。

想当初宝钗送赵姨娘礼物时，赵姨娘想到的居然是：怨不得大家都说宝丫头好，若是那林丫头，他把我们娘儿们正眼也不瞧，哪里还肯送我们东西？

赵姨娘腹诽黛玉又怎样？就算亲耳听到，相信黛玉也能一笑置之。对赵姨娘，她躲不过时以礼相待，能一边给宝玉使个眼色叫他快溜，一边却又是赔笑又是倒茶。内心却坚壁清野，连她的小丫头雪雁，面对来借孝服的赵姨娘，都懂得利索又婉转地拒绝。

黛玉也亲耳在窗外听到，袭人一边夸宝钗一边说她坏话，说什么宝姑娘心底宽大有涵养，那要是换了林姑娘……竟然丝毫也没计较，只感动于宝玉给她的辩护词——啊！我果然没看错你，你真是我的知己。

晴雯给了她闭门羹，她恼的却是宝玉，解释清楚后后者说要惩治晴雯，她开了个玩笑就过去了，没有揪着不放，尽显大家气度。

七

复旦大学陈果老师说："别人喜欢你和你喜欢你自己都很重要，但是，当两者不能兼顾的时候，你喜欢自己更重要。"是的，只要她在乎的人在乎她，她珍惜的人珍惜她就好，至于别人，爱谁谁：你们看我不服气，我视你们为空气。

人生中多少烦恼，皆因没有分清先后主次，没搞清楚一个事实："对付自己比对付别人划算。"

懂"红楼"者，必爱黛玉，而且这种爱会只增不减，绵绵不绝。

常常在人际乱麻中作茧自缚的现代人们，林黛玉的活法值得好好赞一下。

所以再也别诟病黛玉情商低不圆滑了。最新定义的高情商，就应该像黛玉一样，抓大放小，把心思放在生活重点上。如同把好钢用在刀尖上，去撬开庸常岁月坚硬的蚌壳，撷取属于自己生命的种种乐趣。

要警惕啊，别把日子过成烤串儿摊，远看热气腾腾，实则烟熏火燎，辛苦保证每一面都烤得均匀熟透，对着来来往往的每一个人吆喝招徕。

与其将感情像遍撒胡椒面孜然面一样尽人而悦之，将时间和精力虚耗到可有可无的事情上，倒不如像黛玉这样：留人间值得爱，迎浮世千重变，和有情人，做快乐事，不问是劫是缘。

一个大家族的败亡，从这一点开始

一

每每逢年过节，或者雨雪天气，甚至夜深人静，贾府里上上下下都有大大小小的赌局。

谁要是不赌钱，反而会被视为异类。

过年的时候，宝玉曾经问麝月："床底下一堆钱，你怎么不拿着去赌呢？"

连林黛玉都知道这不成文的惯例，她对雨夜来送东西的婆子说："如今天又凉，夜又长，越发该会个夜局，痛赌两场了。"

婆子们也不避讳，直接说反正是上夜班不能睡，不如会个夜局。

林黛玉听了说："难为你，误了发财，冒雨送来。"忙命人又给了婆子几百钱打酒做补偿。

原来在贾府，在岗人员喝酒赌博是允许的。

贾府主子待下宽和，体恤下人熬夜辛苦，太太太人性化了。

但允许上班期间吃酒赌博，会造成什么样的后果呢？

一有老司机焦大吃酒醉骂，大放厥词，不出车不说，还骂出了贾珍和秦可卿"爬灰"的家门丑闻；

二有李嬷嬷跑来赌输了钱，借题发挥拿袭人出气大吵大闹，凤姐连哄带骗将她带走，诱饵是"到我家吃酒"，菜都备好了，是炖得稀嫩的野鸡。

三有邢夫人的陪房费婆子，经常撒酒疯骂人，发泄自己在多年职场里积累的私愤。

局面渐渐地不可收拾起来。

到了第七十一回夜里，在大观园当班吃酒的婆子私自离岗，不接待东府里的尤大奶奶。

凤姐处罚了一下，又捅了邢夫人的鼻子眼儿，触到了敏感的婆媳关系，引发一场龃龉，把王夫人、贾母也牵扯进来，成为贾府内斗明朗化的导火索。

光天化日之下，园子里竟出现了伤风败俗的绣春囊。邢夫人拿着直接去恶心了王夫人一把："看看你们姑侄俩当的这好家！"乱了乱了全乱了。

二

事态再发展，有天半夜，怡红院的丫鬟们亲眼看到有人跳墙进来，对外宣称把宝玉吓着了，才引起了顶层领导贾母的注意。

她以一个老牌管理者的灵敏嗅觉，立即觉察到了事态的严重性：如今各处上夜班都不负责，弄不好是监守自盗。

探春连忙解释："先前不过是大家偷着一时半刻，或夜里坐更时，三四个人聚在一处，或掷骰或斗牌，小小的顽意，不过为熬困。近来渐次发诞，竟开了赌局，甚至有头家局主，或三十吊五十吊三百吊的大输赢。半月前竟有争斗相打之事。"

贾母批评她汇报不及时。

探春道："戒饬过几次，近日好些。"

贾母痛心疾首：三丫头，你还是太年轻了，听我把利害关系给你层层剥茧分析一番。你以为赌博是常事，只要不起了纠纷就好。殊不知夜间既赌博，就保不住不喝酒，既要喝酒，就免不了门户任意开锁。不是买东西就是呼朋引伴，夜静人稀，顺便藏贼引奸引盗，什么事做不出来。况且，园内你们姊妹们身旁都是丫头媳妇们女的居多，品性参差不齐。丢东西事小，万一有别的不堪之事，有一点沾染到你们名声，后果严重。绝对不能轻饶。

贾母动怒，谁敢徇私，于是彻底盘查。查出大头三个人，小头八个人，聚赌者通共二十多人，重重惩处。

骰子牌全部烧毁，赃款入官分散与众人，带头的每人四十大板，撵出去永不录用；从者每人二十大板，统统降职打扫厕所。

这其中带大头的有迎春的乳母，大家求情，贾母却说："你们不知。大约这些奶子们，一个个仗着奶过哥儿姐儿，原比别人有些体面，他们就生事，比别人更可恶，专管调唆主子护短偏向。我都是经过的。况且要拿一个作法，恰好果然就遇见了一个。你们别管，我自有道理。"

治不住这些恶习，说小了是误事，说大了是误家；说浅了是治家不严，说深了是自取灭亡。

贾母不愧是经验丰富的政治家，铁腕出手，雷厉风行，终于严刹住了家里头这股吃酒赌博的歪风。

三

此时的荣府像一个身患肿瘤的病人，迅速割除肿瘤后，接下来是"调补气血，固本培元"。

好大夫都懂驱邪之后该是扶正，好好管理，让一切尽快步入正轨才是。偏偏接下来的主治医生是医术一般的王夫人，她又犯了过度治疗的错误。

王善保家的一撺掇，她一冲动发动了一场内部抄检剿灭运动。

后面的事大家都知道了，司棋、入画、晴雯、芳官四个，全被撵了出去，死的死，出家的出家。

宝钗识趣地迅速搬离了园子。

尤氏、李纨相视而笑：我们家只会在外面假礼假体面，做出来的事可真是不怎么样。

探春愤然道："咱们倒是一家子亲骨肉呢，一个个不像乌眼鸡似的，恨不得你吃了我，我吃了你！"

惜春因为入画的事，宣布与哥嫂断绝关系。

这个大家族的人心，从这一刻，开始分崩离析。

归根结底，罪魁祸首便是制度上的一点儿漏洞，撕开了内部团结的大口子。

早知今日，何必当初。

荣府早先对下人吃酒赌博的默许本是好意，但这在管理上却犯了大忌。

有些毛病是不能惯的，有一些口子是打死都不能开的。

勒庞在《大众心理研究》里说过："当一个人很清楚自己不会受到惩罚，他便会彻底放纵这个本能 。"

你今天有一，他明天就有二，人性总是得寸进尺。

如果一开始就防微杜渐，哪还用今日痛下杀手殃及无辜。

四

休克疗法之后，荣府算是消停了。

但按下葫芦起了瓢，别忘了还有宁府，相比于荣府的伤筋动骨，宁府则是完全放弃治疗。

他们已经走上了赌场产业化之路，家里俨然成了拉斯维加斯了。

第七十五回，尤氏夜里回来，发现东府里门庭若市，门口那"干净"的石狮子下，居然放着四五辆大车，这都是来聚赌的。

她叹道：坐车的都这么多人，那骑马来的人岂不是更多？也不知道他们老子娘挣了多少钱，够他们这么祸害。

她的丈夫贾珍，因居丧守孝，一开始是为了解闷，以练习骑射为名纠集了一众纨绔子弟。

三四个月过去，骑射场变成了赌场，"公然斗叶掷骰，放头开局，夜赌起来。"花天酒地，豢养娈童，早把骑射扔到了爪哇国。

宁府人等荒淫无度换来的是八月十五中秋夜，他们喝酒取乐时，隔壁祠堂里传来的一声长叹。

那一声长叹里，是悲愤交加，也是无可奈何，老祖宗们知道：颓势起，败相露，人心散，家运衰。就算是他们还魂再世，也已回天无力了。

曾国藩曾经在家书里谆谆提点弟弟们"勿使子侄骄奢淫逸"。

当一个家里酗酒赌博已然成风，这个家能有好儿才怪。

说句难听的，不要把贾府败亡全都怪罪在政治风暴的头上，即便没有后来的抄家，就凭他们这副德行，自己还能走多久呢？

酒局与赌场，都是释放人性之恶的地方，前者容许放纵，后者激发贪婪，这两样一旦泛滥猖獗，便预示着宿主岌岌可危，亡期不远。

"千里长堤溃于蚁穴"，这绝不是危言耸听。

对于一个人，一个组织，甚至一个体制而言，一丢丢的放任自流，一点点的自我放纵，都可能引发蝴蝶效应，迟早会连点成线，连线成面，最终积重难返，被无情反噬。

还是那句话：人性经不起考验，勿以恶小而为之，而任之，愿天下人戒之，远之。

仙鹤睡在芭蕉下

元宵听戏：贾母为什么要给芳官出难题

　　《红楼梦》第五十三回末至第五十四回，恰逢贾府内过正月十五，专门从外头请了戏班子，台上唱的是《西楼·楼会》，演书童文豹的小演员临机应变说了句俏皮话："……恰好今日正月十五，荣国府中老祖宗家宴，待我骑了这马，赶进去讨些果子吃是要紧的。"逗得大家都笑了。

　　凤姐儿连忙在一旁介绍："这孩子才九岁了。"贾母笑着说："难为他说的巧。"又说了一个"赏"字。于是下面人一簸箩一簸箩往台子上撒钱，登时下起了铜钱雨。真替文豹担心，可别砸出满头包。

　　元宵上来，贾母便叫台上的戏暂停，让给演员们送夜宵："小孩子们可怜见的，也给他们些滚汤滚菜的吃了再唱。"

　　吃完元宵不多一会儿，干脆让他们提前下班，原因是"孩子们熬夜怪冷的，也罢，叫他们且歇歇……"真是一个慈善宽厚的老太君。

但晚会还没散，怎么办？贾母有办法："把咱们的女孩子们叫了来，就在这台上唱两出叫他们瞧瞧。"

读者别忘了，"正规军"走了，还有"后备队伍"呢！贾府自己家就豢养着戏班子。当初元妃省亲，苏州采买的十二个唱戏的女孩子，就住在梨香院里。

眼下，也是时候拉她们出来溜溜了。

她们统统被教习带来，在贾母面前垂手侍立。贾母发话：刚才八出《八义》闹得我头疼，换个清淡点的。

《八义》改编自《赵氏孤儿》，打打杀杀又是抄家又是复仇的，大过年的看这种戏岂止头疼，简直是糟心，贾母要换一种风格也是人之常情。

她点名要听芳官唱《寻梦》，这一折讲的是杜丽娘到花园里寻找自己梦中人的情节。美丽的闺中小姐，在春光明媚里无限的幽怨悱恻，是《牡丹亭》中经典片段。

看戏的感觉和我们今天看电视剧完全不一样。电视剧主打情节，很少有电视剧看完一遍还想再看第二遍的，但戏不同，其中的韵味关窍皆可品评咂摸，唱念做打一招一式样样有讲究，观摩欣赏的成分居多。说句简单粗暴的：都是看，电视剧是看热闹，而戏，则是看门道。

越是内行，越愿意看旧戏，贾母当然不例外。

但这一次，在听传统剧目的基础上，贾母忽然要"弄个新样儿的"，从伴奏乐器上另辟蹊径。

她命令道："只提琴与管箫合，笙笛一概不用。"

不懂戏的话，对这一句不大会留意，但是如果对于昆曲有一点了解的人，就知道这个变法着实新鲜大胆。

余秋雨先生曾经写过一本著作专讲昆曲，书名叫《笛声何处》。"笛声"代指昆曲，因为昆曲伴奏用笛子是梨园行的铁规矩，就像京剧伴奏固定用京胡一样约定俗成；可是贾母却要弃用伴奏的标配乐器。这是要唱哪一出啊？

十二官里的文官最先回过味来："不过听我们一个发脱口齿，再听一个喉咙罢了。"但就算芳官主攻正旦，唱功尤佳，没有了习惯性的笛声相和辅佐，现场演唱将是一个全新的考验和体验。

那让提琴和管箫合奏的意图又在哪里呢？

先来看看这两种乐器的特点。

与清扬嘹亮的笛子相比，管箫的声音柔润、厚实、低沉，不会掩盖演唱者的本音，更像是为之托底。

提琴，不是我们今天以为的西洋乐器，而是古代弦乐器的一种，具体模样据说长得像胡琴。李渔曾在《闲情偶寄》里提过一嘴，说提琴的音色是"形愈小而声愈清，度清曲者必不可少。提琴之音，即绝妙美人之音也。春容柔媚，婉转断续，无一不肖。"简而言之，其特点是清澈柔婉。

至于琴箫合奏的音效，李渔也专门记载过一笔："止令善歌二人，一吹洞箫，一拨提琴，暗谱悠扬之曲，使隔花间柳者听之，俨然一绝代佳人，不觉动怜香惜玉之思也。"

贾母深谙这两样乐器会奏出柔婉的女性化味道，正与戏曲中杜丽娘的形象完全契合，才做此创新。而《寻梦》的唱词本身又美不胜收："最撩人春色是今年，少甚么低就高来粉画垣。原来春心无处不飞悬。睡荼蘼抓住裙钗线，恰便是花似人心向好处牵……"音乐美，戏词美，再加上芳官正值青春，妙龄少女特有的清甜嗓音，三样东西在一起撞出了飞溅的火花。

曹雪芹只用了一句话来描述现场效果：众人都鸦雀无闻，大家听得都入了迷。

贾母的创新，真是绝了！

只有对各门类乐器了解至深的人，才敢这么排列组合。

看了一辈子戏的薛姨妈赞叹道：我看戏看了几百出了，从没见过这种玩法，昆曲还能用箫管伴奏。

贾母回答说：也有，像刚才的《西楼·楚江情》，多有小生吹箫和的。这算什么稀奇呢？

她指指湘云：我像她这么大的时候，她爷爷有一班小戏，还把弹琴的都凑了来呢。

《西厢记》的《听琴》，《玉簪记》的《琴挑》，《续琵琶》的《胡笳十八拍》，这三段戏里都有抚琴的情节，通常演员只是拿个琴做做样子，没有琴声。但是贾母的兄弟史老太爷却要做足全套，给演员配上了真正的琴音，使得剧情效果更加完整逼真，可谓匠心独具。

审美渗透到骨子里血液中，许多玩法貌似大胆出位，却能点石成金。

联想后来中秋赏月，贾母说"如此好月，不可不闻笛"，叫吹笛子的远远地在桂花树下吹，拣曲谱越慢的越好。笛声呜咽清扬，听者烦心顿解，万虑全消。她微笑着对众人说："可还听得么？"含蓄可亲里，一派藏不住的傲娇。

回头看她讲少时记忆，方知原来人家是有家学渊源，打小儿就在玩音乐的环境里浸淫，漫漫几十年养出来的品位超群。无怪乎村上春树说过："真正有价值的东西，往往通过效率甚低的方式才能获得。"

对于自己的创新，贾母轻描淡写地解释道："这也在主人讲究不讲究罢了。"可知品位这东西，真的是无法强求无法速成，不是谁想有就能有。与生俱来的天分加上家世环境的熏陶，再加上个人多年用心，天、地、人缺一不可，才能练成一个高级玩家。

咏柳絮：一个个分明是在说自己

一

暮春是花朵的谢幕时，却是柳絮的狂欢节。它们满世界地溜达满世界地"造"，飘得哪儿哪儿都是，大有"一身坦荡荡到四方，五千年终于轮到我上场"的嚣张。

柳絮最先入了史湘云的眼，她触景生情，填了一首小词："岂是绣绒残吐，卷起半帘香雾，纤手自拈来，空使鹃啼燕妒。且住，且住！莫使春光别去。"

这首《如梦令》很"李清照"，顺手拈来随意娇俏，寥寥三十三字，道出了闺中女儿对春光的热切挽留。

宝玉梦游太虚幻境时，警幻仙姑领他到的那间屋子，瑶琴、

202

宝鼎、古画、新诗等等应有尽有，唯独一句最见本性："更喜窗下亦有唾绒，奁间时渍粉污"，粉污好理解，梳妆台没收拾干净呗；至于唾绒，就是绣花时从嘴里吐出来的线头头嘛！有啥可喜的？这就是宝玉啊：世上但凡沾了女儿身上味道的东西，都是好的。

湘云小令第一句里的"绣绒残吐"正是唾绒，这一下子就定出了整首词的基调，这是独属于闺中少女的感觉，"且住，且住！莫使春光别去。"写出了对美好时光的留恋。

湘云热爱生活，思维敏捷，写作激情一点就着，这是她的优点；但与此同时，感觉来得快去得也快，她的思考不会深入，想象的翅膀不会飞得太高远，以直抒胸臆为多——没关系啦，史大妹子你痛快就好。

她写完很得意，先让自己的偶像宝钗看，再来才是黛玉。

黛玉如此说道："好，也新鲜有趣。我却不能。"三分赞扬，三分调侃，三分自谦。

史湘云可听不出黛玉一句话里的九曲十八弯，只撺掇黛玉起社：咱们从前只填诗，还没填过词呢！大家一起赛啊。

黛玉说：好的呢！

二

现在去考场的"直播现场"看看。

考生有黛玉、宝琴、宝钗、宝玉、探春。

考试内容是以柳絮为题，抓阄限韵。

"助理考官"是紫鹃，她点了一炷香，香燃尽便收卷。

香没燃尽，黛玉最先写完，不愧是"学霸"探花郎的女儿；紧接着是紫薇舍人家的两位千金宝琴和宝钗；最后落第的是贾政那俩孩子，一个没写完，一个写完了又抹了，等于是没写出来。他哥贾赦家还有俩活宝，贾琏和迎春，就更不用上了。

承认吧，人斗不过基因。即便是千伶百俐如探春，在写诗填词上终究不是薛林两家姑娘的对手。

主考官是李纨，看看自己的亲小叔子小姑子，都不知道该说点啥好，估计内心里有个声音在呐喊："不争气的，都让开，让我儿子来！"

她还是"放了水"，让兄妹俩合写了一首《南柯子》。

他们眼里的柳絮意味着分离，妹妹的是："也难绾系也难羁，一任东西南北各分离。"哥哥的是："莺愁蝶倦晚芳时，纵是明春再见隔年期！"这是在预言即将天各一方的命运。

再来看黛玉的《唐多令》，不得不感叹她细致入微的观察力："粉堕百花洲，香残燕子楼。一团团逐对成毬。飘泊亦如人命薄。"真的，现在正是柳絮飘飞的时节，你去看，它们真的是从高处落下，再成团成球，在地上随风飘滚的居多。在黛玉眼里，它们首先象征着身不由己的漂泊。

后面一句高度拟人化："草木也知愁，韶华竟白头！"体弱之人，对早衰会格外敏感。如同最孱弱的树叶，总是在第一阵秋风来时，做好飘落尘埃的准备。

"叹今生谁拾谁收？嫁与东风春不管，凭尔去，忍淹留。"那是对自己未知命运泣血无奈的担忧。

大家都说"太作悲了，好是固然好的。"嗯，太过残忍的真相会让人忍不住扭过头去，终归还是愿意看一点让人心情愉悦的东西。

忽然想起了八七版林黛玉的扮演者陈晓旭，她也写过一首小诗《我是一朵柳絮》："我是一朵柳絮，长大在美丽的春天里，因为父母过早地把我遗弃，我便和春风结成了知己……"读到这里，也只有怅惘和叹息。

三

接下来是宝琴的《西江月》。

"汉苑零星有限，隋堤点缀无穷。三春事业付东风，明月梅花一梦。几处落红庭院，谁家香雪帘栊？江南江北一般同，偏是离人恨重！"

说实话，这首词除了暗示未来的命运多舛，扣题不紧，不说的话看不出是在咏柳絮。东拉西扯不知所云，实在看不出哪儿好。但为了客气，大家只好尬夸，夸她"声调壮"，有这么夸的吗？还愣是昧着良心硬找了两处亮点，说"几处""谁家"最妙。呵呵，请问，写作者的感情在哪里？

桃花社秒变夸夸群了吗？太难为曹公了。

实在是因和宝琴交好，否则换了别人，林妹妹的白眼都该翻上天了："这样的词我一百首都有，还不如让我徒弟香菱上呢！"

宝钗不袒护自家妹子，笑道："终不免过于丧败。"

她决定为了家族荣耀而战："我想，柳絮原是一件轻薄无根无绊的东西，然依我的主意，偏要把他说好了，才不落套。"

第一句："白玉堂前春解舞，东风卷得均匀。"

206

湘云先笑道："好一个'东风卷得均匀'！这一句就出人之上了。"真的，太有创新了。

再来看后面："万缕千丝终不改，任他随聚随分。韶华休笑本无根，好风频借力，送我上青云！"

心胸视角之妙令人击掌，潇洒积极中透着几分男子的坚强，充满了正能量。怨不得众人都拍案叫绝。

"好风频借力，送我上青云！"这一句，历来总有人说这是宝钗功利心的体现。这都哪儿跟哪儿，放在当时创作环境下看，只因别人写的太过颓丧，她是为了扭转悲愁的气氛才有意写得乐观豁达。况且为什么要把一句诗单纯看作是功利心的表现，怎么就不能看成庄子式的自由浪漫呢？

再说都第七十回了，宝钗早就不再是最初的宝钗了。选秀的事早已凉凉，需要肃清体内热毒的冷香丸也已停服好久。去看她住的屋子，床上一顶青纱帐，案上一个土定瓶，数枝菊花，两部书，还有一些最基本的生活用品，她放弃了一切形而下。如果一定要说她有企图心，那大概是对自己精神世界的追求吧！

大家都推宝钗这首为尊。

撒花！不能再同意。

虽然缠绵悲戚戚黛玉第一，情致妩媚该数湘云，但是，不论是新意还是立意，宝钗的确当之无愧，她用一己之力扭转了诗社里弥漫的悲苦之气，这才是真正的"好气力"。

细品这些咏絮词，湘云的活泼俏皮里，满满对不可得幸福的渴望；

探春宝玉一唱一和，说尽对离合聚散的无力感；

林黛玉聪慧太过，对自身命运有预见性的哀叹；

宝琴不谙世事艰难的空洞里，有不自知的悲音；

宝钗呢，最守拙淡定的人，骨子里却储存着张扬疏狂。

……

这哪里是在咏柳絮，一个个的分明都是在说自己。不投入的话不感人，认真了就容易暴露，写作真是一件太冒险的事。

过端午：第一要务并不是吃粽子

在《红楼梦》三十一回前后，集中爆发了许多不愉快的事。

先是凤姐在清虚观，一个嘴巴子把个不小心撞到她的小道士打得栽倒在地，下手真重；

二是宝玉和黛玉因为张道士做媒的事大吵一架。宝玉吵哭了，黛玉则吵吐了，还剪了宝玉玉上的穗子；

第三件，以有涵养好脾气著称的宝姑娘居然也发火了，先是回怼宝玉说她"体丰怯热"："我倒像杨妃，只是没一个好哥哥好兄弟可以作得杨国忠的！"再骂靛儿："你要仔细！"最后和林黛玉正面硬杠上了："你们通今博古，才知道'负荆请罪'，我不知道什么是'负荆请罪'！"连一旁不读书的凤姐都看出了问题，上来凑趣打圆场：大暑天，谁吃生姜了？"既没人吃生姜，怎么这么辣辣的？"

再接着，就是王夫人怒撵金钏儿。宝玉和金钏儿在王夫人的睡榻前叽叽咕咕互撩，激怒了老娘，一不做二不休，一定要把金钏儿当场开除方解心头之怒，其凌厉程度与平日吃斋念佛的样子判若两人。

宝玉灰溜溜跑出来，在半路上淋了雨，路上遇到龄官哭唧唧在花下写"蔷"字。回到怡红院时，正值小丫头们贪玩，关了大门，堵了出水口，把院子改装成大池塘，抓了鸳鸯、绿头鸭等水鸟，缝住翅膀，赶在水里玩耍——好会玩啊！哄笑声太大，一时没听到宝玉的叫门声，导致开门的袭人直接挨了宝玉的窝心脚，踹到肋骨下一块碗大的青紫，半夜吐了鲜血，想宝玉这一脚得有多狠，把人肺都踹破了。

第二天端午节，虽然府里按规矩也蒲艾簪门虎符系臂，置了酒席一起聚一聚。想来姑娘们更是少不了"彩线轻缠红玉臂，小符斜挂绿云鬓"，应该都是好看的吧？该有的都有，唯独没有好心情。

宝姑娘淡淡的，林姑娘懒懒的，凤姐也收敛起来，大家都挺没意思的。散了吧，散了好。

喜聚不喜散的宝玉心里更搓火了，于是，跌断了扇子的晴雯撞在了枪口上，宝玉大骂"蠢材"不算，还联想到了"明日你自己当家理事"如何如何上。晴雯也是个炸脾气，马上就回嘴，两人争吵起来。

前来劝架的袭人，也被晴雯就地开撕，连抵其隙。"你们鬼鬼祟祟干的那事儿，也瞒不过我去"这样的话都出来了，羞得袭人脸都不是红，是紫，"紫胀起来"。

宝玉牛脾气也上来了，执意要撵晴雯，谁劝也劝不住，大家不得已呼啦啦跪了一地才拦住，否则晴雯就得大过节的在街头唱《流浪的小孩》了。

来，盘点一下：凤姐发飙、黛玉哭闹、王夫人撵金钏、宝钗怒怼宝黛、龄官画蔷、宝玉先是脚踹袭人、后又一根筋地撵晴雯……还没完。

再往后，就是金钏儿投井自杀，忠顺王府上门讨琪官，贾环向贾政进谗言，宝玉挨打到奄奄一息，引来贾母冲天一怒，要回南京去，连带王夫人李纨三代主母哭天哭地，宝钗回去跟她哥薛蟠也闹了一场别扭……连着五六回，贾府里天天不太平。

为什么，这么多糟心事会扎堆出现在三十一回前后？

私以为，与时令有关。端午节是事故频发阶段。

人体是一台非常精密的仪器，人类在亿万年的进化过程中，保存了一套敏感的系统，包括对环境气温湿度的敏感。

五月初五前后，天气日渐炎热，空气也变潮湿，南方尤为明

211

显。热气与湿气混成"浊气"甚至"毒气"，各种毒虫也应时而出。古人将五月称为五毒月，认为五月初五这一天"百毒齐出"，是皮肤病、胃肠病、心血管病等高发的日子。

聪明的古人们于是想出了一系列对付热毒的法子，我们以为的传统甚至迷信，其实都是防疫措施。

蒲艾簪门中的菖蒲与艾蒿，叶片当中都含有挥发性芳香油，可以驱蚊蝇、提神通窍。戴的香囊里，装的也是白芷、丁香、冰片、薄荷等等清凉解毒的药物。雄黄酒里的雄黄，也有解毒杀虫，燥湿祛痰的效果。

宋人过端午，《东京梦华录》里说除了吃粽子，还要用到紫苏、菖蒲、木瓜等，把这些提神、祛痰、化湿等物切成细丝，用香药搅拌，装在梅红匣子里吃。在另一部宋书《岁时广记》里，这些药则和梅子、杏子、李子一起切丝，用蜜糖渍了，放在梅皮中，当成端午果子吃。啊，多么令人神往的大宋，俯拾皆是生活美学，绝不同于那些驴粪蛋外面光，表面气魄宏伟实则贼不耐看的朝代。

再远古一点的还要讲究踩露水、浴兰汤，其实目的都在解热毒。

这么多的热毒中，最难解的恐怕是肝毒。天气一热，肝气郁结，除了身上发懒，头脑发昏，情绪低落外，还会因为疏泄不畅，容易岔毛。这就应了宝玉骂晴雯时，晴雯毒舌回怼的那一句："二爷近来气大的很，行动就给脸子瞧。"

这个时候，每个人都成了易燃易爆危险体质。无他，时令在隐秘处作怪，身体会有说不出的不适，从而引发脾气，而坏的情绪又容易传染。

简单说，都是端午节惹的祸。

当宝玉晴雯袭人三人吵完之后，哭成一团的时候，黛玉悠悠然走进来，打趣道：大过节的怎么都哭起来？难道是争粽子吃争恼了不成？

其实，在这个特殊的时令，吃粽子不是最打紧的，保持情绪稳定才是。

感谢《红楼梦》，感谢曹雪芹，在诚实地记录下这些透着真实生活影子的桩桩件件时，也反映出了大概作者自己都没有意识到的自然奥秘。

原来古人诚不我欺，世代相传的节日习俗中蕴含着千年的经验和智慧。我们曾一度自大，也渐渐知好知歹。所以才有从前的问候从"端午快乐"，换成了如今这两年的"端午安康"。

天人合一，从来不可分割，人类寄生于天地之间，自当懂得顺应天时而作而息。热毒之日，要调理身体并稍安勿躁。毕竟安后才有康，康了才能安。

　　端午安康。

"红楼"消暑记：仙鹤睡在芭蕉下

一

夏天，人总容易犯困。因为晚上太热睡不好，周作人翻译过一首日本诗，曰："夏日之夜，有如苦竹，竹细节密，顷刻之间，随即天明。"眼一睁，天亮了。起来晃一晃，又困了，眯上眼刚打个盹，眼一睁，天怎么又黑了？还有好多事没做呢……对，就是这种感觉，夏日炎炎正好眠。

枕边不妨丢本《红楼梦》，可以在午睡后或晚睡前随时翻开消遣。书中第二十八到三十六回，一直在讲夏天的故事，翻看这几回，看书中人怎么过夏天，正好消暑。

如果手边再有一盅加冰的酸梅汤，简直完美。

酸梅汤，书里的宝玉也想喝，可是袭人不给。

刚挨了父亲打，屁股火辣辣地疼不说，还闹"心火烧"，就想喝点酸酸、甜甜、冰冰凉凉的。袭人却认为"我想着酸梅是个收敛的东西，才刚捱了打，又不许叫喊，自然急的那热毒热血未免不存在心里，倘或吃下这个去激在心里，再弄出大病来，可怎么样呢。"其实她是只知其一不知其二，酸梅汤还除烦安神平肝火呢，倒不如给他喝了还能好点。

她没给酸梅汤，给了糖腌的玫瑰卤子，就是玫瑰酱。和水给他喝，太甜，宝玉吃了半碗就"嫌吃絮了"，齁着了。玫瑰性热，受伤时也不宜多吃。要不说照顾病人是很考验综合素质的，也不能只看爱心和责任心，总要懂点专业知识。

宝玉病中想吃的另一样东西是莲叶羹。借新荷叶的清香煮汤，汤里是豆子大小的花样面食——还是偏清淡，毕竟是夏天。

他们在消暑饮食上真是花尽心思。

没有冰箱，便把水果浸在水晶缸的凉水中，美其名曰"湃"；

没有冰淇淋球，但有香雪润津丹，宝玉荷包里装着，嗓子干渴了来一颗；

好在有西瓜，三十六回看到王夫人他们一起吃西瓜来着。

林黛玉略有不同，她半条小命都是靠药吊着，所以夏天得专门喝香薷饮解暑汤。一次和宝玉吵架，一哭就全吐出来了，想来那药也不是那么贴胃，看名字想配方，不由联想到藿香正气水的味道。

二

古人讲究礼仪，不像今天的我们，夏天来了能穿多"少"穿多"少"，露胳膊露腿的。他们是连半袖都不能穿的。

印象中湘云最可怜，大夏天来贾府做客，穿得里外三层，连贾母见了她都劝："天热，把外头的衣服脱脱吧。"王夫人诧异她为什么穿这么多，她说是婶婶叫穿的。湘云在家没人疼，家长只顾面子好看，才不管她捂不捂出痱子。

他们用洗澡降温。单单怡红院里，每天傍晚，姑娘们都要排队洗澡。晴雯对宝玉说过：起开让我洗澡去，袭人麝月都洗了。

人人扇子不离身。宝玉不带扇子前脚出门，袭人后脚就拿着扇子追上来了，只怕把他热着："亏我看见，赶了送来。"

记得小时候，在邻居家见过一把纸扇，上印一首打油诗："扇子有风，拿在手中，有人来借，等到立冬。"这相当于"天气太热，概不外借"。真的，小丫头子靛儿曾因找不到扇子而急得团团转，跟宝钗讨要："好姑娘，赏我罢。"惹得宝钗借训斥她，指桑骂槐捎带了宝玉和黛玉。

217

宝钗也爱扇子，著名的"宝钗扑蝶"那一折，扑蝶的工具就是扇子。当时正值春末夏初，天气还不算很热，但宝钗体丰怯热，早早就把扇子备上了。

看到大蝴蝶，她从袖里取出了扇子——注意，是折扇哦！市面上有不少"宝钗扑蝶"的工笔画，大多数都想当然地画着团扇，偶尔看到个把画折扇的，马上刮目相看，麻溜儿地点个赞："行家呀！"

扇子除了扇凉，关键时刻还能讨姑娘欢心。宝玉骂过晴雯之后又想和好，连忙奉上自己的扇子给她撕："比如那扇子原是扇的，你要撕着玩也可以使得……"还说"这就是爱物了。"好吧，你有钱你任性。

前有"宝钗借扇机带双敲"，后有晴雯"撕扇子作千金一笑"。再往前翻几回，宝玉以物易物，用一个扇坠子换来了蒋玉菡"肌肤生香、不生汗渍"的茜香罗汗巾子。扇子还真是一物多用。

三十四回里，有句话自带画面感。曹公闲闲一笔写道："王夫人正坐在凉榻上摇着芭蕉扇子"，看着很舒服自在，但一琢磨却有种说不出的低落。再一想，彼时贴身丫鬟金钏儿新死，没有人顶岗，摇扇子这种事，王夫人只好自己亲力亲为了。

扇子摇啊摇，摇啊摇，摇着摇着，夏天很快就过去了。

三

语言大师曹雪芹，写人记事已经无人能出其右，其实人家信手写景，也甩别人八条街。

看这几句："赤日当空，树阴合地，满耳蝉声，静无人语。"寥寥十六字，便让人瞬间穿越，仿若身处于大观园的寂静盛夏，绿树四合而热浪扑面。

其实，大观园有一个凉快去处堪比空调房。此处名叫潇湘馆，是林妹妹的宿舍。院里翠竹掩映，曲栏逶迤，正是消夏解暑好去处。脑洞开大点，是不是有点像傲娇的熊猫馆，里面的住户简直不要太惬意。

当初黛玉选潇湘馆居住，只是因为爱此处的幽静而已。没想到后面还有福利，春天搬进来，到夏天优势就显出来了。竹叶茂密，隔绝了当空烈日，院里"竹影参差，苔痕浓淡"，可见其阴凉程度。

刘姥姥来参观时不小心踩到苔藓，咚地滑倒在地。主人自己走惯了，倒不觉得。

曹雪芹写过这样一段：黛玉进了院子到廊下，问了句："添了食水不曾？"便把鹦鹉挂在月洞窗外的钩上，自己走进屋子，坐在月洞窗内。"吃毕药，只见窗外竹影映入纱来，满屋内阴阴翠润，几簟生凉。黛玉无可释闷，便隔着纱窗调逗鹦哥作戏，又将素日所喜的诗词也教与他念。"

这画面真是旖旎精致，像一句宋词，"玉钩弯柱调鹦鹉，宛转留春语"。单是构图已是独具匠心：翠色入帘青，竹叶尖尖披拂，月窗洞圆圆如环，黛玉不偏不倚坐在窗洞内，隔着朦胧纱窗，用嫩声细嗓与窗外的鹦鹉呢哝。

好一幅美人消夏图。

花谢花飞飞满天里悲戚呜咽，伤春是她；凤尾森森龙吟细细中闲适慵懒，消暑也是她。

私以为潇湘馆内戏鹦鹉，也是"红楼"最美场景之一，不亚于黛玉葬花。

毕竟，葬花是偶尔的行为艺术，而一个人的真颜，在琐碎平静的生活细节里才能窥见——得曹公偏爱，黛玉每一面他都细细描画出来。夏日漫长，清凉的潇湘馆内也须打发无聊。

好在有宝玉，他都快把潇湘馆的门槛踏断了，还说：就是死了，我的魂儿一日也要来三回。

来吧来吧，欢迎常来，特别是夏天，这里感觉倍儿爽。

四

绿树浓阴夏日长，困倦总是难免。

"红楼"里的人们也不例外，无论主仆，大家都喜欢睡午觉。

三十回写过，盛暑之时，宝玉背着手，每到一处都"鸦雀无闻"，到处都是打盹睡觉的人，到了凤姐门前，知人家有午睡习惯，想想不该叨扰，便扭身离开，很懂事。

宝钗好像也不爱睡午觉，本来大家一起吃西瓜，吃完该散了睡觉，但她还约黛玉去藕香榭，黛玉要洗澡，一口回绝。

宝钗只好一人前往，却"顺路"进了怡红院，作者说她目的是意欲寻宝玉聊天"以解午倦"，解午倦不是该午睡才对吗？大中午找人聊什么天呢？

法顶禅师因怕自己午睡，专门削竹子对抗困意，为的是维持修行之人的规律作息。而宝钗所为何来呢？大概是觉得在宝玉面前，她这个表姐不算外人，比较放松吧。

要知道因为总来怡红院，她还被晴雯背地里抱怨过：有事没事跑了来坐着，让我们没法儿睡觉。

听起来，她来的次数的确是不少。

这一次，曹雪芹以宝钗的视角来写怡红院住户们的，"一入院来，鸦雀无闻，一并连两只仙鹤都在芭蕉下睡着了。宝钗便顺着游廊来至房中，只见外间床上横三竖四，都是丫头们睡觉。"转过十锦槅子，看见宝玉也睡着呢。袭人坐在床边给宝玉缝肚兜，见她进来连忙起身让座，说自己去下洗手间。

接下来，宝钗将独自一人，听到一句没头没脑的梦话："和尚道士的话如何信得？什么是金玉姻缘，我偏说是木石姻缘。"她听了，竟"怔了"。

哪还用消暑呢？只这一句话，足令她的心拔凉拔凉。

也好，知己知彼，才不自讨没趣。

"莫摇清碎影，好梦昼初长。"这是大观园建成之初，宝玉给黛玉的潇湘馆所提之诗。却原来，他梦里早有了人，不容半点儿动摇。

他们怎么在自己家里过秋天

一

林语堂在《京华烟云》里写，曼娘去看她的好闺蜜木兰时，从自家园子里折了一大把桂花带去作为礼物，还遗憾地说大部分桂花都让雨泡坏了，没什么香味了。

倏地想起，《红楼梦》里也有这样的情节。第三十七回，怡红院的丫头秋纹说，因替宝玉跑腿，给贾母和王夫人送新鲜折枝桂花，两位太太一高兴，给她打了不少赏。

嗯，如果这个季节，有个朋友来看我，给我带一束馥郁的桂花，我会开心得脑袋发晕的，非要在朋友圈里好好嘚瑟一下不可。

桂花独属于秋天，其他三个季节想有也不得。于是，凤姐儿专门挑了藕香榭宴客，其中最重要的一条理由是"山坡下两颗桂花开的又好"。绝大多数女生对于花的偏爱是先天骨子里带来的，没法用理论去解释。

似乎，只有宝姑娘除外，她亲妈说她古怪，不爱花儿粉儿。

可是当贾母带人去参观她的屋子时，看到在那样寒素到一目了然的卧室里，床头桌上赫然供着数枝菊花。她真的不爱花吗？所谓不爱"花儿粉儿"的原因，大约是沉重的家族担子搁在她肩上，她需要像个男人一样去思考去部署去管理，没有太多闲心去享受生活的美好吧。

同样是拿菊花做装饰，探春可比宝钗"土豪"多了："斗大的一个汝窑花囊，插着满满的一囊水晶球儿的白菊。"想想看，几十甚至上百朵雪白的乒乓菊，满满匝匝插在巨大的扁口花器里，是何等的气派。花开堪折直须折，莫待无花空折枝。三姑娘，你可劲儿造啊！

秋天的开花大户，除了桂花，可不就剩菊花了吗？于是又有了热热闹闹的大观园女眷们簪菊一节。大清早起来，孝顺的孙媳李纨把园子里新摘的各色菊花放到一个大荷叶式的翡翠盘子里，要送到贾母房里去，供她梳头之用。真真就像李渔说的那样："晨起簪花，听其自择。喜红则红，爱紫则紫，随心插戴。"而贾母就直接上手拣了一朵大红色的簪于满头银发上，而后才有刘姥姥

224

被凤姐取笑，横七竖八插一头成了个老妖精。

除了花还有叶呢，那一池被宝玉恨不得立即拔掉的破荷叶，却是黛玉的心头好："我最不喜欢李义山的诗，只喜他这一句：'留得残荷听雨声'。"李义山句工，注重辞藻对仗，而黛玉崇真，"粉"的是陶渊明，所以不喜欢他也情有可原。

宝玉不见得懂其中的关窍，只知道妹妹喜欢的就是好的，马上改口：听你的，留着留着。

关汉卿写的戏词里唱："干荷叶，色苍苍，老柄风摇荡。"不像夏日，正当时的荷叶叶片厚实得足以吸附掉任何雨滴的声音。只有当叶子变黄变脆，雨滴打上去，声音才有轰然的喑哑和丰富的层次感，那是一种常人不懂欣赏的物哀之美。

终于，多情的李商隐总算是有一次对上了林妹妹细腻灵性的心思。

二

喜欢看《东京梦华录》的人，多少有点吃货品格儿。

关于宋人秋天里的吃食，我着重关注了一下。

第一眼看到的是"鸡头上市，则梁门里李和家最盛"，"卖者虽多，不及李和一色拣银皮子嫩者货之"。啥意思？就是鸡头这种水生果子，只有一个老字号"李和"的店里生意最好。鸡头虽然有好多家卖，但都比不上他家的肉嫩皮白。李和本来是北宋时的一个人，因特别擅长炒栗子而得名，用自己的名开了个干鲜果子店代代相传，这有点像我家小区门口的某某炒栗，除了炒栗子，别的时鲜也卖。作家毕淑敏曾经说过："这世上有两样东西闻起来比吃起来好，一个是烤红薯，一个是炒栗子。"我好像闻到了炒栗子的甜香味。妈呀，咋又拐到炒栗子上了……

第二眼看到的是中秋节"螯蟹新出"。这个就不用解释了吧？

这些吃食《红楼梦》里也有，但是人家精致得做足了全套。

先看这一段，"袭人听说，便端过两个小掐丝盒子来。揭开一个，里面装的是红菱和鸡头两样鲜果；又那一个，是一碟子桂花糖蒸新栗粉糕。"

不知为什么，后者让人想起张爱玲的《桂花蒸 阿小悲秋》，题记是她闺蜜炎樱的一首诗：

秋是一个歌，

但是"桂花蒸"的夜，

像在厨里吹的箫调，

白天像小孩子唱的歌，

又热又熟又轻又湿。

热、熟、轻、湿这四个字真是用绝了，她描述的是天气，桂花盛开时有那么几天湿热难熬，上海人俗称之为"桂花蒸"。明明和上边的糖粉糕不是一回事，却还是觉得莫名亲切。难道是因为大家都是喝"红楼奶"长大的缘故吗？

再看另一个，"丫鬟听说，便去抬了两张几来，又端了两个小捧盒。揭开看时，每个盒内两样：这盒内一样是藕粉桂糖糕，一样是松穰鹅油卷。那盒内一样是一寸来大的小饺儿。贾母问什么馅儿，婆子们忙回是螃蟹的。"

此刻夜深人静，我默默对着书本咽一下口水。

螃蟹馅儿的饺子什么味道？我是没吃过。

却看贾母，她皱起眉头："油腻腻的，谁吃这个？"瞬间我平衡了：这吃法，一看就不专业，画蛇添足，矫揉造作。

三

螃蟹的正经吃法是这样式儿的：

"凡食蟹者，只合全其故体，蒸而熟之，贮以冰盘，列之几上，听客自取自食。剖一筐，食一筐，断一螯，食一螯，则气与味纤毫不漏。"看到没？囫囵个儿吃，现吃。

227

这才有了湘云做东、宝钗赞助的螃蟹宴。

宝钗管哥哥薛蟠要几篓螃蟹请客，薛蟠这个宠妹狂魔，立即依言送来三大篓"极肥极大的"，两三只就称一斤的那种个儿大的，一共送了七八十斤。后来进府走亲戚的刘姥姥听说了这件事，扳指头换算一下，说一顿螃蟹的银钱就够庄户人吃一年了。我这个吃货也默默换算一下，用斤数乘以个数，发现螃蟹数少说是二百多只。

这二百来只蟹将军，凤姐吩咐一气儿全上屉蒸了，蒸好了不要全上桌，十只十只地上，剩下的放在笼屉里热着，大家围坐在一起大快朵颐。

贾母的大丫鬟鸳鸯托个懒，委托凤姐儿伺候贾母，自己入席吃去了；薛姨妈不让人伺候，说"自己掰着吃香甜"；平儿伺候凤姐，剔了一壳子蟹黄送来，凤姐让她多放姜醋，平儿还因为开玩笑"误伤"了凤姐，抹了凤姐一脸蟹黄；黛玉呢？才吃了几口夹子肉，就胃疼了，她喝了合欢花浸过的烧酒，钓鱼去了。

吃完了螃蟹，再赛螃蟹诗，宝钗写得最刻薄："眼前道路无经纬，皮里春秋空黄黑。"估计是烧酒喝多了，真性情索性不掖不藏了。接下来，老辈们赏桂花去了，小辈们咏菊花，这次是我家黛玉拿了第一。

然后刘姥姥就来了，从自家地里带来了各色农产品，枣子倭瓜各种野菜，她高兴地说："今年多打了两石粮食，瓜果菜蔬也丰盛……姑娘们天天山珍海味的也吃腻了，这个吃个野意儿，也算是我们的穷心。"对哦，秋天是丰收的季节，大自然一视同仁，穷人也要领受它的喜悦。

如果把文字比作音乐，曹公从来都喜欢在华彩乐章后面再来一段清淡的小调，让人回味咂摸。

秋意深，秋意浓，"红楼"最好的秋天在大观园。满眼所见，这里的人们来往如织，笑语阗喧，花团锦簇，富贵无边。这一切太美好，美好得有点失真虚幻，有点让人害怕，仿佛置身于一场玉坠秋露、月照歌舞的梦境里，随时可以被叫醒。

怪不得说，人生得意须尽欢。

下雨的夜晚，普通人实名羡慕黛玉

下雨了，朋友圈里看到有人说：今晚的雨，比依萍管她爸要钱那晚还大，比罗子君在高速上等贺涵那晚还大，我在雨中，可是我的书桓和贺涵，你在哪里啊？

这简直可以视作现代女性的呐喊，辛苦生活里一点自嘲式的诉苦。

依萍和子君有什么值得羡慕？要羡慕就羡慕林黛玉。

"红楼"一书，最爱第四十五回。

那一回宝钗黛玉尽释前嫌，准确点说，是黛玉终于肯放下猜忌，接过宝钗递来的橄榄枝。两人剖心剖肝，说了会儿体己话儿。

阴阳割昏晓，对立关系一解除，两个人都卸下面具露出了最本真的一面。

黛玉从之前的紧绷变得放松，当宝钗说要给她送燕窝时，她第一反应不是客气推辞，而是坦然接受，笑道："东西事小，难得你多情如此。"给就要，不见外，心安理得。

"多情"二字，用得妙。

宝钗呢？你说我多情，我就多情，都不带否认的："这有什么放在口里的！只愁我人人跟前失于应候罢了。"

她忽然起身告辞："只怕你烦了，我且去了。"客套劲儿没了，却瞬间有了酷酷的总攻气质。

黛玉也不假意留客，明明白白说出了自己的诉求："晚上再来和我说句话儿。"

原著写："宝钗答应着便去了。"头回感觉这姑娘又飒又美，是怎么一回事？还不是互亮底牌后，少了繁文缛节的礼数，多了自己人何必拘礼的笃定自如。

黛玉喝了两口稀粥，接着在床上躺着。她盼着天黑，天黑了宝钗会来。

不料，日未落雨先下。

黄昏时分，天开始阴沉，淅淅沥沥的雨落在了遍植翠竹的潇湘馆里。雨滴竹梢，到处是细细碎碎的沙沙声，天籁私语美则美矣，但频率不变的声音一直听一直听，人心会变得过于安静。

安静则生虚空，虚空一出，万事万物都成了身外物，人会生出渺小之感，再联想现实种种不如意，凄凉会像如霜的白露，不知从何而起，茫茫笼罩。

敏感的人别听雨声，会越听越难过。

黛玉"知宝钗不能来，便在灯下随便拿了一本书，却是《乐府杂稿》，有《秋闺怨》《别离怨》等词。于是"不觉心有所感，亦不禁发于章句，遂成《代别离》一首，拟《春江花月夜》之格，乃名其词曰《秋窗风雨夕》。"

她写："秋花惨淡秋草黄，耿耿秋灯秋夜长。已觉秋窗秋不尽，那堪风雨助凄凉！"

这首诗会不由得令人想到白居易《上阳白发人》中的那一句："耿耿残灯背壁影，萧萧暗雨打窗声。"写女子的寂寞。

黛玉写《葬花吟》是因为宝玉，晚上去怡红院，吃了丫鬟晴雯的闭门羹，也算是悲愤之作；而这一首《秋窗风雨夕》却是为宝钗，因她的下雨天失约——天哪，这样说来，黛玉的《秋窗风雨夕》竟然为宝钗而作。

想起张爱玲的那句："雨声潺潺，像住在溪边。宁愿天天下雨，以为你是因为下雨不来。"

怪不得"哔哩哔哩"上要炒钗黛"情侣档"，是"红迷"们喜闻乐见的事——这常读常新的《红楼梦》啊！

她抒发完了，准备熄灯就寝。忽然，潇湘馆来客人了。

不是宝钗，是宝玉。他披蓑戴笠地冒雨来了。

林姑娘被逗笑了，笑他像个渔翁。

宝玉不怕笑，一上来就是三连问："今儿好些？吃了药没有？今儿一日吃了多少饭？"

他忙忙脱完雨衣，接下来就做了几个这样的动作：一手举起灯来，一手遮住灯光，向黛玉脸上照了一照，觑着眼细瞧了瞧，笑道："今儿气色好了些。"

这个举动太暖，体贴入微。读"红楼"一到此处，就禁不住要绊一下子。

一定有人会关心我们，但大多数人也就关心到收入和地位这个层面，当然这已经不错了，只有极少数人会留意我们的健康，正应了那句"别人看你飞得高不高，他只想问你飞得累不累"。

宝玉来这里，并没有什么正经事。他就是单纯地想来看看她，一日不见就跟缺了点什么似的。当爱成了习惯，人就会变得贱贱的。

见黛玉对他先进的防雨装备感兴趣，就打算弄一套送给她，却被当场否决：才不要当渔婆！

宝玉看了她写的新诗，她烧了。他说他都背下来了。吹吧，学渣！

在作息上，黛玉向来只迁就自己。她傲娇地下逐客令："我也好了许多，谢你一天来几次瞧我，下雨还来。这会子夜深了，我也要歇着，你且请回去，明儿再来。"

感情这事儿有点像跷跷板，一头低了，另一头就高了。

宝玉看了看表，戌末亥初，放在今天看也才八点多，夜晚刚刚开始。但古人不比咱们，他们没电，都遵循着早睡早起的习惯。

他抱歉地说："原该歇了，又扰的你劳了半日神。"出去了，等一下又折回来：你想吃什么，告诉我，不用婆子，我明天亲自去办。

"红楼"告诉我们，含金量最高的爱，不是捏着手腕、对方喊"你弄痛我了"都不放手，摇着对方肩膀快把对方摇散架，再附加大喊大叫式的"我爱你你知道吗你知道吗"的式咆哮，而是"你的一粥一饭、一呼一吸、一举一动都牵着我的心，你掉一根头发丝儿我都会皱一下眉"的宝玉式呵护。

那些大喜大悲、摧毁式的爱情不适于日常生活，人生已然多艰，就不要给自己增加难度系数了。能有一个知冷知热的人，肯在我生病时不离不弃，看看我的气色，摸摸我的额头，问问我的饮食起居，陪我度过寂寥的雨夜，这已经是抽到了爱情的上上签。

说回《红楼梦》，这四十五回的结尾，宝玉提着黛玉送的玻璃绣球灯走了。

宝钗的婆子打着伞提着灯来了，送了一包上等燕窝，还有洁粉梅片雪花洋糖——她终究是没有食言，用另一种方式赴约。雨，正越下越紧。

天哪，曹公的表现手法绝了。通篇没有一个"爱"字，但宝玉的每一个动作每一句话，无不指向爱；通篇没有一个"情"字，但宝钗先出后隐，再间接出场，无不在用情。一边是爱情，一边是友情，情节上两个人都巧妙顾及，手法不雷同，起伏波折又余音袅袅。所谓大师当如是！

所以下雨的夜晚，最幸福的事是什么？

不是天黑有灯，下雨有伞，而是窝在家里不用出门；然后就着雨声做喜欢做的事；然后，爱我的人冒雨来看我一眼就走；再然后，惦记我的人给我送来了同城快递。

贾府过中秋：团团圆圆里，那些无处不在的裂隙

一

第七十五回，这是《红楼梦》里的最后一个中秋节了。

大概每一个家族在气数渐尽的时候，人丁就会不知不觉地稀疏下来，生育能力是很直观的家运指标，想想清末的爱新觉罗氏吧。人都没了，还能干成什么事？更别提遴选择优了。

《红楼梦》一书，从头到尾，贾府里不断有人死去，却不见有婴儿降生。要么怀不上，比如邢夫人、尤氏、秦可卿老中青三位；要么千辛万苦怀上了却留不住，比如凤姐、尤二姐，各自流产过一个成形的男胎。老大不小的宝玉为什么一直可以是宝宝是巨婴，这都是人口顺差的后果。

这种感觉平日里还不觉得，只有到了团圆时分才格外明显。

这不，贾母说了："常日倒还不觉人少，今日看来，还是咱们的人也甚少，算不得甚么。想当年过的日子，到今夜男女三四十个，何等热闹。今日就这样，太少了。"

尽管府里月明灯彩香烟缭绕，尽管桌上月饼瓜果祭品丰盛，尽管地下拜毯平铺锦褥华丽，到处洋溢着过节的气氛；

尽管盥手上香，磕头拜祭，该做的仪式都一一做毕，该有的礼节都一一到位；

尽管大家也因贾母一句"赏月在山上最好"，众人集体不辞辛苦爬上凸碧山庄；

尽管"凡桌椅形式皆是圆的，特取团圆之意"；

但到底是冷清了。

该来的都来了，大家团团围坐，也"只坐了半壁，下面还有半壁馀空"，从前的桌子如今坐不满。于是，把另一边的女眷也叫过来，场面才勉强看得过眼。

那一刻，能感到家族成员们隐隐的不可言喻的压力和尴尬。

二

贾母提议击鼓传花，传到谁手里谁就讲个笑话。

237

两个儿子分别讲了个笑话，但他们的笑话都有毒。

老二贾政一向以道学著称，不苟言笑。桂花传到他手中时，大家互相挤眉弄眼，颇多期待。然而这个号称"大有祖父遗风"的人，却讲了个巨恶心的笑话：一个怕老婆的人舔老婆脚，舔吐了，解释说是月饼和黄酒吃多了反酸。这个笑话一点也不好笑，但大家却都笑了，对平日迂腐的小儿子今天的自我放飞，贾母一笑置之，还揶揄说，快把黄酒换烧酒，免得儿子回去受苦。

大概这种粗俗对贵族们来说也是一种新鲜的刺激。只是不知道，从此刻开始，低头看着桌上的月饼还有没有食欲呢？

贾政一个读书人，这等低级的笑话从哪种渠道得来呢？在他的圈层里，谁会给他讲这种粗鄙的故事呢？想来想去，只有赵姨娘，听那口风，甚像。

老大贾赦是个神人，一向任性，他讲的笑话很幽默，但在这种家族聚会的场合里讲非常不合适。他讲的是母亲病了，儿子找针灸婆子。针灸婆子说是心火重，针一下心就行了，但"不用针心，针肋条就好"，因为天下父母大多偏心。

这个讽刺母亲偏心的故事不低俗肤浅，又有包袱，大家听了都笑。只是另一个母亲的心，被刺痛了。

贾母过了半天才笑："我也得让这婆子来针一针就好了。"她敏感地觉到大儿子是在影射暗讽她。贾赦连忙解释，说他不是故意的，鬼才知道。老母亲表面上没有再计较，但分明是叫这个针心的故事扎心了。

　　母子三人之间关系的微妙呈现了出来。母亲疼儿子毋庸置疑，但还是有区别的：对老实的小儿子是宽容宠溺，对浑蛋的大儿子却委实有点"想说爱你不容易"，别忘了他们之间曾经大闹过一场，因儿子要纳母亲的贴身丫头做妾，把母亲气个半死。互相之间早就有了嫌隙，所以今夜对话才格外敏感。就像有过折痕的卷尺，不管是拉出还是回收，到折痕的地方总要卡一下，再难恢复光滑如初。哪怕是血亲，也不能例外。

三

　　接下来是年轻一辈写诗。

　　宝玉、贾兰和贾环不讲笑话，写诗。这一部分也颇有看头。

　　宝玉写得还凑合，贾兰写得比宝玉强，贾环写得比贾兰还要有新意，让贾政刮目相看。但主题出了问题，诗中隐隐透着不爱读书的意思。文笔再好，三观不正。

　　作为一个焦虑的父亲，贾政气儿不打一处来，挖苦他们俩是"二难"，难教导的意思。但贾赦却持不同意见，说贾环这样写很好，不失侯门气概，没有穷酸相。还拍着贾环的头说："就这么做

239

去，方是咱们的口气，将来这世袭的前程定跑不了你袭呢。"哈哈，这分明是满嘴跑火车挑事儿。

他自己就是袭官的受惠者，特别信奉不劳而获，有一种毫不顾忌别人感受的嘚瑟劲儿，也不管他弟弟才是个六品官儿。这大概也是贾母看不惯他，而对贾政宽厚的原因。

但让人不能理解的是，他为什么要这么鼓励贾环？世袭官职一般来说都是长子来袭，贾政三个儿子，本来该老大贾珠袭，但他早夭了；往下传也该次子宝玉，再怎么着也不该环三爷呀！除非宝玉也死了——这话简直是恶毒。

他很快就因为作妖遭了报应。提前离席出去接待门客们，一出门没走多远，就被石头绊倒崴了脚，脚面子肿得老高。估计宁荣二公祖先的魂魄们听见了他的昏话气不打一处来，小小惩罚一下，让他受点教训。

贾母听了，很急，连忙派邢夫人回去看，又派人去瞧——到底是当妈的。

但她还是没忍住，自嘲说：人家都骂我偏心了，我还瞎操心。

至亲之间的恩怨从来都是一笔糊涂账，算不清的，再气不过也还是放不下，只是每想起来总觉得意难平。

四

贾母带大家听笛子：如此好月，不可不闻笛。

陈与义有词曰："长沟流月去无声。杏花疏影里，吹笛到天明"，甚美。贾母是骨灰级女文青，当知道月色与笛声是标配。

一共听了两曲。第一曲洗心，天空地净，大家寂然静坐，听得一片澄明。都赞好。

第二曲伤心。竟然有了呜咽之声，凄凉悲怨。贾母带头落下泪来，年老之人对于音乐的理解感受自然更不同些，很难不联想到人生。大家又连忙劝说，又喝了一回酒。

但气氛再难回热了。节日都是这样，最易高开低走，所有的喜悦在通往喜悦的道路上就蒸发了。

这时候有人不断悄悄溜走，王夫人解释说：她们都熬不住了，毕竟已是四更天，即凌晨一两点了。

到最后，贾母跟前的孙女只有探春一人在坚守。迎春、惜春、黛玉、湘云都不见了。

贾母说：三丫头可怜见的。

这样的时刻才最考验耐心，当然，长辈们看到的是孝心。在某种程度上，孝心就是耐心。

就冲这一点，探春怎么能不得长辈们的欢心？

五

贾府人过中秋，尽管吃的月饼是内造的比别家的香甜，月亮是在山顶上看的比别家的显大，但在本质上和别家没有区别。记得小时候有部电影叫《过年》，故事讲的是东北老百姓人家过年，看上去济济一堂，其实都各怀心事和目的，相聚反而成了矛盾爆发的温床。

那些人生的不圆满，不会因为过节而被弥补，反而会愈发凸显；

那些表面一团和气而底下潜藏着的暗流涌动，不会因为过节而平复，近距离交流时反而需要倍加小心，避免踩雷。

那些人与人之间的裂隙，不会因为过节而被封糊，反而在刻意平和喜悦的气氛下，会更无所遁形。

抛开贫穷富贵，都一样。

《红楼梦》好看耐看，因为它在金粉华丽的贵族生活的底子上，描画着天下人共有的喜怒哀乐。我们在这里，一样能看到我们的七大姑八大姨，三婶二大爷们的影子，看别人家的故事，想自己家的事情，是一种很有趣的感觉。这就是经典的世情小说的魅力。

湘云黛玉联诗：做朋友，仅仅三观一致就行了吗？

一

看《红楼梦》中人，会发现他们动不动就要写诗（词）。但凡情绪有一点起伏就不能不写：相聚时写，分离时也写；白天高兴了写，晚上失眠了写；得到一样东西要写，失去它更要写……排遣自己情绪时要写，单为应景也要写，哪怕没灵感没情绪也得憋两句凑个数，不知道这算是助兴还是扫兴。

第七十五回，荣府过中秋。彼时贾政刚从外地做官回来，一大家子人开开心心在山上赏月。贾母特别会玩，让折一枝香喷喷的桂花来，大家玩击鼓传花，花停到谁手中，谁就得说一个笑话。

花停到宝玉手中时，他左右为难：若是讲得别人不笑，他爹

243

准要骂他没口才；讲得大家笑了，他爹肯定要说他别的不行，只会油嘴滑舌。

他干脆拒绝：这个我不擅长。

贾政说：既然这样，那你写首诗。

贾母崩溃了：说好的讲笑话，怎么又要作诗？还让不让人好好过节了？

但贾政坚持，宝玉只好写，贾政见写得还凑合，于是赏了他两把扇子。

贾兰一看坐不住了，有奖品怎么不早说？我也写！于是，写完也得了赏。

贾环也坐不住了：什么？还能这么玩？那我也写！当然，写完得到的是一顿骂。

好好的一档综艺节目，就这样被拗成了一场诗词写作大赛，端的无趣。

后来贾母将男的全轰走：你们去吧，我和姑娘们多乐一回。

哪知，姑娘们也一个个偷偷溜了。

王夫人圆场说姊妹们熬不住去睡了，其实也不全是，黛玉和湘云就不是，她俩写诗去了。

且听湘云如此说："倒是他们父子叔侄纵横起来。"哼，那我们也写。

看来她俩对写诗这件事，是真爱。

二

湘黛联诗这一段煞是好看，好看死了。

有些读"红楼"的朋友，见了书中写诗论诗的段落就要跳过，借用周汝昌先生的话，这叫："小道上捡芝麻，大道上洒香油。"因为诗是人写的，在写诗的过程中，处处是写诗之人真性情的流露。

这一次，是两个"学霸"之间的争锋。

首先要限韵，林黛玉提议数栏杆的直棍，数到头是第几根就限第几韵。结果数完是十三根，好，那就"十三元"，虽然此韵比较难。

林黛玉一上来就下战书："倒要试试咱们谁强谁弱。"

又说：可惜是口占，没有纸笔记下来。

湘云这样答："不妨，明儿再写。只怕这一点聪明还有。"她也自负着呢。

然后二人便开启了"一边联诗，一边互怼"的模式。

第一阶段，互怼的是写作技巧。

林黛玉出"几处狂飞盏"，湘云对"谁家不启轩"，然后自己出对"轻寒风剪剪"。

林黛玉如此说：对的比我的好。但是你下面出的这一句说的是"熟话"，俗套话。你该"加劲说了去才是"，意思是：既然对的不错，就应该乘胜追击，下一句在主题纵深上再进一步，怎么又折返到泛泛而谈之表面了？

面对这样的批评，湘云给出的理由是：十三元韵险，要铺陈些才对。"纵有好的，且留在后头。"她是从整体结构出发，要省着点，给后头留余地。

林黛玉不以为然地嘲讽："到后头没有好的，我看你羞不羞。"

第二阶段，互怼对方的文化内存。

黛玉对出"争饼嘲黄发"时，湘云说是"杜撰"，林黛玉一点面子都不给，直接鄙视她没文化："我说你不曾见过书呢。吃饼是旧典，唐书唐志你看了来再说。"

湘云对出"分瓜笑绿媛"，这下轮到黛玉说她杜撰了。湘云说：我懒得耽误工夫，明天咱们查出了对对看。

第三阶段，互怼对方的写作态度。

两人攻击对方最多的，一会儿是黛玉说湘云"塞责"，"下句又溜了"，一会儿是湘云说黛玉"下一句你也溜了"。都在批评对方偷懒讨巧。其实这也是没办法的事，两个人，一首诗，多少要迁就一点儿贴着写，顺着对方的声气，难免"塞责"和跟着惯性"溜"。

……

就这么谁也不服谁，一边对一边怼，竟然还联完了，末尾因为一只忽然惊起的仙鹤，还联出了"寒塘渡鹤影，冷月葬花魂"的佳句。

虽然你一言我一语，互不留情面，可是看这一段丝毫不觉得有火药味，只想大呼过瘾。因为在她们互怼的过程里，读者可以学到诗歌创作的一些门道心得，也更加了解她们的诗风：林黛玉灵气十足，求新求精，还不惜力，当然这也是才气够、艺高人胆大的原因；史湘云在细节上不求十分工整，但思维敏捷，屡有妙手偶得。

中间有一小节，史湘云抱怨总描述别人干吗，"不如说咱们"，给了一句"构思时倚槛"，林黛玉欣然同意："这可以入上你我了。"对一句"拟景或依门"，再出一句"酒尽情犹在"，史湘云听了，没头没脑来一句"是时候了"。

这句"是时候了"，是在创作上与黛玉的承转达成共识。从虚转实，黛玉有一句议论："这时候可知一步难似一步了。"而湘云，真的就被难住了，"幸而想出一个字来，几乎败了……"

有较量有合作，这有点像两个武林高手过招，金庸小说《雪山飞狐》胡一刀和苗人凤比武，可不也是这样互找破绽又互相兜底？

247

两个人互不相让又劲往一处使的样子，令人眼热。寻常人若有这样的朋友，哪怕一个，该多么得意，做梦都得笑醒。

三

早几年，她俩关系可不像现在，是会为一点小事翻脸闹别扭的。

好在岁月有情，成长让人变得宽容。多年磨合下来，虽性格迥异却三观一致，在一起总能碰撞出四射的思想火花，早已是无话不谈的密友。

但是能做密友，仅仅三观一致就行了吗？不可能的。

高质量的朋友，不光是要三观一致，还要水平比肩，这水平里，包括了才华、学识和认知。

才学不对等，容易有隔膜；认知不同步，容易生芥蒂。

水平相距略远，沟通就会吃力，变成鸡同鸭讲，你看第三十一回湘云同翠缕讲阴阳，费了老鼻子劲，但翠缕还是似懂非懂，湘云只好无奈笑笑表示放弃。

黛玉和湘云两个，背景和才学、写诗能力上都旗鼓相当。表面上看是互相攻击，其实是跳过形式，在进行严肃的写作探讨。

越专业，越直接。

但这种话术，在生活中极易被批评为"情商低"。

坦白讲，只有和认知跟不上的人讲话，才需要动用情商描补。其实哪有什么误解？大部分是有人把简单的事情复杂化，过度解读后跑偏了。和这类人交往心累，因为他们太爱给自己加戏，动不动就节外生枝。

所以，黛玉湘云这一段联诗之所以好看，并不在诗句本身写得有多出彩，也不在高速推进的遣词造句中她们仍然唇枪舌剑，看着好玩儿，而是透过现象看本质。这其实是两个同样优秀的女生，清明而直接地切磋精进，分歧、互怼都不会影响二人的情分。和明白人说明白话，这感觉简直棒呆。

"本来无一物，何处染尘埃？"

能量场共振频率一样，会避免不必要的内耗，默契满满节奏同步，不用成天猜猜猜，生命变得高效、节能却多彩。

看湘黛联诗，会得到这样的顿悟：嗯，人生这么短，还是要和水平相当的人一起玩儿。

疫病来临时，贾府少奶奶们怎么应对

一

先说何为疫病？古书上说了："天气方今又重以疫病，长幼相乱而死丧甚大多也。"这是在说其特点：传染率高，病死率高。

中医书上这样解释疫病病因：邪气伤害所致。"风、寒、暑、湿、燥、火"六邪气从口鼻而入，侵犯上焦肺卫，五内相克而为时疫。

算了，不抄书了，还是百度百科上解释得言简意赅：流行性急性传染病。并列入了三十五种病种，分出了甲乙丙级。

照这么说来，《红楼梦》第二十一回，凤姐家的巧姐出花儿应该属于哪一类呢？

大夫给巧姐诊完脉，却向患儿家属道喜："替夫人奶奶们道喜，姐儿发热是见喜了。""见喜"一说是古人对天花的一种隐晦说法，天花是一种烈性传染病，已经消灭，但如果分类的话应该是和霍乱同一级别，该属于"甲类传染病"，该病死亡率极高，哪有喜可言？

那是因为古时没有天花疫苗，一旦染上如同千军万马独木桥上闯关，能闯过去的会获得终生免疫力，方能谓之"大喜"。康熙皇帝幼年时，宫里皇子们传染天花，一时间皇嗣凋零，只有玄烨闯过生死关活了下来，这样说来可不就是大喜吗？

另有一说是水痘，因为水痘也叫"喜"。贾赦看上贾母的贴身丫头鸳鸯，想纳为小妾时，遣她嫂子去做说客。她嫂子一见鸳鸯就说："快来，我细细的告诉你，可是天大的喜事。"鸳鸯这样答："什么'喜事'！状元痘儿灌的浆儿——又满是'喜事'。"状元痘儿即水痘。

天花、水痘，都是皮肤长痘疹的呼吸道传染病，但严重程度却不一样，后者轻得多。照病程来看，天花病程是十到十二天结束，水痘则可以延长到十四天。而巧姐后来痊愈，不多不少，正好用了十二天："毒尽癍回，十二日后送了娘娘。"又有多姑娘对贾琏说的"你家女儿出花儿"之类的话，巧姐应该是得天花的可能性较大。

这样就能理解为什么当太医道喜时，王夫人凤姐忙问："可好不好"的紧张程度了。

太医告诉她"病虽险，却顺"，让她准备了专门发痘的桑虫，和有助于修复皮肤破损的猪尾。

凤姐按照习俗进行了一系列封建迷信活动：打扫房屋卫生供奉痘疹娘娘，忌煎炒，与贾琏分房睡，用可以辟邪的大红色布料给奶子丫头们裁剪新衣。这在客观上也起到了一定辅助治疗及护理作用：打扫卫生可以清洁环境；忌煎炒是提倡饮食清淡；分房睡是密切接触者与健康人群隔离开来，防止病毒扩散；至于红色新衣，那不是贴身护理人员们的隔离衣吗？

凤姐还当机立断，把两个医生"扣"下来，让他们轮班值守，整整十二天不放回家。这相当于让巧姐住进了 ICU 特护病房，并聘请了专家组医生二十四小时全程监护啊！

里面忙着，她在外面也没消停，领着平儿日日供奉痘疹娘娘。用信仰的力量来加持，不放弃不抛弃，增强抗击病魔的信心。

能做的她都做了，事实证明这一系列做法行之有效，十二天后巧姐顺利痊愈，这和凤姐英明果断的指挥是绝对分不开的。

与疫病的战斗就是一场与时间的战争，谁有预见性，谁能跑在前面，谁能主动出击制止事态发展，谁就能赢。

换个黏糊点的人，一观望犹豫，就容易行动滞后，一旦病魔占了先机，后果难料。如果把凤姐换成了迎春，巧姐小命休矣！

二

前有巧姐出花儿，后有晴雯得重感冒。这回出面料理的是另一个少奶奶李纨，她对疫病也有着非常高的警惕性。

当她听汇报，说晴雯受凉了请医生来看，便让老嬷嬷如此回话："吃两剂药好了便罢，若不好时，还是出去为是。"意即要将晴雯隔离出去。

理由是："如今时气不好，恐沾带了别人事小，姑娘们的身子要紧的。""时气不好"，意即是传染病的高发期，担心晴雯得的是传染病，传染给小姐们。

这话说得并不为过，李纨肩上担着照顾小姑子们的担子，这是从大局出发，有防范意识。

可惜晴雯没有那么高的觉悟，立即大喊："我那里就害瘟病了，只怕过了人！我离了这里，看你们这一辈子都别头疼脑热的。"平日读这些话只觉得晴雯脾气爆而已，但换个角度看，便觉得她实在是不懂事。

你怎么知道自己得的一定不是瘟病呢？总要替别人考虑才是。

宝玉是个特别理解人的人，他明白各人有各人的立场，于是这样劝晴雯："别生气，这原是他的责任。唯恐太太知道了说他，不过白说一句。"

读到这里，觉得这些大户人家的奶奶太太们也不容易，不是想象中养尊处优、饭来张口衣来伸手就行了，家里事情千头万绪样样都要操心到。防止疫病扩散，保证家人身体健康竟然也是本职工作一桩，做不到位竟然是要被"顶头上司"——婆婆追责的。

"劳心者治人，劳力者治于人"，分工不同，都是为人民服务。

再回头说到凤姐，就在这一回回末，凤姐向贾母提议给大观园里增设小厨房，因为天又短又冷，一日三餐就不用往府里跑了。贾母早已有此意，但是不想再给凤姐添麻烦，因为她事情已经够多了。凤姐说了，不怕麻烦，关键是"小姑娘们冷风朔气的，别人还可，第一林妹妹如何禁得住？就连宝兄弟也禁不住，何况众位姑娘。"贾母连声称赞，说凤姐想得周到。

当宝玉黛玉们在大观园里吟诗作赋、开宴饮酒，恣意挥洒青春的时候，可曾想到两个嫂子为他们的健康默默付出承担了多少？

哪有什么岁月静好，不过是有人替你思虑周全。

三

得了疫病，活人要隔离。那如果对待得时疫之人的遗体呢？

贾府的做法貌似很无情：烧化。

但是很科学。

尤二姐、晴雯死后，贾府是按疫病处理的。

尤二姐自杀后，贾母得到的信息是"死于痨病"。于是这样指示："谁家痨病死的孩子不烧了一撒，也认真的开丧破土起来。"是贾琏后来悄悄地把她埋到了尤三姐坟旁，让她们姊妹做个伴。

晴雯就没有那么好的运气了，死后很快就被烧化了。

"女儿痨死的，断不可留！"

当然她们冤枉，那是另一个话题。就事论事，只按疫病病人遗体处理方法谈，这么做没毛病，可以最大程度地杜绝传染源，防止疫情扩散。

今日重温《红楼梦》，才发现贾府中人对付疫病的方法完全符合流行病学原理。过来过去无非就是做好这几条：消灭传染源；做好隔离，切断传播途径；保护易感人群。

万变不离其宗，重要的是抓好落实。

读"红楼"不要白读。面对眼下正在流行的新型冠状病毒肺炎，只要我们按照上面这几条做好防护，记得勤消毒勤洗手，出门戴好口罩，人多的地方不要去，老人、小孩，体弱、免疫力差者尤其要做好保护。

且忍耐几个月，挺到春暖花开时气候变好，有多少好日子不够咱们玩耍的？

站在《红楼梦》的屋檐下看雪

一

晨起有雪，骑车出门，听得路人说：你看这雪花多大，一坨一坨的！我笑，心说：人家《红楼梦》里，管这样式儿的下法叫"搓绵扯絮"。

忽感到身子一颠儿一颠儿的，下来一看，车子后轮漏气了。垂头丧气地把车往回推，进小区有一段逆行，对面来的车喇叭按个不停，一番腾挪躲闪才把车放回去。出来要了个"滴滴"快车，奈何路上拥堵，怎么都到不了，冷哇哇地又等了十来分钟。

不禁又想到人家宝玉："出了院门，四顾一望，并无二色，远远的是青松翠竹，自己却如装在玻璃盒内一般。于是走至山坡之下，顺着山脚刚转过去，已闻得一股寒香拂鼻。回头一看，恰是妙玉门前栊翠庵中有十数株红梅如胭脂一般，映着雪色，分外显得精神，好不有趣！宝玉便立住，细细的赏玩一回方走。"同是雪后出门，咋区别就这么大呢？

这么想纯粹是自找不痛快吧？真是没个可比的了。

微信里有人给我晒自家小院子，雪洗后的竹子青翠可爱，我说你院子上该挂个牌子：潇湘馆。对方接不上，默默发给我一个尴尬微笑脸，我瞬间觉得自己是个神经病。

与此同时，上海的同学也发来一张图，一朵桃红色的月季开得娇艳妖娆，她说上海今年暖冬，院子里的花又开了。

我便无厘头地又想起"红楼"里的海棠花妖。探春说了："不时而发，必是妖孽。"本想借机开个玩笑，转念一想，这个梗人家必定不懂，换不来会心一笑，反显得嘴贱，算了。

中午下了班步行回家，路过一个烤肉店，想想人家大观园里的人们都在芦雪庵烤鹿肉吃呢，我这饥肠辘辘的，一路上找修车补胎的。好丧。

读"红楼"的讨人厌之处，是不管说什么看什么听什么都要忍不住联想到《红楼梦》。

二

我平时总告诫自己，千万别和人谈"红楼"，除非有人请你开讲座。说浅了没劲，说深了双方都累。何必招人嫌？更重要的是没有授课费。

昨晚和一个好友聊天，不知怎么说到了人类永恒的主题。她说结婚和恋爱是两回事，嗯，这个我不反对。但她举的是宝玉和黛玉的例子："他俩结了婚一定不会幸福！"言之凿凿，论据充分，语气铿锵。

什么？

她要是说"不一定会幸福"就罢了，但她说的是"一定不会幸福"。我看看表，零点了，便说："你说得不对，不早了洗洗睡。"她听出了我的不屑，不依不饶地叫我说服她。

问题是，我一个读原著的跟你一个看过同名电视剧的，从何讲起呢？如果实话实说，又该遭抢白了："谁说我没读过原著？"但是，读跟读真的是不一样的，亲爱的。翻过一遍两遍，跟吸毒似的沉浸其中，感受之幽微肯定不可相提并论。

你所谓的"林黛玉小心眼子爱吃醋"在第三十二回往前，"诉肺腑心迷活宝玉"那里是个界限，你自己去翻。

至于"宝玉太花心，不可能从一而终"，我只能说请你去看第三十六回"识分定情悟梨香院"。

晚安。

三

如果和读"红楼"的人们在一起就不一样了。

和一个"红"友吃饭，对方还是个男士，谈及同样的话题，他笃信宝玉和黛玉真成了亲，一定会幸福："因为他俩的爱情很成熟。"

何以见得？

他说："没注意吗？当宝玉每次在黛玉面前发毒誓时，黛玉会马上制止，唯恐他受到半点儿伤害。她对他是真的好。"

席间还谈及共同认识的另一个朋友，其性情为人我不了解，他只一言以蔽之："她像平儿。"于是便都明白了。我问："我咧？"答："还是比较像黛玉。"我说："别啦您哪，我还想多活几年呢！"答："怕什么？人参燕窝如今咱们都吃得起了！"

有一年也是下雪天，群里有人说："下雪了，一起烤鹿肉吧！"于是群情振奋，好像真聚到了芦雪庵下面铁丝架子前似的，看到了滋滋冒油的真鹿肉，闻到了焦煳的香气。

东北的"红迷"说："今冬料是无他事，荷得冰锄葬雪花"，马上就有个煞风景的跳出来："你那里都冻成冰坨子了，刨得动吗？"于是大家哈哈哈，全是些"精致的淘气"。又有人历数林黛玉的不好，马上有人接："焦大也说他不喜欢林妹妹。"

······

随便抛个梗就接住了，且无缝对接，"红"迷们有自己的通关密语，跟"哈利波特"迷、"复联"迷等各种迷一样样的。在"红楼"这个大平台下，是一群孤单者的狂欢。

四

常年读"红楼"的人，连语言习惯和行事方式都会改变。

我发现很多熟读"红楼"的人，都会不自觉地用"红楼"中人的口气说话、交谈，"难不成""保不齐""前儿、今儿、明儿、后儿"这样的词儿张口就来。语气更是软软糯糯，硬不起来，只要一张嘴，准保露馅儿，很容易在人群里被离析出来。在这真刀实枪硬碰硬的世间，会成为一个骨骼清奇的柔软异类。

去年我在"上戏"念书，说话经常被同班同学笑，后来才发现是被"红楼腔"害的。就连写剧本，写一个小孩子不吃饭妈妈生了气，不是说"饿死你"，而是"清清净净饿两顿就好了"。分明是让给巧姐看病的太医附了体。

语气的背后，其实是思维模式的重塑。

说事情会变得不急不缓，有条理，看过凤姐、探春、平儿们理家，读过小红汇报工作时的那一段五门子"奶奶论"的人，还有什么能难得倒我们？遇到不大能说到一起的，也懒得争辩，不是如湘云对翠缕那样，说声"你说的很是"停止谈论；便是像探春对赵姨娘，心里默念一句"不过是那阴微鄙贱的见识"就走开；再不济，干脆一个转身找能说到一块的人玩，就像宝玉对黛玉的那句"凭他怎么后手不接，也短不了咱们两个人的"，不接茬，到厅上找宝钗去。

让我们长时间费唇舌跟人争辩，不大可能的，因为通过读"红楼"，我们早早看清了一个真相：识见和认知的差异是人与人之间最大的鸿沟，三言两语间很难逾越，更别提填平。

从一本结构复杂、人物关系繁杂的伟大名著中，所得到的阅读训练，可以让人早早摆脱线性思维，当遇到非此即彼的人，只好默默给一个背影，叫他们糊涂一辈子算了。

五

更多的，是对人性人心的体察与悲悯。

曹雪芹最厉害之处，是他除了有名有姓地写出了几百个形色各异的人，更明里暗里转着圈写出了每一个人的不易，在这本书里，最不堪的人也有自己的辛酸不得已。当我们从书中的世界抬起头，再看书外诸人诸事，诚觉得没什么稀奇："这不就是那《红楼梦》里的谁谁谁吗？"对于可爱之人，会有一见如故的喜悦与珍惜，而对可厌之人，往往看到其可悲与可怜，内心便会少些死磕与敌意。

我曾目睹过一件事，印象深刻。"红"友群里的A得了很难治的病，另有B在群里发了几百块钱的红包给她，她还没来得及收，就被C给"截和"了。发的人不急，@了一下C，软语温言说她抢错了；该领的人也不急，说没事，可能C没看清；围观的人也不急，只说一定是自动设置了抢红包功能。要知道，这群里一共有几百个人呢，要换到其他群里，误领者不得被喷成筛子才怪。B于是又私发了一个给A。半天过去，误领者C上线了，说自己当时没看清，不好意思再退回，病友A领完又退给了B，说自己不能拿人双份捐赠。皆大欢喜。

这种氛围，在别处很难想象，除非亲眼看到，才会相信真的

262

有一群人，能同时修炼到这种涵养境界。

常读"红楼"的人，身上都少有戾气。

六

我们常常被人劝："别读'红楼'读傻了。"其实，我宁可他们把那个"傻"字换成"痴"。一入"红楼"梦不醒，傻与痴的区别，就在于自知与否，"傻"是稀里糊涂，"痴"是自得其乐。再说，真的会读傻吗？据我所见，真正读"红楼"读得透的人没几个铁憨憨，那份对人情世故的见微知著和体贴人性，像极了壳牌润滑油，让他们能在拥堵复杂的人际关系中穿行自如。

他们疏离又温暖，犀利也厚道，笨拙亦通透。他们面上的拘谨是真的，但心里的门儿清也是真的。有些事儿他们说不懂，是真的不懂，也是真的不想懂，等他们想懂，自然马上就懂了。

有个朋友是佛门中人，他说我近几年越来越平和温润，没有躁气。我问是长大的关系吗？他说不是，年纪和心态不是绝对的关系。我知道，大概因为我常年读经的缘故，性情得到滋养，这部经的名字就叫《红楼梦》。

七

其实，也不是事事都好。

用《红楼梦》里的眼光去处世，现实世界却常常是老谋深算的《三国》，打家劫舍的《水浒》，妖魔鬼怪出没的《西游》，或者还有处处宫斗的《甄嬛传》和冷酷算计的《金瓶梅》。迎面碰上时，会有一刹那的愕然。

后来慢慢悟出，"红楼"里的世界应有尽有，包含了人间一切况味，我们应该让它为我们所用，而不是被它所误。"红楼"与现实的关系，就像屠龙刀和倚天剑，内部都藏着珍贵的江湖秘笈，只有两者互砍，才能得到它们。用与不用，全看自己。

读《红楼梦》，原该是给我们的精神世界新筑起一间屋子，让灵魂有所依托归附，并不是从此关上所有的门，躲进小楼成一统，管他春夏与秋冬。该走的路一步都不会少，也不应该少。就这样吧，在《红楼梦》的屋檐下看雪，也看花，看风，看月，看雨，看雾，看山，看水，看你看我看他，看这苍茫世事，和辽阔人间。

这两个"红楼"经典场景，
所有影视剧就没有全拍对过

一

"那些女孩子们，或用花瓣柳枝编成轿马的，或用绫锦纱罗叠成干旄旌幢的，都用彩线系了。每一颗树上，每一枝花上，都系了这些物事。满园里绣带飘飘，花枝招展，更兼这些人打扮得桃羞柳让，燕妒莺惭，一时也道不尽。"

这是《红楼梦》里第二十七回里过芒种节的情景。

回目叫"滴翠亭杨妃戏彩蝶，埋香冢飞燕泣残红"，"红楼"最美的两个片段，宝钗扑蝶和黛玉葬花都出在这一回，是读者心中最经典的画面，也是历来"红楼"影视剧里最要大书特书的两场戏。

但遗憾的是，几乎没有一部影视剧全拍对过，包括最经典的八七版。

二

先看宝钗扑蝶。

原著里写得很清楚，"忽见前面一双玉色蝴蝶，大如团扇，一上一下迎风翩跹，十分有趣。宝钗意欲扑了来玩耍，遂向袖中取出扇子来，向草地下来扑。"

这扇子应该是折扇，因为团扇那么大，怎么往袖子里藏呢？宝钗又不是铁扇公主。

但是，八七版张莉饰演的宝钗拿的却是团扇。

除了和原著不符，里面还有个问题，明清以后用折扇居多，中国戏曲里，拿折扇的一般是公子小姐，拿团扇的是丫鬟。

看一下昆曲版的《游园惊梦》，折扇团扇之分一目了然。

宝钗这个扇子误导了很多后来人，小戏骨《红楼梦》也紧随其后犯了错。

也偶有拿对的，比如电影《红楼梦》傅艺伟版宝钗，表扬一下，但请忽略大开大合的销魂姿势，气质太不"宝钗"了，没有稳重端庄的大家闺秀样儿，倒像出来撒欢儿的丫鬟。服、道、化的锅，服装颜色款式不像闺秀像侠女，尤其腰里那根绳子辣眼睛。

所以，除了对，美也是至关重要的啊！

三

最悲催的是黛玉葬花，还没见过拍对的。

一提起黛玉葬花，大家脑子里想当然先入为主地以为黛玉葬花，葬的是桃花，背景里想当然是，一树一树桃花灿然。这都是拜八七版"红楼"所赐。

如果你这样想，就又错了。二十三回是三月中旬，那一回葬桃花没错，但二十七回念《葬花吟》那次，再葬桃花显然不可能啊！芒种节桃花早败了。原著里写得很清楚，是"凤仙石榴等各色落花，锦重重的落了一地"，黛玉葬的是凤仙、石榴等夏日花卉。

这大概是受了戏曲的影响吧，越剧王文娟版的葬花，后面明显是桃花。紧随其后的是当代越剧，何英版葬花，也是桃花。闽剧版黛玉葬花，也错了。

为什么一窝蜂地葬桃花？大概是黛玉写过《桃花行》？还是因为桃花好拍？

电影陶慧敏版黛玉也是错的，更像是梅花。闵春晓版黛玉，不用说也是有样学样。

原著里葬花，是把花放在锦囊里埋的，以示对花的珍重。然而，新版电视剧"红楼葬花"，印象里有一回他们是"裸葬"，直接刨个坑就埋了。

葬的什么已不重要了，只说观感，像不像"村庄儿女各当家"，一个刨坑，一个撒种。

团灭，没有对的。气死我了。

感觉雪芹的棺材板快压不住了，自己会跳出来托梦对导演们说：老夫让宝钗拿的不是团扇，是折扇；黛玉葬的花不是桃花，是石榴花！

事若求全何所乐

宝钗：所谓涵养，就是独自吞下那些难言的尴尬

一

《红楼梦》第三十二回，宝玉因为湘云劝他要多与官场中人来往而不高兴，一向好脾气的"爱哥哥"直接下了逐客令："姑娘请别的姊妹屋里坐坐，我这里仔细污了你知经济学问的。" 宝玉就是这样，只要一听到有人劝他从俗上进，甭管对方是谁，哪怕是从小一块儿长大的青梅竹马，前一秒还"云妹妹"长"云妹妹"短，后一秒照样翻脸比翻牌子还快，可讲原则了。

慌得袭人上来打圆场，又牵出一件旧事："云姑娘快别说这话。上回也是宝姑娘也说过一回，他也不管人脸上过的去过不去，他就咳了一声，拿起脚来就走了。"

话没说完人家就走了，宝钗当时的反应是什么样呢？"登时羞的脸通红，说又不是，不说又不是。"

袭人庆幸道："幸而是宝姑娘，那要是林姑娘，不知又闹到怎么样，哭的怎么样呢。"

宝姑娘没有哭也没有闹，自己讪了一会子就走了。袭人心里很过意不去，以为她恼了，"谁知过后还是照旧一样"。

袭人便夸宝钗："真真有涵养，心地宽大。"

正应了那句话："心胸，是靠委屈撑大的。"

二

宝玉给宝钗难堪，可不止这一回了。

第二十八回，黛玉正跟宝玉闹别扭，宝玉想给黛玉说好话，又碍着有宝钗。他，竟然直接撵人，对宝钗的方式不能再简单粗暴："老太太要抹骨牌，正没人呢，你抹骨牌去罢。"

宝钗听了，应该是愕然的吧？但她也只笑笑，话里有话地说："我是为抹骨牌才来了？"说着便走了。作为读者，想象一下她离去的背影，真是一种不忍直视的尴尬。

她心中未必没有愠怒，但能怎么样呢？让她也跟宝玉哭闹一场吗？事后也不理他吗？

不，她做不出，她只能装作不在意，过后该咋还得咋，不给别人留下"小心眼爱计较"的印象，毕竟现在是客居身份，住的是亲戚家，不能失了大家闺秀的身份体面。

这个姑娘，外在的有涵养，分明是骨子里另一种形式上的自尊要强。

有一种自尊是不断强调自尊，还有一种自尊，是明明受伤，却笑吟吟地装不疼，绝不将恼羞成怒的失态示于人前。

三

那一次，凤姐打趣林黛玉："你既吃了我们家的茶，怎么还不给我家作媳妇？"众人哄笑声中，林黛玉红了脸，啐了凤姐一口。凤姐乘胜追击："你给我们家作了媳妇，少什么？"指着宝玉道："你瞧瞧，人物儿、门第配不上，根基配不上，家私配不上？那一点还玷辱了谁呢？"

这样的口无遮拦让林黛玉大窘，她的反应是抬身就走。

就在这当口，宝钗拉住了黛玉，说：颦儿别急眼呀，快回来坐着，"走了倒没意思"。

这就是宝钗处理事情的态度：从圆从缓，顾全大家的脸面。

她的"没意思"在此处可以理解为尴尬，设若黛玉一摔帘子

273

走了，凤姐尴尬，宝玉尴尬，在场的大家都尴尬，黛玉日后与凤姐再见面，是不是更尴尬？

克制自己的情绪，让周围人都不感到尴尬，就是袭人嘴里"涵养"的正解吧？

四

说起"没意思"，宝钗自己就有一件大大的"没意思"的事儿。

那便是端午节元妃赐礼：她和宝玉一样，其他姊妹从后，只有扇子和香珠儿，少了凤尾罗和芙蓉簟。

之前她母亲已经透露给贾府人等，她的金锁是个和尚给的，"等日后有玉的方可结为婚姻"。这摆明是要上赶着将她许给宝玉，也不管宝钗尴尬不尴尬。为避嫌，宝钗只好有意疏远宝玉。

而现在，元春所赐的东西，分明是坐实了要完成姨妈的心愿：将弟弟和表妹撮合在一起。而贾府里谁不知道宝玉喜欢的是黛玉呢？这样的 "拉郎配"，实在是令宝钗"没意思"死了。

然而这事儿偏偏又没法解释，这正是最尴尬之所在。

尴尬的事一桩还接着一桩地叠加。

后来因为宝玉挨打，连她亲哥哥薛蟠都说：我早知道你的心了，你这金要拣有玉的才能婚配，你见宝玉有那玩意儿，所以你

274

现在就老护着他。直接把宝钗噎得哭了一整夜。

第二天一早肿着眼睛出来，好死不死正碰见小嘴儿刻薄的林黛玉，一上来就冲着她的脊梁骨道："姐姐也自保重些儿。就是哭出两缸眼泪来，也医不好棒疮！"句句如刺，刺刺扎耳。

换个人恐怕会被气疯的：这都怎么了？一个个排着队的来恶心我是吗？

若穿越到今天，换个脾气暴点的，会直接指着对方鼻子说：你再给我咧咧一句？

然而，我们的宝钗并没停下脚步反唇相讥，她连头都没回，一直朝前走去。

很多时候，所谓涵养，就是忍常人不能忍，受常人不能受，独自吞下难言的尴尬，默默研碎消化，还世界一个风平浪静，波澜不兴。

五

张爱玲曾经说宝钗，认为她太过懂事，以致不会太幸福。

可是她自己又何尝不是这样？才华俯视众生，生活中却极有涵养，只有人伤她没有她伤人的。也许恰因没有宣泄途径，才将心中的毒素诉诸笔端，文字一派尖巧刻薄。

当年被胡兰成一再辜负，面对后者接二连三的风流韵事，张爱玲没有过一哭二闹三上吊的激烈反应，默默照单全收。结果是惯得这男人误以为她是韦小宝家的双儿，竟然恬不知耻地说出了这样的话："对爱玲，我是无言可表，但亦不觉得怎样抱歉。"理由是"因为待爱玲，如我自己，宁可克己，倒要多照顾小周与秀美。"

心冷心死之后，张爱玲与胡分得决绝：你不要来找我，也别写信，写了我也不看。因为念及对方在避难中，又主动付给一大笔"分手费"，此生再无瓜葛。哪怕她后来被胡兰成在《今生今世》里胡乱描画，亦自始至终不出恶言。收到胡来撩她的信，回信说：如果使你误会，我真的觉得抱歉。

她始终保持了一个读书人应有的涵养。

这样的涵养，令人敬仰，也令人心疼。她太珍惜姿态，反被渣人抓住软肋得寸进尺，视伤害她为理所应当。

有涵养自然好，君子有容人之量，修炼到行事安泰平和的境界，当然值得赞赏。但如果真的忍够了不想再忍，从某个角度讲，较真是好的，翻脸是好的，爆发也是好的，因为一个活生生的人，不可能一直含着一口即将喷涌的鲜血，永远若无其事地嘴角上扬保持微笑。

所以，《红楼梦》里，伟大的曹公也给了有涵养的宝钗一次狠狠发火的机会，那火发得层层递进，节节攀高又酣畅淋漓，看得人十分过瘾。

六

那一次，是薛蟠生日请客看戏，宝玉因和黛玉闹了别扭心情不好，借病推辞了。遇到宝钗后又心虚，此地无银三百两地说："大哥哥不知我病，倒像我懒，推故不去的。倘或明儿恼了，姐姐替我分辨分辨。"

宝钗心里明镜儿似的，也不点破，漫不经心敷衍道：自己兄弟，若真计较倒见外了。

宝玉得了便宜还卖乖："姐姐知道体谅我就好了。"

又问：你怎么不去看戏呢？

宝钗意味深长地如此答：我怕热，看了两出。不想参加了，就推脱说自己身上不舒服，溜这儿来了。

还是没忍住，借说自己暗暗戳破对方谎言，弄得宝玉"脸上没意思"，只好又没话找话搭讪："怪不得他们拿姐姐比杨妃，原来也体丰怯热。"这下捅了马蜂窝，拍马屁拍到了马蹄子上，宝钗勃然大怒。

大怒的原因不外以下几点：

277

一、你敢说我胖?

二、杨贵妃在历史上名声不大好,你却拿我作比;

三、当时可能正值入宫落选,心里很不自在,现在拿贵妃作比,岂不是嘲笑?

宝钗冷笑两声:"我倒像杨妃,只是没一个好哥哥好兄弟可以作得杨国忠的!"换言之就是:你也不拿镜子瞅瞅自己,敢笑话我?

这时候恰逢小丫头靓儿找扇子,以为宝钗藏了她的,就撒娇讨要。一向和颜悦色的宝姑娘忽然发难,指桑骂槐:"你要仔细!我和你顽过,你再疑我。和你素日嘻皮笑脸的那些姑娘们跟前,你该问他们去。"

靓儿跑了,宝玉见状躲了,黛玉却来了。她本就想助攻宝玉奚落宝钗,见他们都不是对手,索性自己上阵:"宝姐姐,你听了两出什么戏?"

她巴不得宝钗说"我看的是《南柯梦》呢!"

宝钗一见她的表情,便知道了来者不善,款款笑道:"我看的是李逵骂了宋江,后来又赔不是。"

宝玉趁势说:姐姐你又错了,通今博古的人怎么不知道这叫《负荆请罪》。

宝钗打蛇随棍上,没给对方一点喘息的机会:原来这叫《负荆请罪》,你们通今博古,才知道"负荆请罪",我不知道什么是

"负荆请罪"——直接点破了宝黛二人那点闹闹腾腾的小儿女纠葛，将他们说得脸红脖子粗。连凤姐都看出了不对，连忙缓和气氛：你们谁吃生姜了，怎么这么辣？

宝钗还要说话，见宝玉十分尴尬惭愧，便一笑收住，"做人留一线，日后好相见"吧！

毕竟，宝姑娘还是那个有涵养的宝姑娘呀！

七

事后，连林黛玉都不得不甘拜下风，她对宝玉说："你也试着比我利害的人了。"

长点记性吧，有涵养可不代表永远不会生气翻脸。

在生活里，总有那么一类人，低眉浅笑，行事礼让，习惯了处处替别人着想，便让人误以为他们行走江湖全靠八面玲珑地讨巧。

于是总有人看不惯他们，急着上前撕破人家的"假面具"。直到被他们用剑尖凉凉地抵住喉咙，才知道真正的高手不会时时与人亮剑，但一旦出手，必定一剑封喉。

因为他们深谙人性，既然懂得怎样让人舒服，也必然懂得怎样让人难受，只是不为而已。

涵养这东西，原既可以做行走的拐杖，也可以是藏锋的剑鞘。

莺儿：被疼爱的人，才有资格天真

一

"我听这两句话，倒像和姑娘的项圈上的两句话是一对儿。"莺儿一句话，石破天惊，道破了一个半遮半掩的秘密。

因为这一句，贾宝玉前一刻刚摘下了玉，后一刻便缠着薛宝钗亮出了锁。放一起一比对，一个上刻"莫失莫忘，仙寿恒昌"，另一个则刻"不离不弃，芳龄永继"。

果然，"这八个字倒真的与我的是一对。"

张爱玲说："生命有它的图案，我们唯有临摹。"命运看似起伏，却原来早有定数。

哪怕下一刻林黛玉摇摇地走进来，左一声"嗳哟，我来的不巧了"，右一声"早知他来，我就不来了"。

哪怕三人之间那种无可回避的微妙紧张感从字里行间迸溅出来，作为旁观者的读者也明白，宝黛之恋不过是水月镜花过眼烟云，不会有结果了。

而此刻，黛玉的每一句调笑，仿佛都是在为自己的命运提前做总结，看得人不禁隐隐心痛。

这一回的回目叫"比通灵金莺微露意"，作者要为八十回后埋下伏笔，需要一个人做剧透，莺儿便是最合适不过的人选。

莺儿原名黄金莺，是宝钗的贴身丫鬟，宝钗嫌念起来拗口，改叫了黄莺儿。这名字很容易叫人联想起那句闺怨诗："打起黄莺儿，莫教枝上啼。"

好玩的是，宝钗与莺儿的关系与之也颇相似：常常是莺儿口无遮拦，宝钗急忙出面制止，甚至把她轰走。

比如就在这一回，本来薛宝钗只想看宝玉的玉，并不想上赶着亮出自己的金锁，为怕泄露还支开莺儿去倒茶，但她就是杵在那儿不走，笑嘻嘻一副要搞事情的模样。

除了说出吉谶，又进一步介绍金锁的来历与讲究："是个癞头和尚送的，他说必须錾在金器上……"宝钗不得不再次截断话头，撵她去倒茶。

如果宝钗不拦着，莺儿准会说出剩下的那半句："遇到有玉的方能婚配。" 这可叫矜持的宝钗情何以堪呢?

黛玉的丫鬟紫鹃,也乐于在背后给黛玉出谋划策,吹枕边风叫她"趁早儿老太太还明白硬朗的时节,作定了大事要紧"。

逼急了还亲自下场"情辞试忙玉",说黛玉要回苏州老家去,急得宝玉发了疯。

大家都是各为其主。但紫鹃被称为"慧紫鹃",而莺儿呢?却被形容为"娇憨"。

除了活泼可爱,外人一时半会儿很难辨清这小姑娘是什么心思,做事常令人哭笑不得,完全和老成的宝钗不是一个画风。

二

第二十回,莺儿与贾环玩掷骰子,贾环掷的是个幺,硬要说是六,莺儿寸步不让:"分明是个幺!"宝钗明知贾环耍赖,还是选择了让莺儿受委屈:"难道爷们还赖你?还不放下钱来呢!"

莺儿不情不愿地认了,但嘴巴却还在"战斗":"一个作爷的,还赖我们这几个钱,连我也不放在眼里。前儿我和宝二爷玩,他输了那些,也没着急。下剩的钱,还是几个小丫头子们一抢,他一笑就罢了。"

"一梭子"又"一梭子"连着扫,成功地把贾环说哭:"我拿什么比宝玉呢。你们怕他，都和他好，都欺负我不是太太养的。"宝钗一边哄贾环，一边骂莺儿，好不热闹。一个大家闺秀，倒弄得像个拉架的老母亲，急出一脑门子汗。

紫鹃天天为黛玉的终身大事发愁，掏心掏肺一愁愁了好多年；莺儿呢，不但帮宝钗分不了忧，宝钗还得时时替她的嘴把着门。

都是当丫鬟的，差别咋就这么大呢？

当然莺儿的优点也很突出，她天生手巧，尤擅长打络子、编花篮。

打起络子来，颜色搭配说得头头是道：大红配石青，松花配桃红，葱黄配柳绿……至于样式，一炷香、朝天凳、象牙块、方胜、连环、梅花、柳叶……

她说了：若是每样花样打几个，十年都打不完。

宝钗派她去林黛玉处取蔷薇硝，她经过柳叶渚，见柳枝鲜嫩，便折了些编东西，说"什么编不得？顽的使的都可"。

她边走边编，潇湘馆走到了，一个盛装各色鲜花的翠叶玲珑提篮也成了，她把这个别致有趣的礼物送给了黛玉。

李安说：天赋就是指做某一件事情很容易上手。莺儿的娘在大观园里出了名的会侍弄花草，莺儿遗传了她娘亲的基因，在手作上的确天赋过人。

搁今天，她可以做个手作设计师，或者继承家族衣钵，做个园艺师，开个小花店，再或者，在抖音上直播编花篮全过程，说不定还能一跃成为网红呢。

她手不闲，嘴也不消停。

打络子时，私下在宝玉面前如此夸耀自家主子："我家姑娘，还有几样世人不知道的好处呢，模样还是其次。"

勾起了宝玉的八卦心，让她细细说与他听。幸亏宝钗正好从外面进来，她没敢再说，否则真不知道她会抖出什么宝钗不为人知的隐私来。

编花篮那次，回来的路上因为折的柳枝花朵太多，园里管花草的婆子看到，心疼坏了。

但莺儿却振振有词，理由是她们屋里平常不让送鲜花，这会子折点也正好抵得过——这很明显是小孩子家家的逻辑。

她不明白一个道理：送你的你不要是一回事，你自己不经许可去拿则是另一回事。难得她还有心情开玩笑挑事，结果婆子们碍着宝钗不能拿她怎么样，连累春燕挨了打骂。

她把柳枝啊花朵啊全抛在河里，气鼓鼓回去了。宝玉听说了，怕得罪了亲戚，命婆子们来给莺儿道歉，特别嘱咐别当着宝钗的面，免得让她知道了，莺儿又得挨训。

面对道歉，不知道是心大还是聪明，反正莺儿笑脸相迎，让座看茶，让人如沐春风。

你很难看出她是什么路数。她就像是一个古装版的傅园慧，既真实耿直又古灵精怪，无法预料她下一句脱口而出的是什么。

真不知道，对于客居在大观园的宝钗而言，莺儿这样的丫鬟，到底算是神助攻，还是猪队友？

三

说到这里，读者多半误以为莺儿还是个心智不成熟的半大孩子。其实她已经十六岁，这个年龄不算小了，相当于现在的二十六岁。应该与宝钗相差不大，但宝钗分明更像是她的家长。

宝钗批她"越大越没规矩"时那口气，与热播剧《延禧攻略》里富察皇后训斥魏璎珞简直如出一辙，脸上绷着劲，眼里却忍着笑，表面严厉，实则宠溺。

富察皇后说：我被规矩束缚，丢失了真正的自己。而璎珞，她鲜活、任性，不做任人摆布的木偶，在做她自己。她保护璎珞，就是在保护从前的自己，甚至说："她是我的希望。"

宝钗也对黛玉交底："你当我是谁，我也是个淘气的。从小七八岁上也够个人缠的。"

曾经的她也顽皮叛逆、任性大胆，但一朝父亲去世，母亲无能，哥哥无状，她只好"不以书字为事，只留心针黹家计等事"。

被迫长大，成为家里的主心骨。

稳重得体，善解人意，宽和忍让，成熟懂事，人人都说不出她的不好来……

按照世俗标准，将自己打造成了一个完美偶像。但这并不代表她忘记了自己最本真的面目。

在她心里，也还藏着一个再也不能拥有的真我吧？

"存在即合理"，就像富察皇后会纵容明玉和璎珞们的放肆刁钻一样，宝钗也会容得下一个不省心的莺儿，宛若护佑一个没有长大的懵懂自己。

在书中，宝玉对莺儿如此说："宝姐姐也算疼你了。明儿宝姐姐出阁，少不得是你跟去了。"莺儿听了，抿嘴一笑。那一笑里，分明是甜蜜的默认。

就这样一直跟着她吧，在她身边不用那么快长大。

"命运给的每一件礼物，暗中都标好了价码。"湘云曾经对黛玉感叹："忝在富贵之乡，只你我竟有许多不遂心的事。"

锦衣玉食仆妇成群，却也要抹杀天性承应世俗规矩，委屈本心。

看看《红楼梦》里的小丫鬟莺儿，她的一举一动仿佛都在说：

出身平凡怕什么？只要有人疼，有人爱，有人包容兜底，容许保留个性中的天真自我，才是真正的好命呢。

凤姐真的喜欢黛玉，不喜欢宝钗？

一

"你既吃了我们家的茶，怎么还不给我家作媳妇？"读"红楼"的人，都会对这句话有些印象。这是凤姐打趣林黛玉时说的，明晃晃地暗示她和宝玉的婚事。羞得黛玉满面绯红回身就走，倒是宝钗拉住了她："颦儿急了，还不回来坐着。走了倒没意思。"

凤姐跟黛玉的熟络府里人尽皆知。初次见面，她就表现出了一种近乎油腻的亲热。

什么"我来迟了，不曾迎接远客"；

什么"天下竟有这般标致的人物，我今儿才算见着了！况且这通身的气派，竟不像老祖宗的外孙女儿，竟是个嫡亲的孙女"；

什么"在这里不要想家，想要什么吃的、玩的，只管告诉我；丫头老婆们不好了，也只管告诉我"……

在人多的场合，她毫不避讳和黛玉的私交："我明儿还有一件事求你。"顺便开些比较敏感的玩笑，逗得大家哈哈大笑。

第五十一回末，凤姐向贾母提议给大观园里增设小厨房，因为天又短又冷，一日三餐就不用往府里跑了："小姑娘们冷风朔气的，别人还可，第一林妹妹如何禁得……"黛玉的亲外婆贾母甚是满意，连说凤姐考虑周全。

凤姐对黛玉的照拂有口皆碑，跟对另一个亲戚家姑娘宝钗的态度比起来，那就是火与冰的区别。

宝钗一家来投亲时，相对于王夫人的欢喜不尽，贾母的热情挽留，凤姐反而是公事公办的态度，未见有额外的亲密。那些聒噪的表演、夸张的台词全都变成了"这里的黎明静悄悄"。

对于这位肌骨莹润、艳冠群芳的人间富贵花表妹，哪怕她做人行事人见人爱，谁也挑不出半点不好，都未曾见得凤姐出言夸她半句。

"红楼"前八十回，几乎没见过她和宝钗明里暗里有什么接触，主动说话都几乎没有，仿佛视她为透明，很难搜到她俩同框的图。

跟平儿在背地里对宝钗唯一的一次评论，是这样的："拿定了主意，'不干己事不张口，一问摇头三不知'，也难十分去问他。"好像也不是啥好话。

以至于很多"红楼"迷，都没有意识到她俩有血缘关系。

不怪大家都以为，凤姐偏爱黛玉，对宝钗无感。

你们别被她骗了。

二

凤姐有双重身份，第一层是荣国府孙媳妇，她对这个身份明面上很重视。人前人后对王夫人口称"太太"，刻意淡化她们的姑侄关系。

第四十三回，贾母要给凤姐过生日，竟然突发奇想玩起了众筹，兴致勃勃地把主子和有脸的奴才都召集了来。凑份子时，凤姐儿为了讨贾母欢心，故意"挤对"两位婆婆："只是二位太太每位出十六两，自己又少，又不替别人出，这有些不公道。老太太吃了亏了！"

"金牌捧哏"赖嬷嬷马上接梗："这可反了！我替二位太太

生气……这儿媳妇成了陌路人，内侄女儿成了个外侄女儿了。"夸凤姐儿拎得清，做事公道，不徇私情。

蓦地想起《甄嬛传》最后一集，新晋嫔妃青樱在死不瞑目的前皇后姑母与一手遮天的太后甄嬛之间，站队了后者："臣妾只知寿康宫，不知景仁宫。"只能说"识时务者为俊杰"吧！

凤姐的第二重身份是金陵王家的大小姐，她一向以自己娘家的家世为荣，凡是和王家沾边的，不管是东西还是人都是好的。

贾蓉来借玻璃炕屏，她要特意提一嘴这是王家的东西："也没见你们，王家的东西都是好的不成？你们那里放着那些好东西，只是看不见，偏我的就是好的。"

凤姐的陪房旺儿家的，想给自己不成器的儿子求取丫鬟彩霞，贾琏才一犹豫，就被她出语将了一军："我们王家的人，连我还不中你们的意，何况奴才呢。"

她跟贾琏炫耀："把我王家的地缝子扫一扫，就够你们过一辈子呢。说出来的话也不怕臊！现有对证：把太太和我的嫁妆细看看，比一比你们的，那一样是配不上你们的。"

总之，他们王家的什么都好，连苍蝇都是双眼皮儿的。她对自己的血统就是这么骄傲。

你说，她可能对自己的娘家亲人不另眼看待吗？

凤姐对薛姨妈的称呼很有趣，总是变来变去。

四十七回在贾母屋里抹牌，凤姐说："我这一张牌定在姨妈手里扣着呢。"公共场合她随婆家叫法。

把书往前翻，第三十六回时，她在王夫人屋里聊事情，薛姨妈笑她嘴快得像倒了核桃车子，她撒娇地问："姑妈，难道我说错了不成？"没有外人的时候，她自然而然换成了娘家的叫法。

真是不简单，"到什么山上唱什么歌"，一会儿外甥媳妇，一会儿亲侄女，在两种身份之间切换自如，轧戏从不出错。

《浮生六记》里的芸娘，就是在给丈夫沈复的信里未注意对公公的称呼，而失了公婆的欢心，自此处境窘迫。

古代女子的家庭便是职场，步步惊心，不敢不稳当。四大家族阡陌交通的联姻，造成了贾府错综复杂的人际关系。这里的称呼如同职场的官衔或职务，不能随心所欲地叫，因为一个不留神暴露个人立场，露出亲疏远近就不好了。凤姐经住了考验，她审时度势，在这张关系网中闪展腾挪，不触一下红线。换了小家碧玉芸娘，分分钟歇菜。

这种大家族主母的素养，在她的两个姑姑王夫人和薛姨妈身上也能看到。她们待人心里都有一本小账，但从不会轻易流露远近好恶。

薛姨妈曾对黛玉说：我心里很疼你，但是外头不想带出来的。

291

你们这里人多口杂，说坏话的人又多，我若真表现出来，只说我们看老太太疼你了，我们也"洑上水"去了。"洑上水"，意即巴结有权势者。

王夫人对庶出女儿探春的态度，也是这样。"太太又疼他，虽然面上淡淡的，皆因是赵姨娘那老东西闹的，心里却是和宝玉一样疼呢。"

把疏远作为一种保护，是王家女儿们一脉相传的家庭政治智慧。与之相对照的是贾母，尽管已经熬到了"随心所欲"的最高级别，但她不加掩饰的偏宠仍为被宠者招来过不少祸患。

凤姐和宝玉，招来了赵姨娘的忌妒，她背地里请马道婆用小鬼作法，差点要了这二位的命。聪敏的黛玉为此心有余悸，不敢开口讨燕窝："你看这里这些人，因见老太太多疼了宝玉和凤丫头两个，他们尚虎视眈眈，背地里言三语四的，何况于我？"

小姐里最受看重的探春也因被人忌妒而苦笑："我们这样人家人多，外头看着我们不知千金万金小姐，何等快乐，殊不知我们这里说不出来的烦难，更利害。"

明白了吧？在这样"一个个像乌眼鸡似的，恨不得你吃了我，我吃了你"的大家庭里，当权者越是疼谁，就越不该让人看出来，以免令其成为众矢之的，招来祸患。

人际生态环境如此复杂，凤姐只能是谨慎再谨慎。若稍微流露出一点内心偏向而被人揪住小辫子，说她私下里搞王家小团体，不但失去贾母的信任，也让薛姨妈母女在府里难待。

所以，再来解读凤姐和宝钗的关系，便别有洞天。

三

凤姐有一次问大家：昨天我送你们的茶叶怎么样？宝玉大喇喇说不好，宝钗说"味倒轻，只是颜色不大好些"，向来最圆融最会给面子的人，却有一说一，不怕得罪她。反而是林黛玉做了捧场王，连说"我吃着好"，要再要些。

宝钗对凤姐的称呼也很随便，既不叫姐也不叫嫂，总是"凤丫头""凤丫头"的，还时不时揭她的短儿。

"世上的话，到了凤丫头嘴里也就尽了。幸而凤丫头不认得字，不大通，不过一概是世俗取笑。"这是夸林黛玉嘴巧，先要拿没文化的凤姐做个比较。

宝钗也这样恭维过贾母："我来了这么几年，留神看起来，凤丫头凭他怎么巧，再巧不过老太太去。"

来而不往非礼也，贾母马上回赠了相似的表扬："千真万真，从我们家四个女孩儿算起，全不如宝丫头。"

她们都是先抑后扬，靠贬一方抬另一方。这种夸奖套路，通常可不都是贬自家人抬外人吗？但正因如此，也微妙地透漏出了一些机窍：贾母看宝钗是外人，而宝钗则也流露出了下意识里的定位，她视凤姐为自己的家人。

那凤姐待宝钗到底怎么样呢？其实在第二十二回，已经初露端倪。

凤姐给宝钗张罗生日，明明是想过得比林黛玉隆重些，但她不会直说，怕引起猜疑，于是给贾琏报备。

"二十一是薛妹妹的生日，你到底怎么样呢？"

贾琏蒙圈了：你多少大生日都料理过了，这会子倒没了主意。比照去年给林妹妹过生日的标准就可以了啊！

凤姐这么说：薛妹妹今年十五岁，是及笄之年。老太太要替她做生日。

贾琏说："既如此，就比林妹妹的多增些。"

凤姐还装："我也这们想着，所以讨你的口气。我若私自添了东西，你又怪我不告诉明白你了。"

宝钗是她自己的表妹，黛玉是老公的表妹，在面上她要努力把一碗水端平。她知道贾琏心里对黛玉十分关照，他曾护送这个表妹回苏州长达数月，为其葬父兼料理家事，感情非同一般。凤姐不会傻到在这事上引起贾家人猜忌。

她只能小心翼翼地使用着自己的权力，不动声色地给宝钗谋着尽可能多的福利，摆个酒席，再搭台小戏，给她一个体面又不张扬的生日宴会。

最明显的是第七十四回。王善保家的撺掇着王夫人抄检大观园，凤姐勉为其难听令。在潇湘馆内，这边翻箱倒柜抄检着，那边她坐到黛玉床前，按着不让起来，说些闲话，不知对黛玉有多关爱。

可是，在抄检之前，她就对王善保家的下了死命令，口气很硬："要抄检只抄检咱们家的人，薛大姑娘屋里，断乎检抄不得的。"

后边的话，曹公写得意味深长："一头说，一头到了潇湘馆内。"

平时热热乎乎的，此时也没有网开一面"放水"，而是一边冒犯一边极尽安抚；平时爱答不理的，关键时刻挺身护住，筑起了铜墙铁壁。所以，她真正偏爱偏疼的人到底是谁？

聪明如宝钗，立即体味到了凤姐的苦心。为了避嫌，第二天她直接就搬离了大观园。王夫人尚还觉得过意不去时，凤姐倒清爽地回道："也是应该避嫌疑的。"还劝王夫人道："不必强他了。"这完全是宝钗家姐的口气，支持妹妹离开大观园这个是非窝，不用顾及贾府的面子。

此一刻的她，倒像个潜伏在贾府的王家卧底，才露出了自己的真面目。

瞬间便该冷然明白，为什么凤姐从来不开宝钗"金玉良缘"的玩笑，因为没有人会拿自家妹子的终身大事取笑。

但你能说凤姐跟黛玉不亲近吗？只是此亲近与彼亲近本质不同罢了，对黛玉喜欢是不假，但也是一段需要经营维系、演给人看的人际关系；而对宝钗却是先天性的血浓于水，你理还是不理，它就在那里，不增不减。

人与人之间看表面哪能看得出来呢？最亲近的反而是静水流深，毫无喧哗。

就比如职场里那些真正稠密的联盟，因为牵扯到各方利益，往往都不肯明示人前，大家都知道了，好多事儿就不好办了。

又比如那些在朋友圈里互动热络秀恩爱的人们，很多都是做给自己和别人看的，感情大多停留在熟人以上朋友未满的层面，充其量是潜力股友情。而最铁磁的关系，反而很少公开互动，他们都私聊去了。

就算是去饭店点菜吧，我们也得有一个常识：鱼香肉丝里并不会真的有鱼，而干煸豆角也不是真的干煸，那些豆角，都是事先过了油的，所以吃起来才格外香——就像，最牢靠的关系，都用不着秀。

清虚观小道士：这么多人一起要打我

一

《红楼梦》里有很多令人津津乐道的大场面是不假，比如第二十九回清虚观打醮，贾母带着儿孙们倾巢出动，八人轿、四人轿、翠盖珠缨八宝车、朱轮华盖车……乌压压占了整一条街。

阵仗大，也扰民，全城老百姓都跑出来围观。

清虚观前，钟鸣鼓响，老道长执香披衣，带着道士们夹道迎接，场面隆重到就差举着横幅，上写"欢迎贾府贵客莅临指导"了。

视听震撼，排场华美，一切看上去是那么热热闹闹赫赫扬扬。

然而，在那些所谓大场面里所夹杂的细碎微情节，才真正硌人眼睛。就如同掺在光彩耀眼的珠宝匣子里的玻璃渣子，扎人的是它们。

比如凤姐打小道士。

这是凤姐进观后做的第一件事，对着一个四处剪烛花的小道士，扬手劈头照脸一巴掌，将他打得一个筋斗栽倒在地："野牛肏的，胡朝哪里跑！"因为他慌着躲人，不小心撞到了凤姐。

被打的孩子顾不得拾蜡剪，爬起来往外跑。正逢外面小姐们要下车，众婆娘媳妇们围得风雨不透。一见他出来，都喝声叫："拿，拿，拿！打，打，打！"声音喊得震天响，以至都惊到了贾母，忙问出了什么事。问明情况后，叫把小道士带过来。

二

贾母问话，他答不出，只跪在地下浑身乱战，小手里还拿着他刚刚丢掉的烛剪——这个细节简直了，扎心到让人不禁想起鲁迅笔下祥林嫂，那被狼叼走的小儿子阿毛：给他一只篮子，让他坐在门槛上剥豆，他就乖乖剥，后来他被狼叼走，在山上的草窠里找到尸身时，"肚里的五脏已经都给吃空了，手上还紧紧的捏着那只小篮呢"。

那只小篮子，和此刻小道士的烛剪一样令人鼻酸。老实听话的乖孩子，让做什么就乖乖做，师傅吩咐他剪烛花，他就认认真真四处剪，都忘了躲人；在突如其来被人扇了一耳光倒地，又爬起来被人围着喊打时，他显然是蒙的晕的茫然的，但之后还是第一时间爬回去，捡回了自己干活的工具—— 这个下意识的动作，更叫人心疼。

书上说他只有十二三岁，没有具体说模样，可能长得很瘦小，否则顶多趔趄一下，不会一巴掌打得栽一个跟头；可能他面色惨白，小脸上肿起了五个手指血印子；可能他身上沾满了土，牙齿磕破了嘴唇……在一片喊打声中，他仓皇无措，逃窜无门，灰色道袍里的小身子瑟瑟发抖，像一只小小的过街老鼠。

张爱玲有一篇散文叫《打人》，写外滩一个警察无缘无故一时兴起殴打一个孩子。张爱玲写："一气之下，只想去做官，或是做主席夫人，可以走上前给那警察两个耳刮子。"

看一个人的心地，要看他怎么对待别人家的孩子。和张爱玲一样，当看着这么多人对一个小道士"群起而攻之"的时候，作为《红楼梦》的深度爱好者，很难保证不在此刻对贾府生出一种刻骨的阶级反感。

好在还有贾母，幸亏还有贾母，她用实际行动为家族拉回了一些好感。

老太太反复强调别唬着他，说那是小门小户的孩子，"娇生惯养"大的，哪里见过这个势派。

贾母嘴里的"娇生惯养"，当然不是指富贵人家的锦衣玉食，而是普通百姓能给孩子的毫无保留的关爱，相比大户人家，他们的孩子没有太多规矩，人际关系简单，得到的幸福反而更纯粹完整。

她拉他起来，叫他别怕，慈爱地问他几岁了，又叫给他几百钱买果子吃压压惊，别叫人难为了他："倘或唬着他，倒怪可怜见的，他老子娘岂不疼的慌？"

汪曾祺的《异禀》里，也写过一个药店学生意的小伙计，打翻了一匾泽泻，被先生用门闩打得唔哇乱叫，是厨子出面说了一句话拦下："他也是人生父母养的！"

是了，如果人家的爹娘看到自家孩子受这等罪，心恐怕会疼得流血掉渣儿吧？原来"幼吾幼以及人之幼"并不难，善良一点，将心比心就行了。

这些挨打的小孩子还有一个共同点，就是都不哭。

张爱玲写那个外滩上的孩子事情起得突兀，被打的孩子甚至来不及调整面部表情，甚至还带着笑。

汪曾祺笔下的小伙计当时没敢哭，等到夜里没人了才哭了一场，对着远方说："妈妈，我又挨打了！妈妈，不要紧的，再挨两年打，我就能养活你老人家了！"

《红楼梦》里的小道士也被带下去了，摸着自己被打肿的脸，拿着那作为精神补偿的几百钱，小小的他会觉得屈辱和痛苦吗？回想刚刚发生在自己身上的一系列事情，会觉得像做了一场跌宕起伏的短梦吗？在梦里，他被人打，被人围着骂，后来又被人抚慰，一眨眼又回到了现实中，他会觉得哪个更真实呢？

他之后，哭了吗？

多年以后，他长大成人，那时候的贾府可能已经败亡，关于和他有过短暂交集的一个家族，他应该感觉蛮复杂吧？最刻骨铭心的是那飞扬跋扈少奶奶给的火辣辣的一耳光，还是慈爱老太君那怜贫惜弱的眼神和语气？或者，是那些围观者们一声声声若霹雳的"拿拿拿！打打打"？

身体上的疼痛早已散去，但留在记忆里的余震如果不刻意麻木，恐怕余生都难以平息。

看待一个素昧平生的小道士，贾母用的是奶奶的目光，所以他是可怜见儿的小孩子；

凤姐用的是上等人的目光，所以他是不长眼的狗奴才；

而那些跟着凤姐扯破了嗓子集体喊打的婆子媳妇们，她们，又用的是什么眼光呢？

四

她们，用的是法国心理学家勒庞所谓的"乌合之众"的眼光。

勒庞在自己关于大众心理研究的著作里，曾经把这些人称为"犯罪群体"，说这种群体会在特殊时刻，如同被魔鬼附体，爆发出一种不加限制的恶。

幸亏贾母那天听到及时制止，否则，不知道这些豪奴们会对这个小道士做出怎样的惩戒。

始作俑者凤姐固然过分，但真正可怕的却是这些围观者。

婆子媳妇们，大部分都是做娘的人，却能在忽然之间对着一个无辜的小孩子集体喊打，群情激昂，那画面想一下都不寒而栗。

这些人从来都在，时时游荡在我们的周围。

曾经的鲁迅笔下，围着被杀头的同胞大声叫好的是这些人；

今天的新闻里，对着站在楼顶边缘犹豫的姑娘喊着"要跳快跳"的也是这些人。

即使两个名气悬殊的明星互掐，"吃瓜群众"站的往往是实力强的那一个，至于真相是什么根本不关心。别说演艺圈了，即使在单位和体制内，那些被侮辱和损害的个别人，大多数不被同情力挺，只能换来幸灾乐祸的嘲讽和意味深长的目光，即使少数的唏嘘，也多半夹带着要与弱者划清界限，彰显"真好不是我"的优越感。

这些人特别爱站队，尤爱站在强者的那一方，对着弱者居高临下地咆哮或奚落，当不成打手，就当鼓手。意淫自己与后者划清界限、登堂入室进了前者的门。其实，绝大多数人攀附不上的，不如早点回家洗洗睡。

不管怎么歌颂提倡真善美，关于人性的真相，当我们身处弱者境地才会看得最清楚：你缩在角落里悲愤交加，盼望有人会来主持正义，等来的却往往是"墙倒众人推"。

唯因如此，在那三百六十度环绕立体声的恶意之中，贾母对小道士的及时抚慰才那么温暖人心，涤瑕荡秽。

曹公在清虚观打醮这样一个大场面里，忽然宕开一笔，去描述一个弱势边缘小童的无助。就像在一个歌颂太平盛世的直播里，忽然挪开镜头，插播进一个原本应该"和谐"掉的片段。

一定是他亲历过，这样的情节是编不出来的。他一笔不漏地记录下了那些段落，也许并无意告诉给我们什么道理，可是我们在看过之后，却不得不警惕自己人性中潜藏的恶念，免得不知不觉成为群体犯罪者。面对素昧平生的卑微弱者，心含悲悯善意，锁好那道"乌合之众"的锁，最最最起码，不要成为声嘶力竭喊打的那一个。

为什么她们再生气也不选择开撕

一

曾国藩在给自己弟弟的信中，有这样一句话："吾兄弟欲全其生，亦当视恼怒如蝮蛇，去之不可不勇，至嘱至嘱！"

恼怒生自嗔心，"一念嗔心起，百万障门开"。即便起了嗔心，也应该看看对面站的是谁，值不值得流露恼怒。

所以，在《红楼梦》里，我们常常会看到一个有意思的现象，一些公认的有脾气的人，会在我们以为该发火的时候，出其不意地退让一步。

二十六回末尾的林黛玉，去怡红院找宝玉玩儿，却吃了晴雯的闭门羹，当天晚上回去哭了一夜，第二天和宝玉吵了一架。

"昨儿为什么我去了，你不叫丫头开门？"

"这话从那里说起？我要是这么样，立刻就死了！"

"大清早起死呀活的，也不忌讳。你说有呢就有，没有就没有，起什么誓呢。"

"实在没有见你去。就是宝姐姐坐了一坐，就出来了。"

原文写"黛玉想了一想，笑道……"她说：是了，想必是你的丫头们懒待动一点这种情况是有的。而不是想了一想怒了：你今天不把那个慢待我的丫头撵出去我就不依！或拉出来打二十大棍，或扣一个月月钱，最不济也要跪着瓷瓦子在大太阳下面晒一天，这事儿才算完！——事情已经过去，就只能让它过去。不依不饶，只能显得自己心胸狭窄。

这样的事在黛玉这儿不是头一回。

还有一回，在窗户根下亲耳听到袭人背地里酸溜溜说她坏话，什么半年了还没拿针线呢。什么宝玉给了宝钗难堪，宝钗有涵养度量大，如果换了是林姑娘还不知道哭成什么样呢。她没冲进去跟袭人当面杠，相反，乐还乐不过来呢，因为宝玉当场怼了回去，她果然没有看错他。如果这时候自己冲进去，只能是让大家都尴尬，日后不好相见。还是装聋作哑走吧走吧。这样的林黛玉才叫有涵养度量大吧？

发现没？黛玉很少跟比自己低阶的人斤斤计较，除了当面顶撞过一次宝玉的奶妈李嬷嬷。她的小心眼更多的是给自己平阶的人，宝玉啦，宝钗啦，湘云啦之类的，连妙玉的刻薄她都不介意。你以为随便是个人就能让她生气？真是笑话。

这么看来她心挺大的。

二

接下来要看的是王夫人，看她怎么处理和赵姨娘的关系。

她恨不恨赵姨娘？恨。这个和她分享丈夫的女人，不知道使了什么狐媚子功夫，让老爷天天留宿在她屋里，把自己生生晾成了佛教徒。

她烦不烦赵姨娘？烦。赵姨娘拿着宝钗送的礼物，蝎蝎螫螫地到王夫人面前卖好："难为宝姑娘这么年轻的人，想的这么周到，真是大户人家的姑娘，又展样，又大方，怎么叫人不敬服呢。怪不得老太太和太太成日家都夸他疼他。我也不敢自专就收起来，特拿来给太太瞧瞧，太太也喜欢喜欢。"话说得不伦不类，但王夫人也不便不理她呀，她还得敷衍回去：自管收了去给环哥玩吧。

王夫人唯一一次对赵姨娘发飙，是贾环用蜡油烫伤了宝玉的脸，心疼盛怒之下，她骂出了心中积存已久的话："几番几次我都不理论，你们得了意了，越发上来了！"

这说明，赵姨娘在背后的那些小动作她并非不知，虽说动摇不了他们母子的根基，但时不时在台面下恶心一下也挺糟心的。宝玉后来挨打，她就跟袭人问起："我恍惚听见宝玉今儿捱打，是环儿在老爷跟前说了什么话……"此处的"恍惚"是委婉谨慎的说法，可不代表绝对的恍惚。

到底是不是庶子害的嫡子，想查清楚其实很容易，但她后来还是选择了不计较。既为了免生是非，也是当朝皇帝丈母娘不允许她自降身份，和一个卑贱姨娘去开撕。量级差太远了，倘或她即刻把赵姨娘叫到屋里骂上一顿，解气倒是解气了，但只凭几句风言风语就和一个身份低微的侍妾过不去，实在影响自己在人民群众心中的光辉形象。犯不上，犯不上，算了吧！狮子和蚊子开战，最后抓破的是自己的脸。

这是体面人的隐忍，正所谓"欲戴王冠，必承其重"。

三

赵姨娘就没有这样的觉悟，她是要分分钟亲自下场开撕的。

为了芳官拿茉莉粉充蔷薇硝糊弄贾环，她又是污言秽语地咒骂，又是上手打耳刮子，逼得芳官也骂出了"梅香拜把子——都是奴几"这样的话，又引来一帮小戏子上来对她一阵群殴。

她女儿探春闻言赶了过来，赵姨娘本以为会像给迎春撑腰似的替她狠狠惩罚一下那帮小戏子，不想探春胳膊肘朝外拐，反过来说她："这么大年纪，行出来的事总不叫人敬服。"

探春的理由是："那些小丫头子们原是些顽意儿，喜欢呢，和他说说笑笑；不喜欢便可以不理他。便他不好了，也如同猫儿狗儿抓咬了一下子，可恕就恕，不恕时也只该叫了管家媳妇们去说给他责罚，何苦自己不尊重。"

这段话里的逻辑很明白：对那些相对低层次的人，与之锱铢必较反倒是给他们脸。

这真是天生主子才能说出来的话，赵姨娘这种从丫鬟队伍里爬上去的半吊子主子，始终没有习得主子的思维。主子得有主子的度量，才配当主子。

可是探春一边说着不计较，一边还是怒甩了王善保家的耳光，这是她的名场面。

也是王善保家的太过分，以下犯上就算了，直接上手冒犯。主子有主子的尊严和底线，除了扇耳光似乎也没有更好的处理方式。

然而紧接着的做法就比较耐人寻味了。当挨了打的王善保家的嘟嘟囔囔说自己辞职不干时，探春对丫头们说：你们听听她说的那话，还等着我跟她对嘴去不成？

贴身丫鬟侍书会意，马上出去说：你老要是走了，倒是我们的造化，只怕你老舍不得去。

打你可以，你还不起手，让我跟你你来我往地对撕？对不起你不够格儿。

四

亦舒说过：姿态难看，赢了也是输了。

"红楼"里一些人身在底层为了生存，习惯了丑陋地相互算计、争抢、踩踏。穷和卑微会让人不体面到不知道从容舒展地活着是什么感觉。

大家闺秀为什么要提倡稳重、端雅、大度、罕言寡语、藏愚守拙，不能一遇事就跟猫被踩了尾巴一样跳起来？除了男权社会影响，还有一层深度意义，恐怕是要和那些行事不讲究姿态的人群划清界限，否则如何显示自身阶层的优越性呢？

李纨为啥看不上泼皮破落户儿凤姐？"说了两车的无赖泥腿市俗专会打细算盘分斤拨两的话出来。这东西亏他托生在诗书大宦名门之家做小姐，出了嫁又是这样，他还是这么着；若是生在贫寒小户人家，作个小子，还不知怎么下作贫嘴恶舌的呢！"是的，就差直接说：大富大贵如你们金陵王家，养出来的女儿竟如市井小民一样泼辣算计，真真可惜了了门第家世。

培养一个贵族需要三代人。老钱看不起新钱，除了"墙新树小画不古"，还有一些在行事待人上只可意会的微妙分寸感，那是高贵与高傲的区别，尽管那高贵后面藏着的是更不能令人直视的高傲。

　　张爱玲的《怨女》里，麻油西施银娣之所以愿意嫁给一个富人家的残疾少爷，就是这样权衡过："没有钱的苦处她受够了。无论什么小事都让人为难、记恨。"后来固然不再受穷，但底层出身造成的思维模式却成为她的烙印，一直到老，她灵魂里始终住着那个怨气丛生的穷家女儿。

　　阶层跨越难，但更难的是阶层跨越后认知上的刷新。

　　回看"红楼"，为什么那些大家闺秀们面对挑衅，要么速战速决，要么隐忍不发。就如同羽毛光艳的鸟儿，绝不会轻易和吱吱喳喳、秃尾巴掉毛的雀儿们互啄厮斗，她们知道，还是自己比较金贵。要不要开撕？跟谁开撕？何时开撕？本质上是一件与自我定位有关的事。

黛玉的忠告：事若求全何所乐

———

女友给我发微信抱怨为什么会这么累，又要工作又要养孩儿，还要对付各种傻缺。

"为啥就没好事送上门？你说！"

我？我说啥？我自己也正被生活摁在地上摩擦。但转念一想，比啥都不能比惨，遂安慰她："好事正在路上。"但我没说好事几天到达，否则就是欺负人家孩子傻。

就在那一刻，莫名地想到了黛玉，想到了她那番关于"趁心的"理论。

那已经是"红楼"第七十六回了，曹公笔下的最后一个中秋节，湘云和黛玉两个夜猫子不睡觉，溜到凹晶馆附近的水边吟诗。

天上月水中月交相辉映，人如置身晶宫鲛室内，微风吹过神清气静。向来会玩的湘云说："这会子坐上船吃酒倒好。"她此刻的样子，像不像《浮生六记》里的芸娘？也是中秋之夜，也是面对着清波皓月，芸曰："今日之游乐矣！若驾一叶扁舟，往来亭下，不更快哉！"

这才有黛玉嗔她的这一句："事若求全何所乐。"

很有哲理，但一折返琢磨，这话似乎不应该出自一个妙龄少女之口，反而像一个历经沧桑的中年人的肺腑之言，查了一下，出处好像是她老家苏州某园子的楹联。

幼年丧弟，童年丧母，少年丧父，隔几年一波深痛巨创，生命里的至亲被挨个儿带走，林黛玉一路长到十五岁，她的成长就是一个不断离丧的过程。

避无可避，只有生生承受。

批量失去亲人，《活着》里的福贵靠每天对着一头老牛喊着亲人们的名字度日，希图以幸福的回忆来覆盖痛苦；渐渐长大的林黛玉呢？她靠合理化痛苦来消解痛苦。

"事若求全何所乐"，面对一切不能趁心之事，这条道理真是放之四海皆通用，可以作为一个防御缓冲机制，长久地存放于一个人的潜意识当中，以备不时之需。

二

同为父母双亡的姑娘，湘云立刻捕捉到了黛玉话语背后的信息。

她也把坐船这件事引申到了人生态度："就如咱们两个，虽父母不在，然却也忝在富贵乡中，只你我竟有许多不遂心的事。"

在一日三餐无以为继的环境中长大的孩子，他们体验到的是无处不在的全方位匮乏，而生在富贵之乡的姑娘锦衣玉食，因为物质上的过剩，反而对人生其他方面的残缺会有更强烈的感受。

她们同病相怜，正好彼此开解。

黛玉道："不但你我不能称心，就连老太太、太太以至宝玉、探丫头等人，无论事大事小，有理无理，其不能各遂其心者，同一理也，何况你我旅居客寄之人哉！"

林姑娘很实际，她就是从自己身边人看起说起，没有拿帝王将相、上古圣贤们举例，那些人离自己太远，没有可比性。在她眼里，以上四个人是自己目所能及的最舒心的人了，耀武扬威的凤姐都算不在里面，她太操劳。

贾母是太君老寿星；王夫人出身世家，儿女双全，女儿嫁给了皇帝；宝玉衔玉而生，人人不敢怠慢；三小姐探春是府里腰板最硬的小姐，才干超群人人敬服。

这是外人眼里的他们，走近了看呢？

两位长辈：贾母守寡多年，没个贴心人，好不容易有个好使的丫鬟鸳鸯，还要被儿子算计去当小老婆；王夫人虽有丈夫，但人家却专宠样样上不了台面的赵姨娘，她和守活寡也差不多。她们还都承受过白发人送黑发人的伤痛，贾母的小女，王夫人的长子都短寿。

宝玉偏偏不得父亲待见，父子关系猫鼠一样，还要被兄弟忌妒。而探春既是庶出，还要受那个拎不清的亲娘聒噪。她曾经哭着恨自己不是男子，困在家里出不去，又说："外头看着我们不知千金万金小姐，何等快乐，殊不知我们这里说不出来的烦难，更利害。"

谁趁心呢？都要苟且，都要妥协，都要忍耐，都要在泥沙俱下的生活里，和光同尘地活着。就像雨落下来，云下面的每一株草都会被淋到。

三

不如意的时候，学着像黛玉一样思考吧。

以前都说比要比好的，现在应该比比坏。当我们为自己不能改变的现状愤郁不平的时候，不应当看到得意人的得意，也应看看他们的不趁心之处。

挣钱多的可能辛苦，过得轻松的可能上个月的"花呗"还没还；恋爱甜蜜的可能经济吃紧，财务自由的可能难觅良人；身体健康的可能职场不顺，事业有成的可能家庭不睦，和美的家庭里可能有个费心的孩子，而省心的孩子，可能因为克服不了别人的期待，自己担了很大的压力……

至于那些表面上样样搞得定的人，背地里说不定天天打扫一地鸡毛，很难睡一个自然醒的觉。

不存在完美的人生。幸福大多因为知足，大部分的知足是因对生活本身没有超出太多的期许。

另一个女友在朋友圈里晒了好几摞高铁票，这是她身为律师一年来的"战绩"，为了一个土地承包案来回奔波，各种辛苦困难一言难尽。

她的配图解说里有这么一句："没有什么工作能一直是享受，大部分时间其实是纠结、压抑、挫败，所以调整心态很重要。一切都是求仁得仁，想要更大的成就感，只能靠承受更大的压力和痛苦来实现，没有捷径。"

有几分要强的女朋友都是这个样子，包括我，好像很励志，但那背后是一种对现状的"未满足感"，于是要加倍努力。

延迟满足，到最后就一定能"满足"吗？我不敢问。能力和欲望是水与船的关系，从来是水涨船高。

四

也是在《红楼梦》那一回，湘云还说过"得陇望蜀，人之常情"。后来呢？

八七版电视剧《红楼梦》的编剧特别狠，最后一集的湘云，终于坐上了船吃酒，但是，此船非彼船，此酒非彼酒，她已经从金尊玉贵的公府小姐沦为低贱的船妓，忍受着一个恶心老头的轻薄狎亵。和宝玉在船头偶遇，她不偏不倚回忆起的，恰是当初和黛玉在凹晶馆边嚷嚷着要坐船的那个夜晚。

而黛玉，早已化作花魂一缕。

当年的月光是柔光，是水样的丝绸凉津津覆在眼上；如今的月光是寒光，是一把尖刀插进心脏，拔不出的痛不可当。

原来那个闹中取静的夜晚，湖清月明，澄澈干净，还有身边那个心意相通的闺中密友，已是上天慈悲的厚赠。每一个似水流年里片刻的良辰美景，都像是需要走很久的路，人家才会舍得发你一颗糖。

明天不见得比今天好。人这一生，大部分时间都会过得不太快乐，所以，记住黛玉的忠言吧："事若求全何所乐。"抱残守缺，磨折教会我们接纳与达观，与每一天照常升起的太阳一起，兵来将挡水来土掩地将日子继续，这大概就叫作"学会与现实和解"。

听，有人正在轻轻吟唱："时间会回答成长，成长会回答梦想，梦想会回答生活，生活回答你我的模样。"

跟糊涂人不说明白话

一

大家印象里，林黛玉是个耿直的女孩，经常让人下不来台。其实也不尽然。

迎春被下人欺负，私取金钗典当不还，大家帮她讨公道，她自己倒一副无所谓的样子。

探春愤然道：二姐姐竟不能辖治！

宝钗淡然地同迎春一起看《太上感应篇》；

只有黛玉脆生生地说：如果二姐姐是个男人，将来一家大小如何裁治？

人们常以为黛玉刻薄，可请看这句话说得多婉转——自古以

319

来都是"男主外女主内"，你见过贾府男人管一家老小事宜吗？贾政管了吗？贾琏管了吗？还不都是王夫人和凤姐？

黛玉真正想表达的是："蠢材，蠢材！你这个样子将来嫁人，自己做了当家少奶奶，怎么管人呢？"但囿于大家闺秀的身份，"嫁人"这样的话断然不会出口，只好改成"倘是个男人"这样的说法，给双方留着脸而已，她这是为迎春的未来真心担忧。

奈何"二木头"迎春完全听不懂，还笑道："正是。多少男人尚如此，何况我哉。"

笑，她还有脸笑，她根本没意识到命运在前面挖了个大坑等着她跳。

黛玉不再说啥了，和大家一起笑。

"可怜之人必有可恨之处"，迎春后来的结局大家都看到了，所以我妈常说"宁给好汉帮忙出气，不给怂货出谋定计"。如果一个人给自己找各种理由逃避，就算是你把嘴唇磨破也没用，谁也叫不醒一个装睡的人。

二

第三十一回，湘云和她的丫鬟翠缕有一段叫人抓狂的对话，简直是鸡同鸭讲。

两个人在园子里边走边逛，从荷花说到石榴花。

翠缕说那边有棵石榴树："接连四五枝，真是楼子上起楼子，这也难为他长。""楼子"是复瓣花，"楼子上起楼子"意即第一枝复瓣花上长出第二枝复瓣花，第二枝复瓣花上长出第三枝复瓣花……如此一气儿长出四五枝来，繁花似锦照眼明，这株石榴长势不可谓不茂盛。

湘云解释说："花草也是同人一样，气脉充足，长的就好。"这话没毛病。

但翠缕偏要抬杠："我不信这话。若说同人一样，我怎么不见头上又长出一个头来的人？"

湘云显然对她这种一向的"无厘头"脑洞很无语："我说你不用说话，你偏好说。这叫人怎么好答言？"但还是忍耐着给她讲解了一番"阴阳二气"。

翠缕的求知欲被成功勾了起来："这么说起来，从古至今，开天辟地，都是些阴阳了？"

湘云骂她"糊涂东西，越说越放屁"。骂归骂，还是告诉了她阴阳之气可以相互转化的道理。

翠缕说："这糊涂死了我！"她不管别的，只问湘云："这阴阳是怎么个样儿？"

湘云答：阴阳是个气，器物赋了成形。又举例子：天是阳，地是阴；水是阴，火是阳；日是阳，月是阴。

翠缕摸出点头绪来了：原来日头叫"太阳"，月亮叫"太阴星"，就是这个理。

湘云说出了读者的心里话："阿弥陀佛！刚刚的明白了。"

我们以为这就告一段落了，并没有。

翠缕继续发挥着孜孜不倦的"好学"精神：这些大东西分阴阳，那蚊子、虼蚤、花草、砖瓦分不分阴阳呢？

湘云说：分的。树叶儿都分，朝阳的是阳，背面是阴。

翠缕问：那扇子呢？

湘云说：正面阳，反面阴。

翠缕很满意地笑了，还想问，一时想不起来，猛地看到湘云脖子上的金麒麟："姑娘，这个难道也有阴阳？"

湘云说"当然啦！"便又巴拉巴拉解释一通。

植物有阴阳吗？有啊。

动物有阴阳吗？有啊。

"那人呢，也分阴阳吗？"

她得到的回答是被照脸啐了一口：下流东西，你越问越问出好的来了。

翠缕说：我悟出来啦！

湘云吓一跳：什么？

她说：姑娘为阳，我为阴！

史湘云长出一口气，用手绢捂嘴大笑。

翠缕扬扬得意：我说对了吧？看把你笑的。

湘云说：很对很对。

翠缕说：主子为阳，奴才为阴，这道理我懂。

对这样清奇的"脑回路"，史湘云没有崩溃，而是干脆选择了放弃。她说：你很懂。

事情明摆着，在她和翠缕之间，有着比城墙拐角还厚的认知壁垒，根本没法打通。真要弄懂"气"和"阴阳"，得从老子、庄子乃至阴阳五行讲起，不是一下子能弄懂的事，就像让数学教授给幼儿园小朋友讲高数，既难为自己，也难为对方。

这种情况说不明白就算了，不必好为人师诲人不倦，不如知难而退省些力气。

三

宝钗和湘云曾劝宝玉多在男人堆里混，学点经济学问的，别老躲在女孩堆里吃人嘴上的胭脂，"只在我们队里搅些什么！"宝玉不是对着前者马上撂脸子走人，就是对着后者撂脸子撵人。

袭人提了林姑娘，宝玉马上维护："林姑娘从来说过这些混账话不曾。"

湘云，到底是打小儿没娘的孩子，懂几分察言观色，马上无奈地点头笑着附和："这原是混账话。"

就此打住吧，何苦讨人嫌？大义凛然地指责对方不懂事不上进就有点强人所难了。宝玉尚在"富贵不知乐业"的阶段，哪里知道日后"贫穷难耐凄凉"，又怎会有居安思危的认识高度呢？

和宝玉有关系嫌疑的秦可卿，死后托梦给贾府指条出路，她找的人并不是宝玉，而是凤姐。凤姐听了她的话，果真"心胸大快，十分敬畏"，秦可卿找对了人。

一样的话，林黛玉曾经也对宝玉说过：我闲了替你们一算，出的多进的少，这样下去必致后手不接。但宝玉的反应是"凭他怎么后手不接，也短不了咱们两个的"。黛玉只好一转身，到厅上找宝钗说话去了，就这个话题还是和后者有的聊。

话不投机半句多，罢了罢了不说了，叫你糊涂一辈子。

四

夏虫不语冰，井蛙不语海。

有些话，是要看受众的，不是所有人的悟性都值得我们费二两口水，所以对迎春的懦弱，黛玉看破不说破；对翠缕的无知，湘云打个哈哈就过去；而对宝玉的油盐不进，她们也只好暂时选择绕道而行。

在《红楼梦》里，很少看到有谁去鼓动唇舌，口干舌燥大段大段去说教，面红耳赤地去和谁争辩。这是独属于古典东方人的交际规则，婉转、含蓄，适可而止，"忠告而善道之，不可则止，毋自辱焉"。

赵姨娘来找探春的麻烦，是因为听说探春给宝玉钱，不管青红皂白便来质问：有钱为什么不给亲兄弟贾环？其实探春是让宝玉给自己做"代购"，但她居然懒得跟赵姨娘解释，出门走了。她知道，她说了这亲娘也未必会信，说不定还有别的夹缠。有那工夫不如去王夫人处走动走动，或者临会儿颜真卿。跟糊涂人不说明白话。

说到这里，"三季人"的故事了解一下？

话说孔子的弟子遇到一个穿绿衣服的人，跟他打赌一年有几个季节，弟子说当然是四季呀！来人说是三季。争论不休之下去找孔子评理，孔子对徒弟说："你错了，一年有三季。"对方心满意足地走了。弟子表示不服，孔子说：你没看出他是个蚂蚱吗？蚂蚱只能活到秋天，从来没有见过冬天，当然认为一年有三季了。你跟一个蚂蚱争论个什么劲儿？

人与人之间，视见和认知的藩篱最难跨越，语言不是万能的。

不同与自己不在一个维度里的人争论，坦然地接受差异和差距，这样更包容，更自律，也更"环保"。

五

说话是人际交往的刚需，但有时候不说话也是刚需。

宝玉还一直觉得他林妹妹最会说话，专门引着贾母夸她。结果老太太拐了个弯儿，去夸平时"罕言寡语"的宝钗：我们家四个女孩儿全都不如宝丫头。

老太太说了："不大说话的又有不大说话的可疼之处，嘴乖的也有一宗可嫌的，倒不如不说话的好。"

是谁说过："我们用一年的时间学习说话，却要用一生的时间学习闭嘴。"这里面当然也包括跟糊涂人别说明白话，各自安天涯。

成年人的生活如繁弦急管，谁不是疲于应对。精力时间都有限，在说话这件事上要惜力，要做减法，话留给三观一致识见对等的人讲，求精不求多。语境不同，就不必强融了。

从前觉得"我不同意你的观点，但要誓死保护你说话的权利"很有道理，因为这是尊重别人。但如今要再加上一句："你不同意我的观点，我就誓死保护我不说话的权利。"

不用黑林黛玉了，她本来就不白

一

"红楼"第二十四回，宝玉回房，看到鸳鸯也在，穿着娇艳，低头看针线的样子真美。他把鼻子凑到姑娘脖子上闻香，还上手摩挲，感受是"白腻不在袭人之下"，道出了男性始终如一对于白皮肤的偏好。

金陵十二钗里，宝钗是公认的皮肤最好的，曹雪芹明里暗里多次描摹她的雪白细嫩。

第八回第一次通过宝玉的眼睛看宝钗，有这么一句，"脸若银盆，眼如水杏"，一个脸圆皮肤白、眼睛水汪汪的姑娘就活画出来了。宝姐姐当时还住在梨香院，梨花洁白，人如其花，她是真配住这里。

第六十五回，小厮兴儿说她"竟是雪堆出来的"，想象一下吧，那应该是一种晃眼的白。

最过分的是第二十八回，宝玉要看宝钗腕上的红麝串，曹雪芹写宝钗"生得肌肤丰泽，容易褪不下来"，其实就是胳膊太粗，手串不好往下捋，好尴尬。

但宝玉却对宝钗那一段雪白酥臂吞起了口水："这个膀子要长在林妹妹身上，或者还得摸一摸，偏生长在她身上。"

这说明什么？说明这样雪白的皮肤他林妹妹肯定没有。人缺什么，才眼馋什么。

同样皮肤白的还有史湘云，第二十一回写她的睡姿，一弯雪白的膀子撂于被外，她身边的黛玉则是盖得严严实实，初看以为这么写是因为黛玉怕冷，后来明白了：黛玉露了，还不如不露，会相形见"黑"。

嗯，我林妹妹是"黑皮星人"，至少不白，这在很多读者心里恐怕很难接受。其实人家老曹都暗示过多少次了，你们看书不仔细，怪我咯？

二

"红楼"两大女主宝钗和黛玉，分别代表了两种类型的审美，如双峰对峙两水分流，曹公刻意将她们从方方面面区分开来。

个性上的不同不做赘述，在外貌长相上也是如此。

除了宝钗丰腴，黛玉曼妙，她俩的肤色也应该参差对照，书中多有暗示。

下面就是一本正经的胡说八道：

首先看名字，宝钗姓薛，谐音"雪"，所以宝钗理所应当地白皮；黛玉的"黛"是"西方有石名黛，可代画眉之墨"，就是黑色颜料，所以黛玉白不了；

再来，宝钗吃的冷香丸，是用春天的白牡丹、夏天的白荷花、秋天的白芙蓉、冬天的白梅花这四季白花的花蕊为原料制成的，是真正的白色食品。黛玉呢？自称从会吃饭就吃药了，想象一下，从小到大天天喝那些黑乎乎的中药汁子吧，美容大王大 S 可是连酱油都不吃的。

后期宝钗也建议黛玉吃白色食品：白色燕窝，用白色冰糖放在白色的银铫子里熬，说这"吃惯了，比药还强"。燕窝她主动给送来一大包，另加一包"洁粉梅片雪花洋糖"，一听名字吧，就知道这糖也是白的。也不知道这么搭配着用，能不能把黛玉给漂白点？

另外，咏白海棠时，宝钗写出了一句"淡极始知花更艳，愁多焉得玉无痕"，很多红学家将之视为宝钗和黛玉的对照，那不如歪解一下：上一句是说宝钗平时不爱花儿粉儿，素颜出镜，更显得自己颜色姣好；下一句是说黛玉总爱愁苦，时间长了必定影响皮肤，难保不长皱纹色斑，外加肤色不匀和暗沉。

顶着锅盖综上所述，黛玉不白是板上钉钉了。

三

遥想黛玉一出场，曹雪芹细细描写她的气质神态和眉眼，"两弯似蹙非蹙罥烟眉，一双似泣非泣含露目。态生两靥之愁，娇袭一身之病。泪光点点，娇喘微微。闲静时如姣花照水，行动处似弱柳扶风。心较比干多一窍，病如西子胜三分。"唯独对她的肤色避而不谈。

只知道大家都看出她有不足之症，纷纷表示要吃好药好吃药。一见面，外祖母送的大礼包就是一料人参养荣丸。

那一回里，作者明明写迎春"鼻腻鹅脂，腮凝新荔"，那叫一个面庞娇嫩；写宝玉"面若中秋之月，色如春晓之花"，脸是又圆又白，白里透红的。

330

除了惜春年纪尚小，作者对凤姐和探春的皮肤色度也都掠过不谈。后来我们就知道了，王熙凤卸了浓妆之后，脸儿是黄黄的，连贾琏见了都我见犹怜。探春呢？估计也比不上她那二木头姐姐水嫩，人家是个啥心都不操，"戳一针也不知嗳哟一声"的人，哪像她要理家要筹谋要搞好和嫡母王夫人的关系，还成天要替她那不争气的亲娘擦屁股，脾气火爆的她，脸上不爆痘已经是万幸了。

皮肤就是一个人身体状况的外在体现。林妹妹的身体在那儿摆着，肤色想要粉扑扑那是不可能的了。她自己也说"一年里睡不了几个安稳觉"，说不定常年挂着黑眼圈也未可知。

但那又怎样，谁也不能否认，林妹妹依然是个如假包换的美人。就连成天在女人堆里打滚的薛蟠，一见黛玉，也被她的风流婉转"电"到身子酥了半边。

李渔曾一面感叹"妇人本质，惟白最难"，一面又说"今之女子，每有状貌姿容一无可取，而能令人思之不倦，甚至舍命相从者，皆'态'之一字之为崇也。是知选貌选姿，总不如选态一着之为要。"

美人原在骨不在皮，更在气质。林黛玉就是以眉眼气质取胜的，这一点没有异议，就连"黛黑"们也不能否认。

四

看合肥张家四姐妹的合影旧照，即便是黑白照，也能看出老三张兆和与其她三姐妹相比，她的肤色要深几个度。但是这一点都不影响她的美，眉眼神采依然出挑，人送外号"黑牡丹"，不怪追她的人多到要排号，"癞蛤蟆1号""癞蛤蟆2号"，最后是一代大师沈从文抱得美人归。

也许皮肤黑一点，初看不惊艳，但是如果五官搭配精致，人会越发耐看。某种程度上，耐看比惊艳更占便宜，因为预期问题，惊艳会造成视觉满足后的审美疲劳，但耐看却是一种缓释的魅力。

钱锺书曾这样调侃："我个人觉得黑比白来得神秘，富于含蓄和诱惑。一向中国人喜欢女人皮肤白，那是幼稚的审美观念，好比小孩只爱吃奶，没资格喝咖啡。"权且当作对黛玉们的安慰吧！

曹雪芹最了不起之处在于，他笔下没有完美的人，两大女主宝钗肤白却体丰怯热，黛玉有病容却姿态袅娜，就如同我们不完美的世界中两个身边的女同学。

宝玉生气时，写下了"戕宝钗之仙姿，灰黛玉之灵窍"，对

332

于她们各自的美之侧重，显然很是清楚。

　　他在太虚幻境遇到的"一夜情"对象，"更可骇者，早有一位女子在内，其鲜艳妩媚，有似乎宝钗，风流袅娜，则又如黛玉。"看吧："可骇"，钗黛合一也挺吓人的。

　　最完美的情人，只能是在梦中。

　　所以那些不喜欢黛玉的人，不用"黑"她了，她本来也不白。

　　我们深度喜欢一个人，最终不是因为其外表，而是因为灵魂。

盘点《红楼梦》里，那些具有弱德之美的女生

一

诗词大家叶嘉莹先生曾经创造了一个词："弱德之美。"她特别解释说："弱德不是弱者，弱者只趴在那里挨打。弱德就是你承受，你坚持，你还要有你自己的一种操守，你要完成你自己，这种品格才是弱德。"

秉弱德者，一面努力适应环境，默默隐忍，一面在内心坚持自我和追求，在压抑中慢慢靠近自己的目标，最终抵达。

弱德之美，是一种令人心酸又叹服的美，美就美在哪怕带着镣铐，也依然要翩翩起舞。

《红楼梦》里，有很多个具有弱德之美的女子。时代所限，她们没法走上职场实现个人的社会价值；现实所迫，她们背负着自己的命运无力摆脱。然而，她们仍然能够负重前行，凭借着超人的智慧与品格，活出了独属于自我的生命之美好。

二

第一个要说的就是金陵史家的大小姐史湘云。

湘云虽然出身贵族，却是个苦命的孩子。尚是婴儿时就变成了孤儿，由叔叔婶婶一手抚养长大。她的判词曲子如此吟唱："襁褓中，父母叹双亡。纵居那绮罗丛，谁知娇养？"

史湘云的成长环境，可以概括为"三无"：无闲、无钱、无爱。

名为小姐，实为半个奴仆。婶娘把一家老小的穿戴都交给她做，常常熬夜赶活到三更半夜，累得直不起腰来。于是来贾府小住权当疗养成了她唯一的指望，为此曾经偷偷哀求过宝玉："便是老太太想不起我来，你时常提着打发人接我去。"

贾府的姑娘们每月有二两银子的零花钱，而婶娘每月给她的几吊钱，还没有贾府大丫头的工资高。有一次，她一时兴起想要在诗社做东请客，事到临头踌躇起来，因为手头钱远远不够，想向婶娘开口，又怕挨训，还是宝钗让家里送来几篓子螃蟹，替她解了困局。

受了宝钗的各种照拂后，从小没人疼的她，红着眼圈念念不忘："我天天在家里想着，这些姐姐们再没一个比宝姐姐好的。可惜我们不是一个娘养的。我但凡有这么个亲姐姐，就是没了父母，也是没妨碍的。"

然而就是这样的"三无"女生，却成了《红楼梦》里最快乐也最多才多艺的姑娘，她会大说大笑着走进来，有她的地方永远欢歌笑语。做起游戏来，无论是主流的诗词歌赋，还是偏门的射覆划拳，或者扮男装耍帅，她样样玩得转。

她最豪放侠义，没有半点小姐架子，冬天烟熏火燎地烤生鹿肉，自诩"是真名士自风流"；春天醉卧芍药花下，自顾自吟诵着"玉碗盛来琥珀光"；看到岫烟被欺负时，欲要出手管一管，被黛玉讥讽"充什么荆轲聂政"。

她最隐忍也最要强，婶娘只顾面子好看，大热天让她穿好几层厚衣服走亲戚，她一句都不违逆，依言穿上；明明手头活儿已经多得忙不过来，袭人烦她打十根络子，她不拒绝，点灯熬油地打出来，还为打得太粗而抱歉；宝钗关切地问了她几句家务事，她强压住泪水闭口不言，不诉自己委屈，也不说家人是非。

这个开朗皮实的姑娘，就像一朵饱满的向日葵，把阴影抛诸脑后，全天候追着光明，活得生机勃勃，热烈而灿烂。

曹公如此评价湘云："英豪阔大宽宏量"，"霁月光风耀玉堂"。

全面接纳辛苦磋磨，不做过多情绪内耗，等待苦尽后的甘来，湘云姑娘不正是深得弱德之美的精髓吗？

三

再下来是丫鬟队伍里的袭人。

大家对袭人的评价很"两极"，恨之爱之者兼有之，恨她的人说她是狐狸精，爱她的人说她是解语花。其实，她本质上就是一个优秀的打工人。

幼时家贫，家人看她还值几两银子，就把她卖入贾府为奴，且是死契，即永不赎回，转卖、婚配都由买家决定，相当于"这孩子归你们了，是死是活与我们无关"。

被切断后路的小袭人，没有别的选择，一夜之间被迫长大，立起了"职场老实人"的人设：为人友善、周到，做事勤勉、紧绷。

为了生存，她从不挑肥拣瘦，得陇望蜀，故而从不拧巴和纠结，"服侍贾母时，心中眼中只有一个贾母；如今服侍宝玉，心中眼中又只有一个宝玉。"无论在哪个岗位，服务对象是谁，她都不颓不混，尽己所能交出让东家满意的答卷。

论忠于职守，贾府里袭人称第二，没人敢称第一。

在宝玉面前，她有时像老母亲，有时像大姐姐，有时又像小女人。

三百六十度将宝玉全方位温柔包裹，照顾得无微不至。他睡觉，她坐在他床边给他绣肚兜；他起床，她给他打好洗脸水梳好头；他去上学，她给他包好衣服，把他叫到面前谆谆教导：好好念书，别和坏孩子一起玩；作业也不宜太多，一则贪多嚼不烂，二则别累坏了；还有还有，记得穿厚点，脚炉手炉里的炭要记得添……她说一句，宝玉应一句，那场景温馨得让人泪目。唠唠叨叨的，不就是去上学吗？俩时辰后就回来了，搞得跟进京赶考似的。

宝玉不爱读书，毁僧谤道，她制止；爱在女孩子堆里混，吃女孩子嘴上的胭脂，她苦劝；使脾气犯浑，踢得她吐了血，她竟然也不抱怨，用极大的耐心和包容等着他长大。

当宝玉有了身体欲望时，袭人也欣然顺从配合。她实诚地认为，贾母已经把她配给宝玉做妾了。事后却并未恃宠而骄，而是更加谨慎尽心。后来才发现好险，原来在贾母心里，晴雯才是做妾的最佳人选。

但她已经像一株不起眼的爬墙虎，在怡红院里深深扎下了根，并不动声色地把枝叶蔓延到了角角落落。

"一时我不到，就有事故儿。"她俨然成了一个不可替代的角色。

上上下下公认宝玉屋里离不了袭人，连素来嘴紧的薛姨妈都开口夸她："他的那一种行事大方，说话见人和气里头带着刚硬要强，这个实在难得。"这算是夸到了点子上——那当然，袭人的温柔和顺里，自有一份闪闪发光的职业尊严。

当然，人性也是复杂的，戴尔·卡耐基说"虚荣是人的动力之源"，袭人虽是贤人，但也不是圣人，她有自己的小"九九"。但以她的表现晋升为花姨娘是实至名归，这名分是她应得的。

命运发给了袭人一把烂牌，她没有自暴自弃随便乱出，打不出王炸，至少打出了同档位的最佳，刷新了自己的牌面，完美演绎了叶先生的话：弱德之美。即无论多么艰难困苦，我都尽到了我的力量，尽到了我的责任。

四

还有一个具有弱德之美的女子不能忽略，她身份很特殊，既不是主子，也不是奴才，是一位自称"槛外人"的尼姑。

苏州官宦小姐出身的妙玉，因为自小体弱多病，选择出家带发修行。但因父母双亡，又得罪权贵，无法在原籍立足，而北上金陵避难。师父临死时专门交代："衣食起居不宜回乡，在此静居，后来自有你的结果。"她像被遗落在地球上的外星小孩，栖身于大观园内的栊翠庵，苦苦等待着命运的转机。

孤身一人，无亲无故，漂泊在外，有家难回，年岁渐长，还俗却遥遥无期。换个脆弱的女孩子，以上几条，条条都够哭十天半个月的。但是这次不同，她是狠人妙玉。

木心说过一句话："生活最好的状态，是冷冷清清的风风火火。"用来形容妙玉再贴切不过。囿于身份，她待人虽清冷，但却能把生活过得有滋有味。

她醉心园艺。栊翠庵被她打理得花木葱茏，手艺不输大观园里专门管理花草的叶妈。贾母一见那些花木就夸："到底是他们修行的人，没事常常修理，比别处越发好看。"寒冬腊月大雪纷飞，大观园里一片惨淡萧条，只有她栊翠庵里的十几株红梅，红如胭脂，灿若云霞，在白茫茫的雪世界里绚烂绽放，与她本人形成了意味深长的反差。连长年寡居的李纨都看得眼热，撺掇宝玉去讨几枝来插瓶。

她精于茶道。贾母向她讨口好茶喝，她手捧成窑五彩小盖钟，特别奉上旧年雨水冲泡的香茶。贾母认错了茶叶，说自己不喝六安茶，妙玉不卑不亢道："知道。这是老君眉。"因为后者性温，更适宜老年人饮用。她请宝黛钗三人喝梯己茶，规格高到吓死人，每一件茶具都是价值连城的古董，她用的泡茶水，竟是五年前在蟠香寺住着时梅花上收的雪，难为她一直带在身边，真是讲究人儿啊！

她还是现成的"诗仙"，这美名是黛玉封的。"振林千树鸟，啼谷一声猿"这样毫无脂粉气的句子就出自她手，她还提醒黛玉湘云，写诗不能丢了真情真事而一味搜奇捡怪。她的关门弟子是邢岫烟，在她的教导下，岫烟写诗也别具一格，吟得出"看来岂是寻常色，浓淡由他冰雪中"的"红梅赞"。妙玉"事了拂衣去，深藏功与名"。

人们都言妙玉清高，却常常忽视她离奇的孤苦身世，这皆因她"人倒架不倒"。跌到低谷时依然拥有超凡的调节自控力，不见半点狼狈慌乱，从容保持高雅的审美情趣，找到生活的着力点和节奏，不疾不徐地专注精进。这正是弱德之美中所谓的"你承受，你坚持，你还有自己的操守，你完成你自己"。

《菜根谭》有言："得意处论地谈天，俱为水底捞月；拂意时吞冰嚼雪，方为火内栽莲。"这句话里用到了佛经里"火生莲"的典故，喻义身处焚心之烦恼之中，依然能自我解脱，达到清凉境界。看来，妙玉这一趟佛门修行不算白来。

五

以上的这些"红楼"女子，虽然出身境遇各有不同，但她们有着共同的特质：

无论给她们什么样的起点，都不会因自矜、自困而导致自怜；

无论给她们什么样的境遇，都不曾放弃让自己向善向好的可能；

　　无论给她们什么样的苦楚，都能咽下去，变成酿造美好生活的原料。

　　她们仿佛在说："没有光时，我活成一道光，去温暖自己，照亮他人；没有路时，我开辟一条路，逢山开路，遇水搭桥；没有归宿时，我就是自己的归宿，安顿好身体与灵魂，把日子过成诗。"

　　——所谓弱德之美，大抵如此。

俗人正是雅人的良配

宝黛争吵： 眼睛为她下着雨，心却为她打着伞

一

读"红楼"，每到三十二回，都要长出一口气：我去，可算是消停了。

因为只有书到这一回，宝玉和黛玉随时随地就能启动的吵架模式，才终于告一段落。

在此之前，他们身边的人，无不被闹得脑壳疼，袭人紫鹃两个倒霉孩子自不用说，连最豁达最睿智最乐观的老祖宗，都被折腾得快崩溃了："几时我闭了这眼，断了这口气，凭着这两个冤家闹上天去，我眼不见心不烦，也就罢了。偏又不咽这口气。"一边说一边掉下泪来——把人都逼成什么样了！

如果是看故事，当然冲突越多越好看，有点像郭德纲说相声："瞧出殡的不怕殡大"。但设身处地代入一下，哪个当事人能搁得住这么"大吵三六九，小吵天天有"啊？"一波未平，一波又起"，心绪高低起伏不说，也太伤元气：气急伤肝，忧思伤脾，兼之夜晚不眠又伤血气。宝玉还好，但黛玉这样"纸糊的美人灯"体质，从会吃饭起就开始吃药的人，哪里经得住这连绵不断的折腾。

但是没办法，此乃他们这一类人必须要走过的弯路。除此之外，别无他途。

二

这事儿要怪先怪宝玉，是他先爱的。

是他，"自幼生成有一种下流痴病"；是他，发现周围所有的闺秀加起来，"皆未有稍及林黛玉者"；是他，对黛玉"早存了一段心事，只不好说出来，故每每或喜或怒，变尽法子暗中试探"，没事总要去刺激对方。

这么撩女生，其实是很欠揍的。

但他阴柔的个性，注定不会一上来就直来直去地表白，做不到像萧军那样"爱就爱，不爱就丢开"，在这一点上，还真就不如糙老爷们"直男"薛蟠痛快。

要命的是，林黛玉和他恰好是一类人，很吃这一套，"也是个有些痴病的，也每用假情试探"。没法笃定对方的心意，只好"以其人之道还治其人之身"。

这下好了，曹公写："因你也将真心真意瞒了起来，只用假意，我也将真心真意瞒了起来，只用假意。"

结果呢？"两假相逢，终有一真。其间琐琐碎碎，难保不有口角之争"。

在这场考验演技的耗时持久的"游戏"中，总有人会在某个场次绷不住，露出真态度，可惜另一个人接不住，做不到默契同步，只好靠吵闹推进。外人不懂，只当一点小事，哪知这些小事不过是细枝末梢，只有顺藤一路摸下去，才会发现：哇！好大一个瓜。

他们捧着自己的心，相互观望着，就像同时端着满满一容器滚烫的水，水已经多到颤颤巍巍平着容器的边沿，他们既不敢啜饮也不肯放下，在比赛较劲，谁先洒出来就算谁输。而每一次争吵，恰似一次撑不住的洒汤漏水，既失态也释放。那满溢的感情啊，不流出来人会被憋死的。

情感太充沛汹涌，却没有通畅的出路可表达，永远在累积和释放中循环，如同西西弗斯推石头上山，周而复始，无穷无尽。

这一场情事，就这样变成了虐心的受刑。

三

《不能承受的生命之轻》里说：他们之间总是充满了误解，多到可以编成一本误解小词典。

这句话形容宝黛也恰如其分。

第二十九回，清虚观打醮，张道士给宝玉提亲。贾母不动声色地拉了个佛门中人婉拒了："和尚说了，这孩子命里不该早娶。"这事儿就翻篇了。

但是宝玉生气了，说再也不见那个牛鼻子老道了——至于吗？人家也是好心嘛！

至于。幸亏贾母回绝，否则就麻烦了。宝玉是古代人，婚姻大事不由自己做主，要听长辈之命媒妁之言。他心里认定了黛玉又没法官宣，成日为此忐忑不安，现在忽然有人差点强塞给他另一个姑娘，平白受一场惊吓，他不恨才怪。

恰逢黛玉又中了暑，宝玉记挂着放心不下，吃饭都没胃口，一趟一趟来探视。

黛玉怕把宝玉累着，便说道："你只管看你的戏去，在家里作什么？"明明是好意体贴，但宝玉却想歪了："别人不知道我的心还可恕，连他也奚落起我来。"主动挑起战争："我白认得了你。

罢了，罢了！"

黛玉哪里能想到是这一折，莫名其妙之下，只好话赶话回击："我也知道白认得了我，哪里像人家有什么配的上呢。"影射"金玉之说"。其实两人吵的根本不是一件事。

宝玉说："你这么说，是安心咒我天诛地灭？"又把黛玉问糊涂了，这都哪儿跟哪儿啊？

宝玉翻起了元妃赐礼的旧账，说：昨天我才为这个赌了几回咒，今天你又来，我便天诛地灭，对你有啥好处？他当时起过誓："除了别人说什么金什么玉，我心里要有这个想头，天诛地灭，万世不得人身！"

黛玉爱宝玉，她不愿他受一点儿损伤。哪怕是对方无厘头的起誓，也让她心怀恐惧。

她"颤颤兢兢"地说："我要是安心咒你，我也天诛地灭。""颤颤兢兢"，因爱而生惧，作者用这四个字真是绝了！

又说："何苦来！我知道，昨日张道士说亲，你怕阻了你的好姻缘，你心里生气，来拿我煞性子。"有意无意间，竟然又拐回了宝玉生气的原点。阿弥陀佛，兜了一大圈，两位这架眼看着要吵到一块去了，还没来得及恭喜会师，一个"好姻缘"又把宝玉推到了一百米开外。

宝玉被噎得说不出话，憋屈愤怒之下，又一次把玉砸了。可

349

怜的玉，如果会说话，一定会愤愤然：每次吵架就会拿我撒气，能不能有点新花样？

都说"被误解是表达者的宿命"。其实，表达者也不那么无辜。宝玉胡搅蛮缠在先，黛玉紧随其后把话题带偏，越绕越远，真绝望。

四

当爱情处在将明未明、半暗不暗的阶段，巨大的情感张力往往伴随着高度的焦虑感。越是深爱，越容易心生猜忌。

就如此刻的他们，各自有各自的立场。

他想："别人不知我的心，还有可恕，难道你就不想我的心里眼里只有你！你不能为我烦恼，反来以这话奚落堵我．可见我心里一时一刻自有你，你竟心里没我。"

她想："你心里自然有我，虽有'金玉相对'之说，你岂是重这邪说不重我的。我便时常提这'金玉'，你只管了然自若无闻的，方见得是待我重，而毫无此心了。如何我只一提'金玉'的事，你就着急，可知你心里时时有'金玉'，见我一提，你又怕我多心，故意着急，安心哄我。"

因为急着想解除猜忌，便又恨不得把心挖出来给对方看，就又开始站在对方的立场上想问题。

他又想："我不管怎么样都好，只要你随意，我便立刻因你死了也情愿。你知也罢，不知也罢，只由我的心，可见你方和我近，不和我远。"

而她又想："你只管你，你好我自好，你何必为我而自失。殊不知你失我自失。可见是你不叫我近你，有意叫我远你了。"

这些设身处地替对方着想的心理活动，完美地诠释了爱情的利他性，读一遍视线模糊一回，妈的这就是真爱呀！

然而这样交换立场的结果是，两人又完美地擦肩而过，巧妙避开了心灵相遇。就这样，"求近之心，反弄成疏远之意"。

唉，一声叹息。

幸福的爱人有两类：互补的，相似的。前者可以互通有无取长补短，而后者则是一言难尽，他们既可以成为世人眼中的神仙眷侣，无比契合，也极易成为欢喜冤家，离不开也见不得。最怕的是黯然错过，就像《花样年华》里的周慕云和苏丽珍。

相似度越高，越相爱至深，就越容易在互虐的弯路上一骑绝尘。宝玉和黛玉的爱情"路漫漫其修远兮"，他们需要上下求索，渐迷之后是渐悟，渐悟之后是顿悟。

年轻的他们，想要成长为一个合格的爱人，需要时间，更需要契机。

五

响雷过后，必有暴雨。

每吵必哭，已经成为规定动作。

宝玉砸了玉，气得脸黄了，眼眉都变了，此种情景前所未有。少年人大心大，这是他平生第一次，想要把一个姑娘纳入自己的人生里来，却因为表达不得法，结果适得其反，被啪啪打脸后推出了八丈远。

换谁也想死。

这又忙坏了袭人和紫鹃这两位姑娘，她们像极了两个小孩子的家长。要好的小朋友之间闹了别扭，聪明家长肯定不会相互指责，都是先说自己家孩子。结果是，两个"孩子"越发觉得自己受了天大的委屈。

《红楼梦》真是一本世情小说啊，字字句句都在书写人情世故。

袭人说宝玉：你同妹妹拌嘴，不犯着砸玉；倘或砸坏了，叫她心里脸上怎么过得去？

这话落在黛玉耳里，说到了她的心坎上，直接哭吐了，刚喝下的香薷饮解暑汤一口一口吐湿了帕子。她想：可见宝玉连袭人都不如。

紫鹃说黛玉：虽然生气，姑娘到底也该保重着些。倘或犯了病，宝二爷怎么过得去呢？

这话落在宝玉耳里，也落到了他的心坎上。他也想：可见黛玉连紫鹃都不如。

但是，当看到黛玉脸红头胀上不来气，又是泪又是汗不胜怯弱的样子。立即后悔自己同她较真儿，因为"我又替不了他"。

一念及此，他眼泪也落了下来。

"去他的是非对错吧，不管是不是你错了，你都没错；

不管是不是我错了，我都认错。

不是我没原则，我只是，只是见不得你难过。"

这场争吵惊动了贾母，老人一句"不是冤家不聚头"，耐他们反复咀嚼。俗语如禅语，泣涕零如雨，"一个在潇湘馆临风泣泪，一个在怡红院对月长吁"。

风停，雨住，初霁，放晴。

六

第二天，宝玉主动来求和。

但他们没学过马歇尔博士的"非暴力沟通"方式，用说出自己的"观察、感受、需求、请求"这四要素来形成一个完美的闭环，心平气和又慢条斯理地解决问题。

也不会像《大话西游》里的唐僧那样无厘头死磕到底："哦，你想要啊？你想要啊，你想要说清楚就行了嘛。你想要的话我会给你的，你想要我当然不会不给你的，不可能你说要我不给你，你说不要我却偏要给你，大家讲道理嘛。"

他们之间依然是一笔糊涂账，依然选择用眼泪终止眼泪。

直播一下宝玉求和吧。他说了这样一句："若等他们来劝咱们，那时节岂不咱们倒觉生分了？"听听，分明是说，"咱们的事情自己关起门来解决，何必让外人来掺和，多尴尬。"水深火热，却情比金坚。他们的心始终紧紧在一起，没给任何人留下哪怕一隙的容身之地。

黛玉又哭了，拭泪用手帕子；宝玉也哭了，擦泪用的是袖子。

这时她瞥见他穿着簇新的藕荷纱衫子，连忙掷过来一块手帕，怕他弄脏衣服。一个动作便出卖了真心。

黛玉对宝玉这样下意识的关爱动作还有很多，恕不一一列举。那些总说黛玉太作娶不得的人，不是笨就是瞎，"有眼不识金镶玉"，这种人活该错过，错过那些暂时缺乏安全感、表面上看起来"作"，却最知冷知热的好姑娘。

福楼拜曾经描述过一种爱情："这爱情既胆怯，又深沉，可惜它缺乏那种蕴藏于心底的野性的激情。"宝玉和黛玉，他们不够直接勇敢，只会远兜近转，凭空多绕出好多弯。再加上那一段外界状况频出，让这两个相爱的人战战兢兢如惊弓之鸟，压力过大而自乱阵脚，起了内讧。然而九曲十八环，环环有看点。曹公用工笔画的手法，将感情里每一点心思都纤毫毕现地呈现出来，此等细腻周全，让人叹为观止。

最细微之处，才最见真心。

《红楼梦》不是《泰坦尼克号》，不需要以宝贵的生命为代价来证明爱情。最能见证自己在对方心中分量的时刻无非是——你明明已经被对方气得吐血三升，可你竟然还担心他（她）看到了会晕血。

泰戈尔说："眼睛为她下着雨，心却为她打着伞，这就是爱情。"

贾政、赵姨娘：俗人正是雅人的良配

一

"贾政这样的人，为什么会喜欢赵姨娘那样的人？"这个话题，隔三岔五就要被"红迷"们拿出来讨论一番，而结论永远莫衷一是，成为一团盘旋在"红迷"们头顶的千古疑云。

贾政，清贵的读书人，端端正正如一方鲁墨砚台；赵姨娘，庸俗的愚妾，歪歪斜斜如一个冒牌笔洗。砚台再端方，兜不住笔洗跑冒滴漏，弄湿一桌子线装古籍，坏人兴致。

但贾政却宠赵姨娘，跟她一连生了两个孩子。而且，在有了她以后，再没跟别的妻妾有过孩子。

从外面回来，也永远是歇在她屋里，正好方便她吹枕头风，告告嫡子宝玉的小黑状。被宠的总是有恃无恐，这大概就是她总要出门搞事情的原因，一会儿闹亲女儿，一会儿打小戏子。

就连扎小人把宝玉搞得生命垂危，她非但不回避，还敢靠一腔愚勇往前凑，说出作死的台词："哥儿已是不中用了，不如把哥儿的衣服穿好，让他早些回去。"换来贾母照脸啐一口，骂一顿。贾政对她的喝退，与其说是一种严厉训诫，不如说是一种及时的保护。

过后她有一丝悔改吗？并没有。这说明什么？说明贾政完全接纳了这样的她，并没怎么让她长记性。爱其而知其恶，爱其而容其恶。为什么啊？明明他们那么不般配。

二

答案早在第十六回就已揭晓。

那一回，宫里的元春封了妃，要风光回门，家里自然要大搞装修迎接，于是平地里起了一座园子。奈何国丈大人政老爷做了甩手掌柜，修园子的事统统交给了家里的其他成年男人：贾赦、贾珍、贾琏，还有一干管家、清客。他呢，就是每天下了朝各处看看，"最紧要处"才和贾赦商量商量就罢了。

什么时候他才开始活跃起来的呢？园子建好了，各处题匾额楹联的时候。

贾政带着宝玉和一帮文人骚客们开始逛园子，不厌其烦每一处都逛到，兴致勃勃钻研文字游戏。

他有自知之明，说自己这么多年案牍劳形，公务缠身，花鸟山水题咏的灵气早耗光了，不如全都交给宝玉。他还说了，如果不行，就请高手贾雨村来题——在这件大工程的细枝末节上，他倒不肯应付塞责了。

而且，他的欣赏水平也在线。对于宝玉的题咏，不管清客们怎么昧着良心叫好，他都坚持自己的独立判断标准。好就是好，不好就是不好，根本忽悠不了他。

在潇湘馆，那时候那地儿还不叫潇湘馆，是个没名字的竹林院。贾政看着眼前的千竿翠竹，心向往之地笑了，他说："若能月夜坐此窗下读书，不枉虚生一世。"

真不愧是林黛玉的亲舅舅，黛玉后来选这个地方居住，原因就是此处比别处更见清幽。审美喜好的基因在血液里代代相传，像宿命一样，逃都逃不开。

对这个情有独钟的地方，他格外看重。清客拟了一个匾额，他的评判只有一个字："俗。"再拟一个，评判成了两个字："也俗。"

对"俗"，他是万般的不兼容。在务虚的审美层面上，他对"俗"不屑一顾；而在现实的世界里，对于最具体的、桩桩件件需要落实的事情,他也完全搞不定,只会躲,曹公用"贾政不惯于俗务"一言蔽之。

也正是这句话,让贾政与赵姨娘这一段外人看不懂的关系有了注解。

三

每种外人眼里的不般配,都有各取所需的幸福。

想当年,人人都说胡适和江冬秀不般配。连张爱玲看到小个子的江冬秀,都要暗暗刻薄一句"他们是旧式婚姻"。胡适学贯中西,一生取得了三十六个博士头衔,却遵母命娶了没文化的乡下小脚女人江冬秀。

坊间说他有一次想离婚娶曹诚英,被江冬秀一把菜刀吓退,从此绝了另起炉灶的念头。说得好像胡博士在这桩婚姻里受了多大委屈似的。

若真铁了心要离,以他的高情商、高智商、好人缘、好人脉,只要条件谈妥,总能离得了。说来说去,这桩婚姻里还是有令他留恋的东西。

江冬秀虽然没文化,人凶悍一点,但她过日子是一把好手。家里家外安排得妥帖周到,胡适的亲朋好友她全能照料,给胡适博得了一个好名声。

在美国的时候他们一度经济拮据，家里没了小菜钱，全靠麻将高手江冬秀出去"搓麻"，赢回来的钱贴补伙食；

家里进了强盗，江冬秀临危不惧，打开房门对着强盗用英文大吼一声："滚！"强盗被她的气势吓得抱头鼠窜；

他们家的餐桌一年四季五彩缤纷，一颗鸡蛋她都能做得天天不重样，胡适回到家永远有热汤热饭奉上。

朋友来家里做客，江冬秀能做出著名的"一品锅"。一口大铁锅沸腾着端上桌，里面炖着大母鸡、大蹄髈，还有三四十个鸡蛋，人人有份，吃得宾主尽欢。

甘蔗没有两头甜。所以，也别觉得江冬秀好像占了胡适多大便宜，胡适本人也是这桩婚姻的受益者好吧？恰是江冬秀用世俗的能干强悍给他建造了一个稳固的后院，令他得以专注地成就自己。

但是很多人选择性眼盲，非要以事业高低论般配与否，细想，是一种堂而皇之的势利。

四

人们都想看神仙伴侣翩翩双飞，但在生活的柴米油盐面前，总得有一个人先行落地操持。

公认般配的钱锺书和杨绛，杨绛生孩子剖宫产住院，钱锺书天天来医院报告家里的坏消息。

"我把墨水瓶打了，把房东桌布染了。"

"我把台灯砸了。"

"我把门轴弄坏了，门不能关了。"

在生存技能面前，百无一用是书生。

杨绛一律耐心地答："不要紧，我来洗。""不要紧，我来修。""不要紧，我会修。"

婚后第三十七年，学富五车的钱锺书，终于为自己学会了一样本事欣喜若狂："我会划火柴了！"

是杨绛穷尽一生，替钱锺书将生活中的俗务挡在了外面，才有了丈夫对她那句著名的评价："最贤的妻，最才的女。"贤妻在才女之前，这个排位颇值得玩味。

另一对神仙伴侣是王小波和李银河，这两人在一起时吃风拉烟，家里不开灶也不打扫。据王小波哥哥回忆，有一次嫂子去他们家，弟弟给他倒了一杯水，嫂子却拿不动杯子，因为它早都被油垢牢牢地黏在桌上了。后来的事大家都知道了，王小波孤身在家心脏病发，英年早逝，而彼时，李银河正在大洋彼岸深造。

说什么才子佳人，事实是越是神仙才子，越需要一个接地气的糟糠之妻照料。

"谢公最小偏怜女，自嫁黔娄百事乖。顾我无衣搜荩箧，泥他沽酒拔金钗。野蔬充膳甘长藿，落叶添薪仰古槐。"这是元稹给亡妻的悼诗，既深情又无赖。有才的伴侣，往往像一株寄生植物，一面开着夺目的花朵，一面需要宿主源源不断的滋养。

咋说呢？愿打愿挨就好。

五

去年"浪姐"热播，大批粉丝涌进某摇滚歌手微博下面，说仙仙儿的为什么娶了那么俗的女人，求求哥让嫂子回家吧，别出来丢人了，他们替他难受。歌手回答得很高妙：各人有各人的因果，我也不知道你为什么替我难受。听起来有点无计可施但又欣然接受的味道。于是催生了一个知乎新词：大俗治文青。可是大俗也养文青。"嫂子"在节目里说，自己去年一年除了照顾儿子，还拍了四部戏、装修了两套豪宅，给老公准备演唱会。以上这些，是那些天天在家打坐练瑜伽的歌手靠打坐和倒立能换来吗？

由此又想到了另一对儿，梁朝伟和刘嘉玲。深情寡言的梁朝伟没能和优雅神秘的张曼玉在一起，却娶了大牡丹花一样热闹俗气的刘嘉玲，让多少人意难平。

也是家里装修房子，也是刘嘉玲一人张罗，梁朝伟拿着小箱子离开，等装修好了他拿着小箱子回来入住。装修期间他住酒店，也有可能是飞去伦敦喂鸽子。

刘嘉玲在"吐槽大会"上说，梁朝伟在家一句话也不说，只用忧郁的眼睛看着她，直到她给他煮一碗面。虽是玩笑，基本上也能露出一点二人相处时的端倪，他把太多的精力给了艺术，把沉闷留给了她。

而梁朝伟自己怎么说呢？他说当他拍完戏回到家听到她笑声的那一刻，他会回到真实的世界。

他说，刘嘉玲是他的驱魔人。

六

回到"红楼"。赵姨娘，就是贾政的驱魔人。

书呆子混官场，本来就辛苦。贾政本不是圆滑的人，有点方有点轴，心里还住着个老文青，但不得不成天打起精神在官场迎来送往，阅公文打官腔，神经总是紧绷着。

是赵姨娘用自己鸡毛蒜皮的俗，把他拽回坚实的地面。

她亲自给他裁衣做鞋，给他端茶倒水，给他揉肩捶背，把他伺候得舒舒服服。第七十二回末，赵姨娘跟贾政这边有商有量地说着给儿子收房纳妾的事，那边忽然咣当一声响，吓人一跳。原来是窗屉子没扣好掉了下来。赵姨娘骂了丫头两句，亲自带领丫鬟上好窗户，回来服侍贾政安歇。

你能想象像宝相庄严的王夫人亲自做这些吗？周姨娘会亲自扣窗户，但她绝不会张嘴骂人。曹公写得真正好的地方就在赵姨娘的骂人上。

在规矩大的贾府，她屋里是有一点聒噪的小世界，但这是小日子家常的聒噪，有人味儿。从秩序森然的官场出来，贾政需要这点凌乱的松弛。

雅与俗要互补，从实用角度，俗人可能正是雅人的良配。

赵姨娘不太体面却热气腾腾的性格，让端庄的王夫人，温驯的周姨娘，都成了落灰的摆设，有苦难言。

《甄嬛传》里，祺嫔每每使坏从欣贵人那里把皇上"截和"。甄嬛用一壶糙米薏仁汤对祺嫔实施惩戒，皇上却反问甄嬛为什么和祺嫔过不去？还说祺嫔虽然肤浅张狂，倒也不失可爱。这就是男人看女人的角度，他们不一定管对错。

贾政当然知道赵姨娘毛病不少，但谁让她身上有他渴望的东西？

她俗不可耐，她见识短浅，她行事粗鄙，上不得台盘，她絮絮叨叨甚至胡说八道，叽叽喳喳地饶舌，她在府里有一堆底层婆子做朋友，她那些朋友成天也不教她好，挑唆着她出洋相瞎折腾，时不时整一出，不让他省心……但是，她有人间的温度。

藕官：明白人不与自己为难

一

　　香港导演林奕华，曾经写过这样令人心尖颤动的话："我多么希望可以给你一个舒适的、有归属感的空间。每次想到你要睡沙发，没有地方做自己想做的事，马上就想起那晚看见的你——睡得好静，好深。那一个凌晨，在那张三呎的小床上，风扇在转动，我把你抱住——那是一个没有在头上抹 GEL 的你，那一个凌晨，安静的早晨轻轻来到。"

　　轻轻地读，就像面对一小块精致的薄荷抹茶甜点，柔软、细腻、清凉、芬芳，让人不舍得一口吞，只敢小口小口地咬，甜蜜而忧伤。又仿佛单衣站在微凉的清晨里，空气清新湿润，风碰着树叶，树叶滴着露水，抬头看，静谧的天空正慢慢地亮起来。

这就是真爱呀，想象他写下这些文字的时候，一定是浅浅笑着，表情带一点点的疼痛，一点点的迷醉。

这段文字，是林奕华写给自己同性爱人的。

二

这世间总有一部分人，他们爱上的那个人，会恰好是同性。

也许，每一个人的身体里，都封存着一个潜在的同性恋者。就如同每一块土壤里，都深埋着一粒特殊的种子，在特殊的条件下，会猝不及防又自然而然地发芽。

大观园里的梨香院，就是这样一块试验田。

十二个唱戏的女孩子被圈养在这里，生旦净末丑，样样都有人扮。这其中有个扮小生的姑娘叫藕官，她的工作是天天在舞台上演男人。

《西厢记》里，她是与莺莺一见钟情的张生；

《牡丹亭》里，她是让杜丽娘魂牵梦萦的柳梦梅；

《玉簪记》里，她便是暗恋美貌道姑陈妙常的潘必正；

《西楼记》里，她则成了对歌女矢志不渝的状元郎于叔夜。

——这些才子佳人戏，相当于今天的玛丽苏剧，其套路永远是"才子佳人相见欢，私定终身后花园，小人拨乱在其间，落难公子中状元，奉旨完婚大团圆"，藕官与演对手戏的小旦菂官沉浸其中，演着演着，她们开始女女相恋。

三

她们的同学芳官分析说："常做夫妻，虽说是假的，每日那些曲文排场，皆是真正温存之事，故此二人就疯了，虽不做戏，寻常饮食起坐，两个人竟是你恩我爱。"

后天的特殊环境与氛围，让藕官的自我性别认知渐渐发生了变化，她把自己当成了男人。

通俗说她就是一同性恋，但如果用 LGBT 标准严格细分，她仅算是一个跨性别者。就像我们骂人时习惯说的"神经病"，其实在医学领域叫"精神病"一样，这两者还是有区别的——且不管这些令人头疼的理论，总之两个姑娘是互生情愫，还如胶似漆就对了。

梨香院的小戏子名字多以草字头为主，菂官的"菂"指莲子，与藕官的"藕"相呼应，莲子为子藕为根，一脉相通，代表两人心心相通不分彼此。

然而令人痛心的是，这药官竟然是个短命之人，正值妙龄就死掉了。值得注意的是在另外一些版本里，她不叫药官，叫枲官，"枲"指枲麻，一种只开花不结子的植物，暗示没有结局。

你看，明明是同一个人，老曹却在"药官""枲官"两个名字间改来改去，大概是因为他想要表达出的完整含义是：这姑娘与藕官感情甚笃，却红颜薄命。

四

可怜的藕官，台上演了那么多才子佳人的大团圆，现实中的爱情却落得残缺不全。痛失最爱，她哭得肝肠寸断死去活来。

但是生活总要继续，她的戏还得接着演，毕竟那是她的饭碗。

药官之后是蕊官，这个新补的小旦成了藕官的新搭档。令人瞠目的是，药官坟头的土还没有干透，藕官就开始了新一轮的卿卿我我耳鬓厮磨，对蕊官不是一般的温柔体贴。

旁人看了诧异，问她怎么得新弃旧，她坦然道："这又有个大道理。比如男子丧了妻，或有必当续弦者，也必要续弦为是。便只是把不死的丢过不提，便是情深义重了。若一味因死的不续，孤守一世，妨了大节，也不是理，死者反而不安了。"

这简直和王小波遗孀李银河接受采访时的回答一模一样："人

完全可以爱了一次又一次，这不是很正常吗？"

初听似乎是见一个爱一个，再想却务实理性：人鬼殊途，死了的人死了，但是活着的人生活还要继续，在人世间的责任义务总要一一尽到，若一味不顾一切孤守，何尝不是自私？只要不忘旧人，便算情深义重。

薄情的背后是深情。感情的世界里做好平衡，生者与死者都能对得起：好好怜取眼前人，也把"夜来幽梦忽还乡"的逝者，在心灵的角落妥帖安放。

五

藕官不曾食言，对于死去的药官，她每节烧纸祭奠。

这么做很好，用对活人的态度对活人好，用对死人的方式对死人好，两下里都不拧巴。

那天，她正在园子里流着泪给药官烧纸，被婆子发现要责罚，恰逢"无事忙"的宝玉路过，出面保下了她。

先说藕官烧的是林姑娘写坏了的字纸，婆子显然不信，没烧完的纸钱在那儿摆着呢。

宝玉只好二次编谎，说是自己"梦见杏花神和我要一挂白纸钱，不可叫本房人烧，要一个生人烧了才好得快"，并反咬婆子冲了神祇，要问婆子的罪，将之成功吓走。

宝玉问藕官到底是给谁烧纸，她不便明言，叫她去问芳官。

当宝玉怀着一腔好奇，听芳官讲完藕官的爱情故事时，对她的爱情言论连连赞叹。

身为女儿身，心是男儿心，藕官的爱情已够惊世骇俗，她不掖不藏，勇敢爱我所爱的态度已属另类。更难的是身在喜欢以殉情和守节来标榜自己对感情忠贞的古代，不一味抱残守缺，带着对爱人的爱，顺其自然地追寻下一个圆满。

不怪宝玉在她面前自惭形秽："天既生这样人，又何用我这须眉浊物玷辱世界。"

也许有趣的灵魂都是雌雄同体，这一类人，他们看人生问题的态度更灵活不拘泥，更开明包容，也更能够逻辑自洽。他们有着普通人要绕很多弯路才能抵达的通透：人生而多艰，该铭记的铭记，该释怀的释怀，明白人者懂得不与自己为难。

这种豁达通透，何止于单对爱情，简直就是人生的大智慧。对于逝去的一切美好，都不妨效仿这种态度。

藕官虽然出场篇幅很短，一页纸都还不到，但她身上所展示的，却是一种更进步更高级的现代人生观。《红楼梦》真是了不起啊，伟大的作者从不会落伍，几百年前的观念穿越时空，今天依然适用。

龄官教给宝玉的事：
成长就是看着预期一一破灭

一

人生中有些道理，真的不用急着知悉。一旦明白了，会败掉一部分做人的兴致。

就比如《红楼梦》第三十六回的宝玉。宠冠荣宁二府的大宝贝，受了一个身份低贱的小戏子施施然的冷遇，忽然间就"识分定情悟梨香院"了。

在此之前那几回，宝玉的种种熊孩子表现让人一言难尽。

大概青春期荷尔蒙作祟，内心小宇宙膨胀，人像不安分的小兽一样躁动，到处惹事出么蛾子：

撩逗金钏儿引发她跳井，结交蒋玉菡隐瞒他藏身处，踢倒袭人让她半夜吐血——自我意识如洪水泛滥，还好有个镇馆太岁晴雯，像葛洲坝似的拦了他一道。

因晴雯跌了把扇子，宝玉刚骂了一句"蠢材"，就被连珠炮似的撅了回来。

"二爷近来气大的很，行动就给脸子瞧。前儿连袭人都打了，今儿又来寻我们的不是。要踢要打凭爷去。就是跌了扇子，也是平常的事。先时连那么样的玻璃缸、玛瑙碗不知弄坏了多少，也没见个大气儿，这会子一把扇子就这么着了。何苦来！要嫌我们就打发我们，再挑好的使。好离好散的，倒不好？"

噎得宝玉翻白眼。

人家晴雯说得一点没错啊，宝玉那一阵子的表现，的确像被下了降头，读者看了只想问他一句："你咋不上天呢？"

直到，直到被他爹结结实实打了一顿。连袭人都说打得好："论理，我们二爷也须得老爷教训两顿。若老爷再不管，将来不知做出什么事来呢。"

二

打完了，该老实收敛了吧？并没有。

这一场伤病，让他有了人生新发现：哇塞，原来我这么重要！

心疼他的，王夫人哭，贾母哭，李纨也借势哭，黛玉哭到眼睛肿得跟桃子似的没法出门见人。

关心他的，薛姨妈看，凤姐儿看，有头有脸的婆子媳妇看，就连向来只爱自己的大伯母邢夫人，也派下人送了果子来，传话说："太太着实记挂着呢。"

最大的惊喜是宝钗，手里拿着化瘀特效药头一个登门。一时情急说出了这样的话："别说老太太、太太心疼，就是我们看着，心里也……"

话说一半咽住了，红脸、低头、弄衣带，这恰似水莲花不胜凉风的娇羞，与平日里的端庄自持判若两人。

宝玉觉得这一顿打，挨得太值了。

"我不过捱了几下打，他们一个个就有这些怜惜悲感之态露出，令人可玩可观，可怜可敬。"

又延伸到："假若我一时遭殃横死，她们还不知何等悲感呢！"

最后竟然觉得："既是他们这样，我便一时死了，得他们如此，一生事业纵然尽付东流，亦无足叹息。"

一个纨绔少年，本来心安理得地碌碌无为着，内不需要他养家糊口，外不用他定国安邦，被称为"富贵闲人"。

这称呼里，有艳羡也有意味深长的调侃，"闲"即"无用"，无用的人，他的价值便无从体现。

宝玉的潜意识对这一层是有觉知的，也是默认的，连他自己都不知道自己能干点什么，就如同青埂峰下无才补苍天那块顽石，只有灵性有什么用？灵性又不能当饭吃。

不挨打都不知道，原来，大家竟然都这么在乎他，爱他，心疼他，他爹打得好啊！让他发现了自己的价值。

三

加缪有言，一个人到了迟暮之年就要接受审判，看看他对周围人付出了多少爱。在年轻的宝玉这里，却是反着来的，他沾沾自喜地盘点自己得到了多少爱。

因为这些关爱，他整个人安全指数超标，连怡红院里不得宠的小丫头子们都在背后笑话他。

小红说：千里搭长棚，没有个不散的筵席，谁守谁一辈子呢？

佳蕙说：你说得没错啊。可是你看宝玉，昨儿还说明儿怎么收拾房子，怎么做衣裳，倒像是还有几百年的煎熬。

当家道中落的宝钗替他居安思危，劝他好好学习上进时，他嗤之以鼻："一个清净洁白的女儿，也学的钓名沽誉，入了国贼禄鬼之流。"

他的自恋也达到了一种前所未有的高度，他对袭人说："趁你们在，我就死了，再能够你们哭我的眼泪流成大河，把我的尸首漂起来，送到那鸦雀不到的幽僻之处……"

眼泪泛滥到把他的尸首漂起来，那得哭死多少人啊？他用诗人般的浪漫，臆想着自己死后的盛况。

人人痛不欲生，悲伤逆流成河，仿佛他的离去会让世界从此缺一个角。

幼稚。没听过这句调侃吗？"无论你今生做过什么，最终葬礼上的人数还是由天气决定的。"

陶渊明早就说过，对于一个人的逝去，不过是"亲戚或余悲，他人亦已歌"。其实都不用人死去，只需要一些变故，聚拢的人群便会旋作鸟兽散去。

曹雪芹特别善于反高潮，他这样写袭人对于宝玉这番话的反应："忽见说出这些疯话来，忙说困了，不理他。"

正是这个服侍他、心里眼里只有他一人的袭人，后来迫于现实照样抛了他，跟蒋玉菡过小日子去了。多么讽刺。

谁也别高估自己在别人心中的分量。

四

第二天，宝玉想听《牡丹亭》了，反正自己家的园子里还豢养着一群小戏子，有个叫龄官的小旦唱得最是好，索性让她唱给自己听。

他想当然地认为龄官该受宠若惊，屁颠屁颠上赶着，亮出清喉嫩嗓咿咿呀呀地给他清唱一段儿《袅晴丝》。

最最最起码，也不该不乐意吧。要知道，抛开主子身份不谈，他可是万人迷宝玉啊！

然而，兜头一盆冷水浇下来。

宝玉进去时，龄官倒在枕上见他进来"文风不动"；他刚坐下来，她一骨碌起来走开了。

他要她唱，她答复嗓子哑了，"前儿娘娘传进我们去，我还没有唱呢"，意即"想听我唱，你不够格"。

宝玉屃了，自己"从未经过这番被人厌弃，自己便讪讪的红了脸，只得出来了。"出来问了另一个戏子宝官才知，人家龄官只给贾蔷唱。

接下来，便是龄官和贾蔷的大型"虐狗"现场，活脱脱复制的就是宝玉和黛玉之间的情景，宝玉被迫当起了观众。

平生第一次的挫败感就是这么来的，不是每个女孩子都会甘之如饴地由他予取予求。原来你再高贵，也有人视你如敝屣；你再卑微，也有人视你如珠如宝。

就像此刻的宝玉和贾蔷，一个是高高在上的主子，一个是尴尬卑微的寄居者，可是美丽清傲的少女只看得见后者。

龄官的眼泪只会给贾蔷，没宝玉什么事儿，眼皮子都不夹他一下。

宝玉"自己站不住"，灰溜溜地走了。

五

响鼓不用重锤敲。没有记恨，也没有恼羞成怒，作为一个有悟性的人，一次碰壁让他当即明白了一件事：让人人都来爱我重视我，绝不可能。

况且，所谓的重视还掺杂着多少现实的成分？

《邹忌讽齐王纳谏》里，那些说邹忌比城北徐公长得好看的人，有人因为爱他，有人因为怕他，有人则是有求于他。

人类是很实际的，口不对心者比比皆是，都当真就是傻。

从梨香院受冷遇归来的宝玉，回到怡红院就换了说法："昨夜说你们的眼泪单葬我，这就错了。我竟不能全得了。从此后只是各人各得眼泪罢了。"

袭人的认知到不了宝玉的境界，她依旧觉得宝玉在说疯话。

而宝玉已经把从昨晚的"死后众人眼泪汇聚成河"的愿景，缩减到了"不知将来葬我洒泪者为谁"。

他开始明了感情的世界里，"弱水三千，能取一瓢饮"已是幸运，奢求太多额外的爱，想要集万千人宠爱于一身就是太贪，就是妄念。

这就是三十六回"情悟梨香院"的核心内容，曹雪芹通过宝玉阐述了一个道理：成长就是预期——破灭的过程。

没有人能例外，包括书外的你我。

这道理不仅适于情场，也适于人生其他场。人是怎么一点点学乖的呢？就是受到一次次暴击，明白自己的渺小普通以后。

名利权情好东西多了去了，上帝的手掠过众人头顶，会把恩宠从指缝里漏给谁，一半靠自己表现，一半看他老人家心情。

一个靠谱的成年人，自会懂得安安心心过好当下，踏踏实实经营眼前，把有限的精力投入到有限的事情上去，不做过多奢望，无论对人还是对事，都专一、清晰，懂得珍惜。

从梨香院回来的宝玉，一面清醒了，一面也有点颓。

说句丧丧的话吧：少年，今日的"情悟"只是开了个头，这才哪儿到哪儿啊？还有更多的疼痛、彻悟埋伏在你必经的路上等候你，别急，你将与之一一狭路相遇，避无可避。

今日的碰壁，不过说明真实的人生才刚刚开始，碰啊碰的你就习惯了，习惯了，也就长大成熟了。

宝玉脚踹花袭人：论潜意识的细思极恐

都说《红楼梦》有一部分脱胎于《金瓶梅》，这倒不假。《金瓶梅》里，西门庆一生气就踢人，到了"红楼"，你看贾宝玉，平生第一次打人，就是用脚，简直无师自通。

那天下大雨，他在路上浇得像只落汤鸡，回到怡红院，拍了大半天门没人给开，里面的丫头们堵了一院子水，把各色水禽缝了翅膀放水里玩耍，都玩疯了，没人听见他喊门。后来袭人听见了去开门，宝玉连看都不看，抬腿就给了一脚。踢得袭人肋下乌青，当晚就吐了血。

事后还嬉皮笑脸地对袭人说："我长了这么大，今日是头一遭儿生气打人，不想就偏遇见了你。"

袭人是个爱面子的，要维护自己贤人的人设，还得故作大度地说：谁让我是这里的负责人呢？打我没关系，以后别打顺了手也打起别人来。

宝玉进一步解释说：我刚才不是成心的。

袭人说：谁说你成心了？

不愧是袭人：是啊，要是承认你成心踢我，那我的地位往哪儿摆？

后面紧跟着有几句话，每一句都内涵丰富。

"素日开门关门，都是那起小丫头们子的事。他们是憨皮惯了的，早已恨的人牙痒痒。他们也没个怕惧儿。你当是他们，踢一下子，唬唬他们也好。"

这是在说：咱俩本来立场一致，我也觉得他们该挨踢，你本来是踢他们的，并不是要踢我。

一是维护面子，二是表示自己善解人意。

"才刚是我淘气，不叫开门的。"

这和前面的话自相矛盾，但越把事儿往自己身上揽，越显得自己有担当。

袭人姐姐这九曲十八绕，心思之深细，只有和她同一天生日的黛玉堪可匹敌。

说起来你都不信，袭人挨踢，表层原因是让宝玉挨淋，深层原因却和黛玉有关。

弗洛伊德认为人的行为是被人类自身无法察觉的精神思考过

程所主宰的，即潜意识。心理学上说人的行动有百分之九十五都会和潜意识有关。

回到"红楼"，让我们回溯一下，吃过怡红院丫头闭门羹的还有谁？

翻到第二十六回，没错，是林黛玉。

那一回晚上她来怡红院串门，敲了半天门不开。

晴雯说："都睡下了，明儿再来罢！"

黛玉好声好气道："是我，还不开么？"

晴雯没好气道："凭你是谁，二爷吩咐的，一概不许放人进来呢！"

黛玉听了，气怔在门外，当场就哭了。

更气的还在后面，宝钗从里面出来了，宝玉还有说有笑地送她出来。

像不像一首老歌："你越走越近，有两个声音，我措手不及，只得愣在那里。"

没有当场吐血三升，已经是万幸了。

那晚回去，她倚着床栏杆，抱膝而坐，双目含泪，如木雕泥塑一般。古人睡觉早，黛玉那天直坐到二更多天，即深夜十点才睡，这个点已经很晚了。

悲愤出诗人，黛玉第二天写出了血泪斑斑的《葬花吟》。

怡红院的丫头不给人开门这件事，给黛玉造成了短时间内的强烈痛苦。

此事也波及了宝玉。当黛玉感到万箭穿心时，这一切宝玉还蒙在鼓里。他百思不得其解，想不通林妹妹为什么忽然不理他，他为之而痛苦，只能亦步亦趋跟在她身后，卑微地要一个答案。

他落泪道："你总不理我，叫我摸不着头脑，少魂失魄，不知怎么样才好。就便死了，也是个屈死鬼……"申诉个没完没了。直到黛玉问他不开门的事，他才明白原委。

宝玉当然说要回去问问是谁，好教训教训，但黛玉没有揪住不放，开了个玩笑就过去了。只要她确定这不是宝玉的意思就好了，其他都可忽略不计。

这既是大家闺秀的气度，也是双鱼座女生恋爱脑的特点。

宝玉也并没有真的去问。

这事儿好像就翻篇了。

"凡过去的，从不会真正过去。"表层意识上已经放过的，潜意识会揪住不放。

当宝玉大雨天喊破嗓子叩门无人应的时候，他的潜意识未必没有千分之一秒的闪回：当日林妹妹就在这里受过同样的委屈，非亲身体验不能感同身受。她是客人被怠慢，今日轮到我这个主子了。

怒从心头起，就有了那一气呵成的先骂后踢，非足够强烈的内驱动力不会做得那么行云流水。

听他的话："下流东西们！我素日担待你们得了意，一点儿也不怕，越发拿我取笑儿了。"

细品这话背后的意思，"素日担待"暗指不给黛玉开门的旧事自己不曾追究；"越发"是个比较级副词，指恶劣程度升级，基础事件还是黛玉那晚吃的闭门羹。

所以，宝玉踹袭人，明面上看是少爷脾气，但暗地里的导火索是他林妹妹受的委屈。新仇旧恨一起算，他是一半为己，一半替黛玉教训这帮不像话的丫头们，只是没料到袭人做了替罪羊。

看到这里，细思极恐，千万不要招惹一个男子心爱的女生。即使他的教养脾气再好，当时再不计较发作，他的潜意识也会介意这件事。

荣格说："发生在我们身上林林总总的事情，都有其潜意识因素存在。潜意识在日常生活中似乎发挥的作用很小，然而，事实是，潜意识正是我们理性思维的隐形根源。"万事本有源，不信请细究。

冯渊：香菱，你可还记得那个唯一爱过你的公子哥？

一

"我不记得了。"当香菱被别人问起父母安在、家乡何处，芳龄几何时，她一律摇摇头，如此作答。

曾经也是苏州城别人家的掌上明珠，曾经被老来得女的父母宝爱呵护，被家里的丫头仆人声声唤着"小姐"，被牵在手里、抱在怀里、扛在肩上，"咯咯咯"的笑声在仁清巷里传出好远。

别人看着她娇嫩可爱的脸蛋，都在想：这可真是个命好的小姑娘，连她的父母也不例外。哪怕听到和尚说她是"有命无运，累及爹娘之物"，亦不为意。

那是一生中最幸福的一段时光，可惜她已全然不记得，三岁

384

之前的记忆很难保存。

自打有记事，尽是不堪回首的痛苦。所有看似微露一点曙光的人生节点，最后都迈向更深的黑暗。

仆人霍启大意将她搞丢，他没有上穷碧落下黄泉地去寻找，而是逃避责任一走了之；

人贩子将她养在手里，并没有养着养着生出亲情，而是非打即骂经年折磨；

好不容易长大，遇到当年的邻居小沙弥，他认出她就是当年的英莲小姐，特意偷偷问了问，也就是问了问，便不管了，他的目的只是八卦；

再然后，是拐子将她一身两卖，卷上银子想一走了之，留她自生自灭。两个买家相争，出了人命，她被强权的一方掳走；

离回家最近的一次，是遇到了父亲当年资助过的穷儒贾雨村，此人如今已经红袍加身，成了地方父母官。她的案卷放在他案上，按理说该是"不看则罢，一看大惊：啊呀呀，这不是恩人之女吗？不想竟流落此地，本府定要严惩人犯，送她回家与父母团圆，也不枉他父亲当日赠银助考之恩！"真这么做就是戏了，为了满足观众的内心期待。

现实是，贾雨村知道了香菱的身份后，在那四句"护官符"面前，他选择了借势而为：不但不救，还将自己的徇私枉法行为当作一纸向高层献媚邀功的投名状："令甥之事已完，不必过虑……"

再后来，她遇到了薛蟠，遇到了夏金桂……一路走来，几乎就再没遇见过一个好人。

她最后是得了干血症死的。

普通人的命运线大多起起伏伏，很少有人如她这样，一出生就是高点，然后一路断崖式下坠，结局一坏再坏。

于她而言，人间根本不值得留恋。

但有一个人，她似乎不应该忘。

二

那个人叫冯渊，一个十八九岁的公子哥儿。

他曾用尽自己最大的诚意，试图给她幸福。连命都搭上了，这筹码不可谓不大。

冯渊，谐音是"逢冤"，他遇上香菱，是缘，更是劫。

哥儿出身乃是乡绅家庭。乡绅，听起来土土的，其实跟香菱父亲甄士隐的乡宦身份一样，是一种介乎官民之间的特有阶层，在民间极有威望，官府也会对之礼让三分，属于有产有权阶级。乡宦对乡绅，冯渊与香菱，也算门当户对。

他是独子，自幼父母双亡，给他留了些许家产，由老家奴陪着长大。不知在成长过程中经历什么，性取向是男，而且还"最厌女子"，同性恋无疑。

然而，一遇到香菱，竟然立马被掰直了。

"一眼看上了这丫头，立意买来作妾，立誓不再交结男子，也并不再娶第二个了……"一见钟情，奋不顾身，唰地一下与从前的性向做了一个彻底了断，掉头而去。

这也可以？真心想请李银河老师来作为课题研究一下。

还是别那么较真了，太较真了就无趣。蒙上一层滤镜吧，冯渊的"转向"不若这样解释：也许这世上无所谓同性恋异性恋，一个人真正爱另一个人，根本和性别无关。

你能清楚地感知自己的心正被另一个人占满，不留一点多余的空隙。弱水三千，只取一瓢。执子之手，与子偕老。管他世间聚散离合，缘来缘去，奈外面金沙掩埋，今夕何夕。

只要那一瞬间是真的，也足以令人动容。少年人的冲动，鲜活而热烈。

如果拐子不那么缺德地将香菱又卖给第二家，后面的事情就稳了。冯渊回归主流，香菱脱离苦海，世上多一对平凡的恩爱夫妻——偏偏遇上的是呆霸王薛蟠，对方来自权势熏天的"珍珠如土金如铁"的薛家。

而小乡绅之子冯渊，在自己的小天地里也称王称霸惯了，又认为凡事都逃不过一个"理"字，在香菱的归属上要讲先来后到。

不肯妥协退让的结果，是冯渊被薛蟠手下人活活打死。冯家从此成了绝户。

在薛蟠眼中，他形同一只蚂蚁。

在贾雨村眼中，他就是一个无知小儿，不自量力，敢跟四大家族的人争，纯粹是自寻死路。他甚至连公道都不敢主持，随便找了个乩仙，胡言乱语了一番把场面交代过去，赔了几两银子就算了。

冯渊，拔高点说这也算是为捍卫爱情而死吧？

三

冯渊之死，因香菱而起。最应挂怀的该是香菱，毕竟"我不杀伯仁，伯仁却因我而死"。

《红楼梦》里还有一对苦命鸳鸯，情况略有相似之处。

张财主女儿张金哥，已与守备之子有婚约，因姿色出众被李衙内看中。张财主贪慕权势，便要悔婚，将女儿另嫁李衙内。守备家不答应，两家闹起来，张财主便托人求了王熙凤，以三千两银子的酬劳，逼迫守备退了亲。

张金哥听闻父亲退了亲，悄悄自缢而亡，守备公子投河自沉，殉情了。这是"红楼"版的"孔雀东南飞"。

但是，香菱不是大小姐张金哥，她自被拐后就没被当人对待过，没有那么强的自我意识。她的诉求尚停留在最低层面，没被人打骂即可。

听说冯渊要收她时，她只说自己今日罪孽已满，他只是一段救她出苦海的浮木。

冯渊被打死，她被掳走北上。她不曾寻死，不曾绝食，但至少，可曾为他哭泣？午夜梦回，他可曾入梦？对他，哪怕有些许的歉疚也好。

反正书里看不到。

白为香菱死了吗？冯渊。隐隐替他不值。

但爱不就是张爱玲说的："不问值不值得。"

冯渊于香菱，根本就是个擦肩而过的陌生人，是个买她未遂的买家。

身不由己的美人，不可以回忆，不可以多情，也不可以有心。随遇而安，随波逐流，是她们必修的一门生存技能。想想当年的秦淮名妓陈圆圆吧，从小流落风尘，从才子冒辟疆到被田国丈所掳，被转赠给吴三桂，再到被李自成的部下劫去，身世之坎坷屈辱令人不敢多想，没点钝感力还真活不下去。

回头说香菱。几年以后，人家倒是为了即将远行的薛蟠，洒了几滴离别之泪。

再后来则渐渐融入贵族家庭，开始跟着小姐们学写诗了。

有一次读到"墟里上孤烟"，忽然触动了记忆。她主动提起了关于那年薛蟠掳她的往事。

"我们那年上京来，那日下晚便湾住船，岸上又没有人，只有几棵树，远远的几家人家作晚饭，那个烟竟是青碧，连云直上。谁知我昨日晚上读了这两句，倒像我又到了那个地方去了。"听那语气，仿佛是一段恬淡美好的旅行。

还是丝毫没有想起冯渊。

可怜他坟头草青青。

贾琏到底有多疼爱黛玉

读"红楼"的人，如果学会了捕风捉影和添油加醋这两样本事，《红楼梦》这本书的好看度就会翻好几倍。

要八卦，像港媒"狗仔"一样孜孜不倦地八卦，寻找线索、钻研探索，不扒出点真料来就不算合格的读"红"小分队。

新闻独此一家：贾琏很疼黛玉。这一点不接受反驳。

乍一看，胡说了吧？这俩人平常不"搭嘎"，那么厚的一本书，都没见他俩有过一句对话。"疼爱"二字，从何谈起？

又被姓曹的大爷骗了吧？你以为你看见的就是你看见的吗？错，你得能看见你所看见的背后的东西才行。

话不多说，上料。

第十二回末尾，林如海捎信来，说自己病重，要黛玉回去见最后一面。

一个表哥听了很不爽，他离开林妹妹饭吃不香，觉睡不好，这个表哥叫贾宝玉；而护送这个妹妹回家的任务，则落在了另一个表哥的头上，他叫贾琏。

黛玉两个舅舅，大舅贾赦，二舅贾政。这两个舅舅家一共有四个表兄弟：大舅家的哥哥贾琏，二舅家的哥哥贾珠、宝玉，弟弟贾环。

情况大家也看到了，二舅家的三个男生，贾珠已故，宝玉和贾环一则小，二则都不能扛事儿。像《倚天屠龙记》里的张无忌，小小年纪敢送杨不悔万里之遥去昆仑山寻父，那种本事，想都别想。他们是温室里的小骨朵，自己还需要人照顾。

只剩大舅家的贾琏了。

书里原话写："贾母定要贾琏送他去，仍叫带回来。"一个"定要"足见贾母对贾琏能力的信任。行也得行不行也行，反正黛玉这个心肝宝贝交谁照顾她都不放心，除了贾琏，必须是贾琏，就差说"你办事，我放心"了。

贾琏当仁不让地接下了这个重担，和黛玉辞别了家人，登舟往扬州去了。

这一去是多久呢？

我们来看一下时间线。他们走的时候是"冬底"，一直到元宵节前夕，元春省亲前才回来。

关于"冬底"有各种解释，有说年底的，有说十一月底的，因为十一月有个叫法是冬月。反正我们可知的是这期间秦可卿去世，光在家停灵就停了七七四十九天，出殡的时候他们还没有回来。

中间贾琏还让小厮昭儿回来送过信，说是林姑父于九月初三没了，他要带着林姑娘扶灵回苏州，到年底才能回来，让给他把冬衣带过去。

前面说了，他们离开贾府的时候就是冬天，照林如海去世的时间看，贾琏和黛玉此刻在扬州已经待了快一年，再按照后来回来的时间点推算，他们表兄妹在外的时间是一年多，跨度则是三个年头。

但要注意的是《红楼梦》本就是残稿，特别是在秦可卿之死即十三回前前后后，作者为了要掩盖她的真正死因，文本改来改去，最后也没来得及改明白。时间线特别混乱，一会儿秋天一会儿冬天的，自相矛盾处甚多，所以在这上面也不可太当真。

唯一可以肯定的，是贾琏在外照顾黛玉的时间至少有三五个月之久。

他先是陪她去扬州，一直守着直到姑父去世。林家一脉并无其他族人，用贾母的话说是"林家的人都死绝了"。他又作为黛玉的家长，一手操办了所有后事，替她撑住了头上那方塌了的天。

先是从扬州捐馆地扶灵回苏州，再将遗体安葬于苏州祖坟，诸事妥当后，又带黛玉回到了金陵。这其中桩桩件件之千头万绪庞杂繁琐，所需的决断和操劳必定难以尽述。

长兄如父，也不过如此了。而其时已经能够独当一面的贾琏，算算也不过才二十出头的样子。

至于大家都怀疑的财产侵吞问题，贾琏没有那么大的胆子，除非贾母授意或者林如海临终交代过，林家遗产由贾府接管，他是执行人而已。

贾琏要面对的除了林府诸多后事，还有黛玉这个妹妹。照顾黛玉是个艰巨的任务，不比其她姐妹，黛玉体质弱不禁风，性情脆弱敏感，本已失母，父亲这下又撒手人寰，一下子成了父母双亡的孤儿，在这样雪上加霜的打击面前怎会不肝肠寸断？连宝玉坐在家里都能猜到："了不得，想来这几日他不知哭的怎样呢。"

哭哭啼啼，不吃、不喝、不睡，弄不好再大病一场，她再有个好歹可怎么跟老祖宗交代呢？——遇到这么个风吹吹就坏的美人灯表妹，换谁都要压力大到脱发吧？

黛玉到底被贾琏怎么照顾的，书里未见一字细说，但状态说明一切。

第十六回她被贾琏再带回府的时候，并不像读者想象中那般消瘦憔悴到不成人形。相反，在宝玉眼里，她"越发出落的超逸了"。

她情绪稳定、仪态从容。一回来就忙着打扫卧室，安插器具，一副定下心来在贾府好好过日子的样子。还有心情买了礼物分发给大家，分明已基本从丧亲之痛里解脱了出来。还是保留了原来的天性，宝玉转赠北静王的鹡鸰香念珠，她直接扔到一边："什么臭男人拿过的！我不要他。"

看这样子，这一路她没咋受委屈，琏二哥哥把她照料得很好！

贾母的眼光不错，她知道贾琏能打好这份工，是个靠谱的好哥哥。

是，就算黛玉身边还有丫鬟婆子贴身伺候，但没有贾琏这个主心骨，再多的人也是一盘散沙。

替她料理家中大事小事，从金陵到扬州再到苏州，再从苏州折返金陵，这一路水陆颠簸舟车劳顿，他须得鞍前马后保护她的安全；饮食起居上，他遵从贾母吩咐，一切安排妥帖周到，让她原本孱弱的的身子骨不出纰漏；甚至在回来的路上，他还约了黛玉的老师贾雨村同行，老师在，大概能在心理上给黛玉一些安慰。

作为黛玉的监护人，他完全胜任。

最痛的一段路，是他领着她、陪着她从头走到了尾，总算是将她全须全尾地带了回来。对孤苦无依的弱女黛玉而言，这个大哥哥算是有大恩于她，以她的性格必定铭感于内。

单为这一条，只要是喜欢黛玉的人，都不该太讨厌贾琏。

但遗憾的是，曹公略去了贾琏和黛玉之间的互动，他俩甚至连一句对话都没有。仿佛贾琏这几个月对黛玉全是受祖母委托，发乎情止乎礼，一切纯属公事公办。

但不写，并不代表没有感情羁绊。曹公终是没忍住，来了自己最擅长的一次曲笔。

第二十二回，凤姐受贾母之托，要给自己的表妹宝钗过生日。但很奇怪地，问起了贾琏的意思。

贾琏也纳闷：你都料理了多少生日，怎么问开我了？

凤姐嚅嗫道：大又不是，小又不是。

贾琏想都不想地说："你今儿糊涂了。现有比例，那林妹妹就是例。"

凤姐这才说出原委：原来宝钗今年是及笄之年，和黛玉不同。

贾琏放权道：那就比林妹妹的多增些。

凤姐装可怜说：所以我就讨你的口气啊。怕我私自添了东西，你怪我。

贾琏哈哈一笑走了。

这场戏的微妙，恐怕只有那些当过小姑子的女生才会懂。嫂嫂的态度就是一杆秤，称得出妹妹在哥哥心目中的分量。

聪明如凤姐，她知道，贾琏嘴笨但不傻。如果在过生日这样的仪式上厚此薄彼，让黛玉矮了宝钗半截，贾琏发现了若是不悦，会影响自家夫妻关系，这样的事划不来，还是先报个备比较好。

能让长袖善舞的凤姐在贾琏面前有所忌惮，贾琏对黛玉有多在意还用问吗？抛开血浓于水的先天亲近，就像《小王子》里，小王子照顾过的那一朵玫瑰，便觉得对她永远有责任。

如果《红楼梦》能翻拍，希望编剧能合理地、点到为止地补写出贾琏和黛玉之间的互动戏份。那一趟漫长的旅行，和他们之间所共同经历的事情，必定让彼此的感情更比旁人亲厚。尽管静水流深，后来的他们谁都没有表露。

碧痕：床第之欢不过如水上行舟

一

《红楼梦》里，从来没有哪一个女孩子能像碧痕一样，出场次数寥寥，却在读者们心里成为一个特殊的存在。

只因那一场扑朔迷离的桃色事件，让人无法对她视而不见。

就像一个十八线小演员，在一出戏里一开始本只是个跑龙套的，因为机缘巧合，和红透半边天的男主闹了一次"鸳鸯浴"绯闻，惹得名字动不动就上热搜。

碧痕，这个宝玉房里的丫头，长相、才干从不被提及，台词没得几句，戏份少到可怜，是小配角秋纹的"马仔"，顶多跟风一块欺负欺负小红。

二十四回，宝玉房里没人，小红趁势去给主子倒了杯水，被抬水回来的秋纹、碧痕发现。秋纹是啐人唾沫加骂脏话，碧痕是负责帮腔的："这么说，不如我们散了，单让他在这屋里呢。"

二十六回，黛玉敲门晴雯不开的原因，是刚和碧痕拌过嘴没好气。至于为什么拌嘴，怎么拌嘴，老曹都懒得写，纯粹是为了给宝黛感情冲突做铺垫。

二十七回，又逢晴雯难为小红，说她偷懒。又是碧痕一旁协同质问："茶炉子呢？"

就算她固然不是个好相与的，但通篇给她说话的字数有限，连标点符号算上，满共不足三十字。

如果把她写进剧本，只能是这三个字代替："众丫鬟。"请看三十一回，宝玉撵晴雯，袭人跪下求情，一众丫鬟也跑进来跟跪，她算其中一个，妥妥做人肉背景板的群演。

但是，再小的个体都有做梦的权利对不对？对怡红院的丫鬟来讲，最好的人生愿景便是成为宝玉的姨娘。至于怎么实现，就是八仙过海各显神通了：袭人靠勤勉，晴雯靠才干，麝月靠拎得清，秋纹靠捡漏，小红靠心机，芳官靠跟宝玉意气相投，而碧痕，选择了一条最原始的途径，她用的是：身体。

这个隐晦的桥段是借由心直口快的晴雯说出来的，宝玉邀晴雯共浴，晴雯说："罢，罢，我不敢惹爷。还记得碧痕打发你洗澡，足有两三个时辰，也不知道作什么呢。我们也不好进去的。后来洗完了，进去瞧瞧，地下的水淹着床腿，连席子上都汪着水，也不知是怎么洗了，叫人笑了几天。"

大作家刘震云，有次在大学讲座中谈及《红楼梦》，也忍不住调侃："不知道宝玉洗澡，丫鬟碧痕到底参与到什么程度？"嗯，不如调动生活常识和科学原理，来一起扒一扒事实真相，希望能为震云老师解惑。

二

其实，这件事已经很实锤了。

两个人在里面一共待了两三个时辰，足足五六个小时，泡温泉也没这么泡的，真洗不得洗秃噜皮了。而晴雯的话"也不知道作什么呢""我们也不好进去的"，显得意味深长。

再看，"等洗完了，地下的水淹着床腿"。根据阿基米德浮力原理："浮力大小等于物体排开液体所受重力。"是什么样的浮力能排出这么多的水，都淹了床腿？换句话说，浴缸里浸入体积越大，水溢出来的就越多。那就只有一个可能，一个缸里泡了两个人，造成了屋里"水漫金山"。更不要提那句"连席子上都汪着水，也不知是怎么洗了"：床上的水，总不会是太好学上进，两个人湿着

400

身子坐而论道吧？这屋子里床上地下这么多水，你不要告诉我他们两个人是玩打水仗来着，他们又不过泼水节。

晴雯说大家"笑了几天"，意即宝玉和碧痕这点儿事，在怡红院内已经是个公开的秘密，沦为大家的笑柄。

与宝玉发生过肌肤之亲的丫鬟，除了袭人，也只有碧痕了。然而袭人懂得掩藏避嫌，被王夫人选定后总远着宝玉，唯恐留下什么不自重的印象。而碧痕，不知是真的不懂掩藏，抑或她压根儿就不想掩藏，说不定还想借此宣誓主权。在她身上，似乎有一种悍然的泼气和妖骚。在以高雅蕴藉著称的《红楼梦》里，这样的人多少有点跳戏，更何况前期对她并无多少描写铺垫。

大概是因为这个情节本来就非老曹原创，而是脱胎于《金瓶梅》。

翻开《金瓶梅》二十九章，和《红楼梦》中的第三十一回有诸多类似之处，也是在说夏日炎炎，也是在说要用果饮消暑，吃法都一样，都要用"湃"的，即用冷水冰镇。再然后，便是一大段西门庆与潘金莲兰汤共浴令人脸红心跳的描写，与宝碧二人所做之事一样，这难道是巧合吗？

曹公这一场戏的灵感，分明取材于《金瓶梅》啊！但相较于后者在描写上的直接大胆与露骨，曹公写得隐晦含蓄又狡黠，恰如中国山水画笔法，正所谓"大抵实处之妙皆因虚处而生，故十分之三天地位置得宜，十分之七在烟云锁断。"

一个凌乱的水淋淋现场，是作者特意给读者留出了一份想象空间，请各位自行浮想联翩，脑补那一对少年男女香艳的画面。而其中的诸多细节，更如同故意留下的线索，由聪明缜密的头脑们去推理判断，与几百年前的作者穿越时空打个照面，抿嘴一笑，心照不宣：老曹啊，你这人真坏。

多么奇幻，迷离的文字不朽，伟大的作者不朽，读书的我们，在这一时一地也会不朽。

三

回到文本人物，千万别说碧痕这是无奈慑于强权，可怜丫鬟被无良少爷非礼了。按宝玉的脾性还真不至于霸王硬上弓勉强谁，这事儿是两厢情愿的肯定没跑儿，谁主动还不一定呢。

讲真，碧痕洗澡这一折的确突兀，真正目的是为了衬托晴雯的洁身自好，对于宝玉的邀浴她说了句"我不敢惹爷"，便断然拒绝。这恰是命运的讽刺与叵测之处，最是洁身自好的姑娘，结局偏偏背了个"狐狸精"的名声含冤而死。正因如此，宝玉为她所写的那篇祭文《芙蓉女儿诔》里，才有"薋葹妒其臭，茝兰竟被芟鉏"，多么心痛悲愤！

晴雯临死时说："不是我说一句后悔的话，早知如此，我当日也另有个道理。"无非就是当一次真正的狐狸精，扑倒宝玉，才不算担了这个虚名。

如果早知今日，那个炎热的夏夜，宝玉邀晴雯共浴，晴雯会不会欣然应允，成为第二个碧痕？

幸好她没有，否则我们将失去一颗洁净骄傲的灵魂。

最心酸的，恐怕还是"羊肉没吃着，倒惹了一身膻"。晴雯如此，碧痕何尝不是？

共浴事件后，碧痕地位并没有多少改变，宝玉没有像对袭人一样，从此视她"更与别个不同"，更诡异的是那次以后，她干脆连一句台词也没有了，似乎还被排挤出了丫鬟第一梯队。

原先给人的印象，她是跟着晴雯秋纹混的，但六十三回时，丫鬟们搞众筹给宝玉过生日，袭人晴雯麝月秋纹出五钱银子，碧痕则和小燕四儿还有新来的芳官是一档，出三钱，这是很严格的阶层划分。之前的印象她至少是在一二线间徘徊，出礼的多少，赤裸裸地把她打回了丫鬟队伍的二线。

是的，她并没能借此上位获得青睐，上过人家的床，也不见得就是人家的人。主子对她不过是一时兴起，与对袭人的亲密无间根本没法比，因为在袭人身上，还有更值得宝玉眷恋的品格和能量。而碧痕呢？似乎乏善可陈，没有什么可爱之处。她除了能提供给肉体的片刻欢愉，还能给宝玉提供什么样的情绪价值？处心积虑舍身一搏。

"太阳底下无新事"，用性资源换取人生资源，利用自己年轻或不年轻的肉体上位，是一部分女生主动或被动的选择。在乱花渐欲迷人眼的男权世界里，肉体能成为核心竞争力吗？难说。也许那些貌似的捷径，其实最拥堵，也最有欺骗性。

床笫之欢不过如水上行舟，小舟轻情而过，空留碧痕一道。

"轻解罗裳，独上兰舟"，无非是"花自飘零水自流"。玫瑰般的青春身体，并未能给碧痕劈开一条玫瑰色的路径，只搭建起了一座虚幻的桥梁，让她一脚踩空，从此安分守己认命，或者静静等待蛰伏。反正后来的她，怡红院里任何大事不再跟着掺和，变得很沉默很乖，当然，也许是看淡看穿了。

《红楼梦》下场最惨的三个女子，给所有女人提了个醒

"那片笑声让我想起我的那些花儿，在我生命每个角落静静为我开着，我曾以为我会永远守在她身旁，今天我们已经离去在人海茫茫。"朴树的这首歌，总让人联想到《红楼梦》最后一回里的宝玉。

当繁华落尽、家业凋零，衣衫褴褛的他，面对着食尽鸟投林后的一片白茫茫大地，会不会想起那些曾经在他生命里驻扎过的美丽女子，如今的她们都已化作枯骨，深埋于黄土垄中。

有一个问题宝玉始终也没想明白：何以愈是红颜愈会薄命？

晴雯：美貌是幸运符，也是催命符

除了黛玉，最让贾宝玉意难平的恐怕就是晴雯。那个能干伶俐的美貌丫鬟，本是老太太看中的人，将来打算给宝玉做姨娘的。谁能料到，她最后会被王夫人下令赶出贾府呢？

人尚在病中，就被七手八脚拖下床，扒掉身上的衣服，只留贴身内衣，丢弃在一间破屋中，几日之后惨死在一条冰凉的土炕上。

只因王善保家的进谗言，她被太太认定是勾引宝玉的狐狸精，被撵了出去。

天地良心，晴雯与宝玉相处五年零八个月，未曾越雷池一步。

宝玉看上的人里，袭人欲拒还迎，碧痕主动献身，轮到她时却避之犹恐不及。"罢，罢，我不敢惹爷"，一句话就打发了回去。

"风流灵巧招人怨"，"寿夭多因毁谤生"。

她的确是冤，但静心复盘，会发现这个下场也跟她掐尖逞强的个性不无关系。

王善保家的这样描述晴雯的形象："一句话不投机，他就立起两个骚眼睛来骂人。"

王夫人立即就对上了号，好巧不巧，她有一天在园子里路过，正好见过晴雯在园子里骂小丫头的模样，坐实了婆子的话。

晴雯的爆脾气很多人都领教过。今天和碧痕拌嘴，明天挤对麝月，后天又讥讽袭人，连宝玉也得让她三分。明明是个丫鬟，却一身的大小姐脾气，大家都得忍着她哄着她，招人侧目而不自知。

她自己生了病，李纨怕她传染，为大家着想，令她先搬出园子，她大喊大叫着不肯，说"看你们这一辈子都别头疼脑热的"；

坠儿偷东西，该来处置的人是袭人，但她用一丈青狠戳坠儿的手，自己做主将之撵出。

后来她自己也被王夫人做主撵出，跟贾母汇报时堂而皇之的理由就是她得了传染性的"痨病"。

讽不讽刺？

当一个女性拥有了美貌，本来就会多一份麻烦，匹夫无罪，怀璧其罪，她让周边同性黯然失色，因为嫉恨，她的缺点会被成倍放大，会被说"恃靓行凶"。

处于人生初级阶段的美貌女性更是如此，她们更容易被海量同性围剿，在底层互啄中败下阵来，根本没有崭露头角的机会。

如何安放这份美貌？

无非是小心低调、收敛锋芒，别给想在背后捅自己的人递刀。好听点叫涵养，实在点叫自保。"所谓精彩人生，不过是步步为营"。

尤二姐：美貌是优先入场券，不是永久通行证

同样拥有过人美貌，晴雯没来得及变现，但尤二姐做到了。

尤二姐有多美貌呢？

她被贾母"盖过章"，说长得比凤姐俊；贾琏说凤姐的长相给她提鞋都不配；胡太医来为她诊病，掀开帘子看到她的脸，顿时魂魄飞上九天，通身麻木。

如果以美貌分等级的话，尤二姐应该排在贾府第一梯队里。

她用美貌风情做敲门砖，成了贾琏的另一个"二奶奶"，地位比平儿都高，一时风头无两。

然而看似如愿以偿，其实丧钟已经敲响。

进到大观园后，生活上被凤姐克扣刁难，缺吃少穿；感情上被贾琏冷落，新宠秋桐又冲她挤对辱骂；腹中胎儿被胡庸医打下，唯一的生之希望被掐灭，渐渐走入绝境。

曹公借她妹妹的话说，是她之前淫奔无耻为天不容，其实还是要从自身找原因。

她太轻信。

单凭几句天花乱坠的空头承诺，就答应了给贾琏做二房，尚在国孝家孝两重孝中，就敢铤而走险，五更天坐着一顶小素轿拜堂

成亲，被妹妹讥讽"偷来的锣儿敲不得"；

凤姐知道后，花言巧语诳她，流了几滴鳄鱼的眼泪，她就信以为真引为知己，倾心吐胆，屁颠屁颠地跟着凤姐进了园子，从此开始了任人摆布的生活。

一步错，步步错。

她也太轻敌。

明明有人提醒凤姐为人毒辣，她却不以为然，以为自己不惹事，事就不上门。

人家已经动了杀机，她还浑然不觉与狼共舞，实在没有自知之明。

再次太贪心。

她听说凤姐身体不好，熬不过这一年半载，便动了投机之心，想在外面等着凤姐一死，自己就登堂入室做填房正室。

最要命的是应对复杂局面的能力为零。

既不懂如何讨贾母欢心，也不知寻求姐姐尤氏的护持，更不会拉拢下人做耳目眼线，孤立无援一味任人宰割。

长夜漫漫无尽，不如就此了结。

她万念俱灰，一块生金子吞下去，换上齐整的服装首饰，化个精致的妆，体面地退场。

二姐之死，用张爱玲的话说就是"就事论事，只能如此"。

她原本就是只能做金丝雀的女人，从小到大，唯一习得的本事是如何取悦依附男人。

美丽让她找到捷径，也令她生出不切实际的妄想，误以为像她这样乖巧的美人，全世界的人都没有理由为难她，但生活这个修罗场里，最先幻灭的就是恋爱脑。

巩俐说过："我不觉得一个女孩子拥有了美貌就可以拥有一切。"

美貌只能是女性的优先入场券，不会是永久通行证，提早进场，也不代表能走到最后。

尤三姐：美貌是筹码，也是毒药

尤二姐和尤三姐被宝玉称为"一对尤物"，三姐之美貌，更胜于二姐。柳眉笼翠雾，檀口点丹砂，一双秋水眼勾魂摄魄。

在姐夫贾琏眼里，这个小姨子是他见过的最美貌最有风情的女子。他一开始的目标其实是三姐，二姐是退而求其次。

三姐的爹死得早，她娘改嫁时，将她和姐姐一块带了过来。

非亲大姐尤氏做了贾珍的填房，没见过世面的小姐俩，被宁国府的富贵奢侈迷住了眼，贾珍在她们身上花了点小钱，年幼无知的她们就心甘情愿做了有钱人的玩物，和珍、蓉父子一起陷于聚麀之乱。

比起二姐的温柔多情，三姐更加游戏人间。

原著里写，"仗着自己风流标致，偏要打扮的出色"，还要做出"万人不及的淫情浪态"，以让男人神魂颠倒为乐趣。虚荣轻浮，误将放荡当作魅力，享受着物质感官的双重刺激。失贞的同时，也臭名远扬，被主流道德世界抛弃。后面的事情大家都知道了。她看上了柳湘莲，让贾琏去做媒。柳湘莲听说她是个绝色美女，便用家传宝剑作为聘礼订了婚。

她心满意足，等着做他的新娘，告别自己的过去，做一个货真价实的贤妻良母。

然而，最后等来的是柳湘莲反悔的消息，作为一个陌生人，他不愿为她的黑历史买单。

这是三姐的美貌第一次不好使，她终于意识到，除了皮囊，人的品性也至关重要。即使她现在想改过自新，也得看别人给不给机会。

"凡过去事，从不会真正过去"，个人的历史写就之后真的无法更改，不能苛求任何人无条件接纳自己的过往，而美貌也绝不是免责金牌。

三姐羞愤自刎，也算给自己保留了最后一点尊严。

除了爱而不得，还有得知人生无法重启的绝望。

命运所馈赠的所有礼物，早已在暗中标好了价格。

美貌不是一个女性为所欲为的资本，相反可能给了她比平常女孩更多犯错的机会。

有的错无伤大雅，而有的错，却需要用一生的幸福去交换。

周国平说："如果上天给了一个漂亮脸蛋，你要留心。这是对你的一个考验。""红楼"中这三个女子，无一不美貌绝伦，却无一不下场悲惨。

美貌根本就是一把双刃剑，读她们的故事，想自己的人生，才发现美貌不是万能的，真正决定一个女人幸福度的并非外貌，而是格局、自律和智慧等等，是那些一切可以被称作"内在"的东西。

所谓"长得漂亮，不如活得漂亮"。